キャロリング

有川 浩

幻冬舎文庫

キャロリング

Contents

こちらを向いた銃口にはまるで現実感がなかった。

自分の人生に銃を向けられるようなことが発生するわけがない。――これまで積み重ねてきた彼の常識がその状況を夢の中の景色のように補整した。

思わず手を動かして向けられた銃を脇へ押しのけようとしたのは、あまりに非常識な状況を、とっさに飲み込むことができなかったのかもしれない。よせよと悪い冗談でもたしなめるように、手は無造作に、無意識に動こうとした。

銃口と一緒にこちらを睨《にら》む荒《すさ》んだ目が針のように細くなった。

言葉はなかった。

銃を向ける男は一度狙《ねら》いをよそに外して、黙って引き金を引いた。消音器がついているのか音は籠《こ》もった。だが、説得力のある破裂音が現実感を一気に追い着かせた。

「不用意なことをするなよ」

男は平坦な声で咎《とが》めた。引き金を引いたことによる何の動揺も興奮もなかった。男にとって、それは日常ありふれた動作の一つに過ぎないのだ。

「おじさん！」

男の部下に捕まったまま、見知った少年が叫ぶ。一緒に捕まっている父親は先ほど殴られてから地虫のように丸まって身動きもしない。

「……うっせぇ、おじさん言うな」

日頃のやり取りが思わず口を衝《つ》いて出た。声は情けなくかすれていたが、ともかくいつもの言葉が出た。

なあ、と男が彼に呼びかける。

「別にこの親子に何の義理もないんだろ？　だったら邪魔をしないでくれよ」

「……義理ならある」

一言放つごとに口の中がからからに乾く。自分を向いている銃口は、いつ火を噴くのか。引き金はそれを引くことが何ら非日常でない者の指にかかっている。

それでも、男の恫喝《どうかつ》にハイ分かりましたと従いたくなかった。もしかすると自分は引っ込みがつかなくなって死ぬタイプかもしれない。

「その子はうちで預かった子だ。俺はその子を守る義務がある」

は！　と男が声を上げて笑った。高く弾《はじ》けた笑い声には、響きと裏腹な感情が獰猛《どうもう》に渦巻いている。

「キレイな御託をありがとう——よ！」

暴力は突然爆発した。男は彼に向かって一歩踏み込み、銃把《じゅうは》で彼の横っ面を強《した》かに殴りつけた。よろめいたところに真上からまた殴打が重ねられる。たまらず地べたに潰《つぶ》れた。

「さぞやいいお育ちなんだろうな！　たとえ銃を突きつけられても、曲がったことはできませんってか⁉　脅しに屈するくらいなら死を選びますってか⁉」

言葉に一つ息を入れるごとに男が靴先を蹴り込む。蹴り込まれるたびに息が止まる。

「やめてよ死んじゃうよ！」

少年が涙声で叫ぶ。

「逆らわないでよ大和《やまと》！　謝って！」

……うっせぇ、と口の中で吐き捨てる。ガキのくせに大人を、

「呼び捨てすんなって言っただろ！　しばくぞ！」

「しばかれてンのはお前だよッ……！」

靴先が鳩尾《みぞおち》に入った。体が勝手にくの字に折れ曲がる。

彼の頭の真横に男が膝を突いた、と思うや男は彼の髪を摑《つか》んで上体を引き起こした。

「こんな状況でキレイな意地を張れるくらい恵まれた育ち方してきたんだろ？　そこ

のガキも」

　男がぐるりと頭を巡らせて少年を見る。少年が眼差しに射られたように竦《すく》んだ。

「ヘタレな親父と仲良しこよしで幸せそうじゃねえか。なら、ちょっとくらい譲ってくれてもいいだろ？　恵まれない人々に愛の手をってやつだ。俺たちは恵まれてないんだから恵まれてる奴からちょっとくらい横取りしてもいいはずだ、そうだろ？」

　男の荒んだ目は、言葉を重ねながらますます荒んだ。この目には覚えがある。——遠い昔、鏡を見ると毎日この目が見返してきた。

　ああ、そうか。——この男は俺だ。

　あの目のままで大きくなった俺だ。

　かわいそうにな、と口からこぼれ落ちていた。

　聞き咎めた男の顔色が変わる。

「今、何て言った」

　しまった、と思うが遅い。きっといいだけ逆撫《さかな》でする。だが、ごまかすこともも不可能だ。男は聞き取れなかったのではなく、聞き取れたからこれほど顔色を変えた。

「かわいそうにな、と言った」

　どうやら引っ込みがつかなくなったうえにうっかり口を滑らせて死ぬルートだ。

「お前には不幸の比べっこしても仕方ないでしょって言ってくれる人がいなかったんだな」

「……分かった」

男の表情が削《そ》げ落ちた。

「お前は今死ね」

大和俊介《しゅんすけ》、享年三十二――墓碑銘どうする？

男は思いつくまで待つつもりはないようだった。

第1唱　オラトリオ

（祈禱所の意）聖書や宗教的内容の歌詞をもとにつくられた長い物語を、独唱、合唱、管弦楽によって演劇的に構成。聖譚曲。

大和俊介《やまとしゅんすけ》の勤める『エンジェル・メーカー』は、東京は月島《つきしま》の集合ビルに事務所を構える小規模子供服メーカーである。

わずか五名の会社ではあるが、廉価でセミオーダー服のシリーズを取り揃えるなど、小規模ならではの小回りで厳しい業界を生き抜いてきた。しかし、主要取引先である大型量販店の閉店で経営に打撃を受けて、その回復が叶わないまま年越しを待たずに倒産することになった。

「改めてごめんなさいっ」

朝礼でぺこりと頭を下げたのは、社長の西山英代《にしやまひでよ》である。四捨五入したら還暦だが、不思議と少女めいたところがある女性だ。フリルやリボンの多用を好むファッションセンスがその印象を強調しているのかもしれない。

「力及ばず、年を越すことができませんでした。『エンジェル・メーカー』は今月の締め日を以《もっ》て廃業ということになります」

『エンジェル・メーカー』の締め日は二十五日である。今月二十五日というと——

「クリスマス倒産かぁ」

投げ出すように言ったのはベンさんこと佐々木《ささき》勉《べん》、デザイナーだ。『エンジェル・メーカー』最古参の社員である。丸々肥えたタヌキのような体型にとっつぁん坊や的童顔で年齢不詳の容貌となっており、実年齢は三十九歳だが、二十代に間違えられたことも五十代に間違えられたこともあるという。

「ごめんね、せっかくのクリスマスに倒産する会社の締めなんて」

英代が申し訳なさそうに肩を縮める。

「まあいいですよ、どうせ今年はクリスマスの予定が立ってませんから」

鷹揚《おうよう》に見せかけた発言に大和は思わず横から突っ込んだ。

「ていうかベンさん、俺が入社してからクリスマスの予定が埋まってたことなんか、一度たりともなかったですよね？」

「最後にちょっとくらい見栄張らせろよぉ」

ったくかわいくねえなぁお前は、とベンさんは唇を尖《とが》らせた。

「先輩に対して優しさを持てよ、優しさを」

「だったら見栄を見過ごせる余地を作ってくださいよ、毎年クリスマスを呪うオフ会をやるとか言ってたら突っ込まずにいられないじゃないですか」

クリスマスシーズンになると、ネット友達と世のカップルを呪う気運が盛り上がるらしい。去年はクリスマスイブに表参道を歩くカップルを血祭りに上げるオフをやる、と息巻いていた。

具体的にはどうやって血祭りに上げるんですか？　と大和が尋ねると「カップルに向かってバルスを唱える」と答え、一緒にバルスを唱える美少女はどこで調達するんですか？　と尋ねるとそのまま撃沈した。

「男子、バカ話で盛り上がるのは後にしてよ」

笑いながらたしなめてきたのは、折原柊子《おりはらとうこ》。ベンさんと同じデザイナーだ。大和と同い年だが、中途採用で入社は三年ほど遅い。

「そうよ、朝礼の最中なのに。くだらないったらありゃしない」

同調した派手な美人は朝倉恵那《あさくらえな》、大和と同じ営業職である。言っていることは柊子とそれほど変わらないのに、こちらはいささかも朗らかでなく、トゲだらけだ。年は大和や柊子より一つ上、三年前に中途採用で入社した一番の新顔だが、態度は事務所の中で一番でかい。

「そう言うなよ、シングルベル仲間じゃないか」

ベンさんが朝倉の肩を叩くと、

「妙な仲間に引きずり込まないで！」

朝倉は凄《すさ》まじいまでの瞬発力でベンさんの手を払いのけた。

「え、でも朝倉も非モテだよね？」

「〝も〟じゃない！　あたしは恋愛なんて非生産的なことには興味がないだけっ！　一緒にしないで！」

「またまたぁ。恋愛に無関心な女子が〔三十代女子愛され系ファッション特集〕の『ノンノン』なんて買わないでしょ」

「あれは！　別の特集に興味があって……！」

嬉々《きき》として追い詰めるベンさんを英代が「こらっ」と小突く。

「女の子をいじめるんじゃありません」

「あたし別にいじめられてませんし！　単なる言いがかりだし！」

朝倉の往生際が悪いのは毎度のことなので、誰も取り合わない。

英代が話を再開する。

「会社は残務整理が主ですが、スクールのほうは最後まで預かる子供さんがいます。再就職活動などで抜けるときは、お互い時間を調整してお世話が疎《おろそ》かにならないようにしてください」

スクールというのは、三年程前から事務所内にスペースを確保して始めた学童保育だ。子供に関わる業種として母親たちをサポートしたい、という英代の希望による新事業だが、新興ベッドタウンである月島において働く女性のニーズを掘り当てた形となり、かなりの収益を上げていた。主要取引先を失った後は、スクールの収益で持ちこたえたようなものだ。

それも倒産が決まって専従職員が辞めてからは、同業者に紹介する形で利用を徐々に減らしている。

「それでは皆さん、今日も腐らずいじけず頑張りましょう」

朝礼を締める英代の決まり文句だが、今朝は朝倉が唇を尖らせてぶうたれた。

「腐らずいじけずったって……倒産すんのに空《むな》しいですよ、その響き」

「おおー、腐っとる腐っとる」

冷やかすベンさんを朝倉がぎろりと睨《にら》むが、ベンさんはどこ吹く風だ。大和などは何で今さら言っても仕方ないことをぶつぶつ言うのかと苛立《いらだ》つばかりだが、ベンさんは豊かな腹回りの分だけ度量も広いらしい。

「あんまり腐ってると糸引いちゃうよん」

ベンさんは朝倉のほっぺたをつんつんつついたが、さすがにこれはいじり方として失敗だったらしい。朝倉はベンさんの手を払いのけて尖った声を上げた。

「年の瀬に無職でほっぽり出されて腐らないほうがおかしいじゃない！」

英代が辛《つら》そうに目を伏せた。ベンさんが気まずい表情になる。

「おい」

大和が声を荒げたときだ。

「ねえ社長！」

一際高く声を張り上げたのは柊子だ。気圧の下がった大和の声をかき消した。

「せっかくのクリスマス倒産なんだから、最後の日にクリスマス会を兼ねて、忘年会しません？」

すっとんきょうな提案にずっこけたのは全員だ。

「せっかくのクリスマス倒産って！　前向きにも程がありすぎるだろ！」

突っ込んだベンさんに、柊子は「え、だって」とうろたえた。

「せっかくみんな独り身なんだし」

「あまつさえそんな朝倉を刺激するようなことを！」

「何であたしだけ名指しよ!?　全員でしょ、全員！」

朝倉の僻《ひが》みが別の方向で爆発し、不穏な空気は吹き飛んだ。

英代が「分かった分かった」と笑う。

「ちょっと奮発していいもの食べましょ。社長、奢《おご》っちゃう」

いいですよ、会費制で――口を開こうとした大和に、英代がかすかに首を振った。

眼差しだけを動かすほどかすかな動きは、大和以外の誰も気づかない。

言い聞かせるとき、英代はいつもそんなふうに首を振る。英代の柔らかな仕草は、何よりも効果的に大和の口を塞《ふさ》ぐ。

敵《かな》わないな、と大和は無言で引き下がった。そして敵わないもう一人をそっと窺《うかが》う。

「ベンさん、和洋中どれがいい？」

「俺、中華！」

柊子はさっそくグルメガイドを取り出してベンさんとはしゃいでいた。

経営が順調だったときは朝礼が終わるや営業に飛び出していっていた大和としては、残務整理のデスクワークは物足りない。

倒産とはいってもきれいに畳むことができたので、そのデスクワークものんびりとしたものだ。自然とオフィスには雑談が多くなる。

「小さいながらも楽しい職場だったんだけどなぁ」

感慨深そうなベンさんに「ねー」と同意したのは柊子だ。

「かわいいお洋服、作り放題だったのに」

「社長、デザインに関しては完全に任せてくれてたもんな。それにしても俺のレース使いって天才的だと思わない？　どうよ、この愛らしさ」

言いつつベンさんが見せたのは、整理していたカタログで、自画自賛しているのは女児モデルが着ている七五三用のドレスである。レースやフリルで飾ったヒラヒラ・フワフワ系はベンさんが最も得意とするデザインだった。

すてきすてき、と頷《うなず》いたのは柊子だ。

「これ、モデルの子も素敵だったよねぇ。ハーフなんだっけ？」

モデルの女児は栗色の髪で、瞳も少し鳶色《とびいろ》がかっている。

「三つか四つだったっけ。この年頃の子供ってホントかわいいよねぇ」

柊子がカタログをめくりながら目を細める。

「見て、この腕。ぷにぷに！　突っつきたい！」

「いやー、このほっぺたでしょ」

横から朝倉も参加した。

「すべっすべだよね。妬《ねた》ましいくらいだわ、もう」

「ねー。はむはむしたいよね」

「いやいや、幼児といえばおなかでしょ。あのぽこんとしたイカ腹！　わしゃわしゃしたい！」

ベンさんが手振りで何かをわしゃわしゃさする仕草をして、柊子は一緒にうんうん頷いたが朝倉がうえっとげんなりな顔になる。

「何だよ、朝倉」

「いや……何だも何も」

「何だ何だ、感じ悪いなぁ。なあ大和」

声の調子で露骨に加勢を求められたが、面倒くさそうなので突っ放すが吉だ。

「つーか、ベンさんが幼児のおなか語るとただの変態にしか見えませんし」

「何だと！　じゃあ折原はどうなんだよ。ぷにぷにだのはむはむだの、わしゃわしゃと何がどう違うっていうんだ。むしろ折原のほうが変態的だ」

「女が語るのはまた違うでしょ。タヌキ腹のおっさんが張り合うほうがおかしい」

「男女差別だ！」

ベンさんが大袈裟《おおげさ》に天井を仰ぐ。

「お前がそんな差別主義者だったなんて！」

「差別じゃありません、区別ですよ。女ならぷにぷにでもはむはむでもすべすべでも語って問題になりませんが、ベンさんが同じノリで幼児を語るとただのロリコン親父です」

「何でだよ!?　かわいいものを愛《め》でる気持ちに男女の貴賤はないはずだ！」

素直に加勢したほうが面倒じゃなかったかもしれない。ベンさんは何かのスイッチが入ってしまったようだ。

「そもそも生物学的に動物の幼体というものは、愛らしさをそそるようになってるんだ！　例えば草食動物のこどもを肉食動物が庇護したという事例がある、あれは幼体の持つ愛らしさが種族を超えて作用した結果だと言われている！　種族間さえ超える愛らしさを男女で区切ろうなんて人間の傲慢《ごうまん》だ！　お前だって幼児に対してぷにぷにとかはむはむとかすべすべとかわしゃわしゃとか何か語りたいことがあるはずだ！　さあ言ってみろ！　ぺろぺろか!?　くんくんか!?」

「ねえよ！　そもそも俺、子供嫌いだし！」

言い放ってからしまった、と胃の腑の辺りがひやりとする。とっさに柊子のほうを振り向きそうになって力尽くでこらえた。目の端だけで窺うと、やはりどこかが痛いような顔をしていた。

「えー、何で。子供かわいいじゃん」

子供好きと話すと当然そうなる。まるであの日のリプレイだ。

「子供って、会話が成立しないじゃないですか。言って分からない相手って苦手なんですよ」

「そんなこと言ってる奴に限って自分の子供が生まれたらコロッと変わるんだよ」

そんなこと言ってる人に限って自分の子供が生まれたらコロッと変わるのよ。

あの日も柊子はまったく同じことを言った。

うちのいとこのお兄ちゃんもそうだったの、子供なんか大キライって散々言ってたけど今はめろめろで――

違う。そうじゃない。苦手というのは言い訳だ。その理由で押し切れたらよかったのに。

自分の子供が生まれたら――その仮定を聞いて、はねつけるように言い返していた。

自分の子供なんて絶対嫌だ。考えたくもない。

柊子は、まるで突然斬りつけられたような顔をした。その顔を見て、彼女と自分はまったく違う場所で生きている生き物なのだと思い知った。

彼女は日の当たる優しい場所で生きている。――きっと遠からず終わる。

そう思って、程なくそのとおりになった。

「俺はね、結婚したら子供は可能な限りたくさんほしいね！　少子化を俺一人で解消してやるぜって勢いでね！」

ベンさんは勝手に自分の見果てぬ夢の話へ突入してくれたようだ。

「そんで、娘は絶対ほしいね！　俺に似た絶世の美少女に俺の作ったかわいい服！　最強すぎて恐《こわ》くない？」

えっ、と声を上げたのは朝倉だ。

「ちょっと待ってよ、前提おかしくない？」

「何がよ。どこがよ。完璧《かんぺき》じゃん」

「だって娘はベンさんに似てるんでしょ？　ベンさんに似てて絶世の美少女って」

「舐《な》めんな！　俺はこう見えても紅顔の美青年だったんだぞ！」

「自己申告じゃん。証人いないし」

「証人なら大和がいる！　あいつは学生の頃からバイトでうちに来てたからな！」

どうしてベンさんはくだらない話に必ず自分を巻き込むのか、と大和としては頭が痛い。高校の頃からアルバイトをしていたのは事実だが、ベンさんが美青年だったという説は初耳だ。朝倉に「どうなのよ」とせっつかれ、仕方がないので正直に答える。

「痩せたら見場がよくなるのにって社長や業者さんに言われてたけど、美青年とまでは……」

「やっぱり虚偽申告じゃないの」

鼻で笑った朝倉に、ベンさんはといえば大和に向かって逆ギレだ。

「こういうときは先輩の肩を持つもんだろう⁉ 何のために話を振ったと思ってるんだ！」

「嘘をついてまでは肩を持てませんよ」

「あーあ、お前も学生の頃はかわいかったのに。こんな生意気になるなら内定なんかやるんじゃなかった」

「勝手に内定出しといて何言ってんですか」

大学に進学してもアルバイトは続けていたが、三年になるとまだ本格的な就職活動も始まっていないのに『エンジェル・メーカー』の内定通知が来たのである。

一体どういうことかと問い合わせると、ベンさんが勝手に出したものだったというオチである。

英代にたしなめられたベンさんは「だけど社長、大和が来たら嬉《うれ》しいでしょ？」とどこ吹く風で、それまで英代とベンさんの二人だった『エンジェル・メーカー』は、そのとき初めて新卒を採ることになった。

「よしんば！　よしんば、俺の遺伝子では美少女が望めないとしてもだ！　配偶者の遺伝子で補強すれば充分に希望は持てる！　必要なのは美人の嫁だ！」

けっ、と朝倉が吐き捨てた。

「タヌキ親父に美人の嫁が見つかるくらいなら、あたしにハンサムな旦那が見つかるほうが先だっつーの。……ていうか」

言いつつ朝倉がじろりとベンさんを睨む。

「こんなタヌキ親父が美人の嫁さんとか調子こいたことを吐《ぬ》かすような世の中だから女の婚活に実りがないんだわ。大体あんたたち男は注文が多すぎンのよ。あのときもあのときもあのときも……」

今度は朝倉に何かのスイッチが入ったようだ。

「ルックスがよくて性格がよくて共働きは必須だけど家事の分担は奥さんメインで、お前が求めてるのはどこの時空の完璧超人だ⁉　バカは嫌だけど自分より頭いいのも嫌、学歴もないよりあったほうがいいけど自分よりは下で。そんなこと言われたら、いくら美人で巨乳でも東大出てる時点であたしゃ端《はな》からアウトじゃないのよ！　そういうことは高校で志望校を決めるときに進路の教師が教えとけ！」

そう吠える朝倉は、合コンで訊《き》かれるままに出身大学を答えた途端「すみません」と謝られたことがあるらしい。

「えー、俺だったら奥さんのほうが頭よかったら自分バカでいいから安心だけどな〜。美人かつ頭もいいって遺伝子最強じゃん」

「他人事《ひとごと》だからって無責任なこと言うんじゃないわよ！　大体男なんて……」

朝倉はこの僻みモードに入ると話が長い。

「お茶淹《い》れてきま〜す」

柊子がこっそり抜け出したので、大和も「社長に書類の確認してこないと……」と席を立った。

部屋を出たところでお互い顔を見合わせる。

気持ちがたじろぐ。目を逸《そ》らそうとした矢先、柊子がにこりと笑った。

「大和くんは何飲む？」

「あ、じゃあコーヒー」

「オッケ」

柊子が軽やかな足取りで給湯室へ向かう。長い髪が揺れる背中を見送っている自分に気づき、大和はいじましい自分の眼差しを引き剝《は》がすようにして社長室へ向かった。

ノックに返事があったので部屋に入ると、英代がびっくりしたようにこちらを見た。

「な、何ですか？」

間が悪いときに来てしまったのかと慄《おのの》きながら尋ねると、英代は笑った。

「ごめん、ごめん。午前中に俊くんが会社にいるって状態になかなか慣れなくて」

二人のときは社内でも子供の頃からの呼び方になる。直さなくちゃ、と言いながら結局最後まで直らなかった。

「前は朝礼が終わるなり営業に飛び出して行ってましたからね」

大和が答えると、英代が少し寂しそうな顔になった。

「もう営業回りも必要ないものね。もっと粘れたらよかったんだけど……」

「何言ってんですか。粘って商工ローンにでも手を出そうとしたら、ふん縛ってでも止めるところでしたよ」

銀行からの融資が下りなくなった頃、どこから聞きつけたのやら審査が通りやすいことを売りにした商工ローンから売り込みがあった。もし英代が乗せられるようなら僭越《せんえつ》であってても止めなくてはとベンさんと二人でピリピリしていたものだが、英代はあっさり会社を畳むことを決めた。

「夫が遺してくれた会社だからできればなくしたくなかったけど……無理な借り入れしなくちゃ続けられないくらいなら、もう寿命だと思って」

「正解ですよ、きっと」

「ただ、俊くんには悪いことしちゃったなぁ」

大和が首を傾《かし》げると、英代が苦笑した。

「女の子たちと違って俊くんはうちが強引に入社させちゃったようなものだから。俊くんが大学三年のときに戻れたら、ベンさんの出した内定を絶対に取り消すわ」

「返しませんよ。当時、就活厳しかったし、ラッキーってなもんですよ」

今まで働けて嬉しかったです、と胸の中では台詞《せりふ》を転がせるのに、どうしても口に出せない。

「イタズラみたいな内定で十年も働けりゃ充分ですよ。元は取れました」

十年も英代の下で働けた。それだけで充分だ——素直にそう言えない自分の性格が恨めしい。

「ありがとうね。わたしも正直言うと、俊くんがうちに来てくれて嬉しかったわ」

いたずらっぽく笑う英代に思わず眼差しが下がった。——英代は惜しみなく大和が嬉しくなることを言ってくれるのに。

「俊くんを見てると、自分に子供がいたらこんなふうだったのかなって思ったりするのよ。わたしが育ててたらこんないい子になってなかったかもしれないけど」

「……もっといい子になってましたよ、きっと」

少なくとも、もっと素直に育っていたに違いない。

「これ、書類の確認お願いします」

持ってきた書類を渡すと、英代は交換で「わたしからもこれお願い。今日中ね」と白い封筒の束を渡してきた。取引先に出す廃業の挨拶状らしい。

「宛名くらいは手書きがいいかなと思って。俊くんがうちで一番字が上手だから」

ベンさんなどは、口汚い分を字で埋め合わせてるんだろとご挨拶な言い草だが、字だけは昔からよく誉められる。筆跡が繊細なのか、女性と間違われることも度々だ。

「ここで書いていく？」

「いえ、折原がお茶を淹れてくれるので」

部屋を出ようとすると、英代が「ねえ」と呼び止めた。

「このままで後悔はしない？」

唐突な問いに振り返ると、英代が諭《さと》すような咎《とが》めるような眼差しで見つめていた。

「会社はクリスマスでなくなるわ。もう同僚ですらなくなるのよ」

それでもいいの、と問うている。

後悔ならもうとっくにしている。だが――

「もう俺が選べることじゃないんです」

逃げるように部屋を出てオフィスに戻った。デスクで見慣れたマグカップが湯気を立てている。柊子に会釈で礼をすると、柊子も会釈で返した。

コーヒーはいつもどおりのブラックだが、今日はミルクが入っていてもよかったなと思った。

すると思ったとおり、やけに苦く感じた。

大和俊介にとって西山英代は「小さい頃から知っているおばちゃん」だ。

俊介の母親と英代が幼なじみで、英代のほうは俊介のおむつを替えたことがあると主張しているから、それこそ物心つく前から会っていたことになる。

子供時代の幸せな記憶を探すと、大抵そこに英代がいるのは、母が西山家を訪ねているときだけが心から安心して笑える時間だったからだ。

「ねえ。思い切って別れたら？」

　英代はいつも母にそう言っていた。母が俊介を連れて英代を訪ねるとき、母の顔や体には痣《あざ》ができていた。――父の暴力だ。

「いずれ俊くんにも矛先が向くようになるわよ。そうなってからじゃ……」

「でもわたしは帰れる実家もないし……」

　母の実家は祖父が早くに亡くなり、祖母は母の弟に当たる長男夫婦と同居していた。母は弟の妻と折り合いが悪かったらしい。

「実のお姉さんがこんなに困ってるんだもの、頼ればきっと弟さんだって力になってくれるわよ」

「嫌よ。そうなったらあの女が何て言うか」

　夫の暴力に耐えかねて友人の家に転がり込むことはできても、折り合いの悪い嫁がいる弟一家の世話になることはプライドが許さない。

　母はそういう人だったのだと理解できるようになったのは、もう大人に近いような年齢になってからだった。

「暴力さえ振るわなければいい人なの。わたしが怒らせないように気をつけたら……機嫌が悪いときにわたしが気に障《さわ》るようなことを言っちゃうから」

「一生怒らせないなんて無理よ。一生旦那さんに脅《おび》えながら過ごすの？」

「でも離婚したら生活が……子供もいるし一人じゃとても」

母と英代の話はいつも堂々巡りだ。

「俊くん、おじさんと遊ぼうか」

二人の話がこみ入ってくると、いつも英代の夫が遊んでくれた。晴れの日は家の前でキャッチボールが定番で、俊介にも革のグローブを貸してくれた。

子供のなかった西山家に子供用のグローブが置いてあった意味を考えると、今でも胸が痛いようなくすぐったいような気持ちになる。道具にお金がかかるので部活動はやれなかったが、今でも野球が好きなのは西山のおじさんの影響かもしれない。

雨降りの日は隠れんぼだ。こみ入った話が終わると、英代も一緒に遊んでくれる。西山家は古い大きな一戸建てなので、隠れる場所がたくさんあった。俊介お気に入りの隠れ場所は階段の下の納戸で、そこに隠れるといつも最後まで見つからなかった。

母が俊介を連れて西山家に転がり込むのは三、四日だ。母が帰り支度を始めると、いつも悲しくなった。——ずっとここにいられたらいいのに。

納戸の中に隠れて泣いていると、扉がそぉっと開いて英代が顔を覗《のぞ》かせた。

「どうしたの、俊くん」

「帰るのやだ」

家に帰れば父の怒号と暴力が吹き荒れる毎日が始まる。母は黙って殴られるばかりで、俊介はそれを見ていることしかできない。父の不機嫌な目を避けるように小さくなって息を殺して、透明になることばかりを考える。

自宅はぴかぴかの広いマンションだが、いつも物が壊れて荒れている。隠れられる階段の下の納戸もない。父が荒れ狂っている間はごはんもおやつも食べられない、水も飲めない。

「おばちゃんちがいい」

すると英代は俊介を力いっぱい抱き締めた。俊介の息が止まるくらい強く。しゃくり上げる息が耳元で聞こえた。

そして英代は俊介を手放して、居間へばたばた駆けていった。一体どうしたのかとびっくりして固まっていると、すぐに戻ってきた。

「俊くん、これ」

手渡されたのは紫の布地に金糸銀糸の刺繡《ししゅう》が入ったお守りだ。書いてある家内安全という字が読めるようになったのはずっと先、言葉の意味が分かったのはもっと先だ。

「もしお父さんが俊くんをぶつようになったら、これを持ってタクシーに乗るのよ」

英代がお守りの口を開いて見せると、小さく折り畳まれたお札《さつ》とメモが入っていた。

「うちに来たら、きっと何とかしてあげる。お母さんのことも、すぐに助けに行ってあげる。だから……」

「どうしたの、英代」

やってきた母に、英代は「何でもないの」と笑った。

「俊くんがこのお守りがほしいって言うから。あげてもいいでしょう?」

「変なもの欲しがるのね、俊介」

「いいじゃない、子供ってそういうものよ」

「子供がいないのによく分かるのね」

母の言葉に、英代が一瞬目を眇《すが》めた。母はこういうときに悪気なく無神経なことを言う人なのだということは、この頃からうっすらと分かっていた。

「お店にいろんな子供が来るもの、触れ合う人数ならあなたより多いわよ」

その頃の『エンジェル・メーカー』はショッピングモールの中の小売店だった。

「俊くん、リュックにつけてあげるわね」

言いながら英代は、玄関先に置いてあった俊介のリュックにお守りを結びつけた。

お守りの中身のことは言ってはいけないのだと分かった。

やがて、英代の懸念は現実になった。俊介が小学校に上がってしばらく、父の目を逃れるには体が大きくなりすぎたのか、透明になれなくなった。父は俊介にも暴力を振るうようになった。

それでも、英代のくれたお守りを使うことはできなかった。

リュックを使わなくなってからも、ランドセルに移して大事に持っていたし、父の矛先が回ってくる前に逃げてしまおうかと何度か手が伸びたこともある。だが、どうしても使うには至らなかった。

俊介が逃げたらきっと父はめちゃくちゃに怒る。そうしたら残された母はどうなる。

自分に矛先が回ってくるようになって、母がどれだけの暴力を受けていたか初めて知った。あの理不尽で圧倒的な暴力の前に母一人を置いていけない。英代は母を助けに行ってくれると言ったが、俊介が西山家にたどり着いて英代が駆けつけるまで母は一人であの暴力にさらされることになる。

嵐が過ぎるまで、ひたすらこらえてこらえて――嵐が過ぎたら、もう慌てて一人で逃げる理由はない。

お守りは、使わないままでずっとランドセルにつけてあったが、そのうちあんまりボロボロだからと母が勝手に近所の神社に返してしまった。

転機は俊介が中学校に上がった頃に訪れた。成長期に入って背が伸びて、力も強くなった。

そうしてある日、ふと気がついた。——もう、父にも対抗できるのじゃないか？

父に文句をつける隙《すき》を与えないためにいつも塵《ちり》一つなく整っているリビングで、父がいつものように晩酌を始める。

杯が進むうちに目つきが悪くなる。どこかに母を詰《なじ》る隙が落ちていないかと酔って血走った目がサーチを始める。

その日もくだらないことで難癖をつけ始めた。母の足音がうるさいとかそんなことだ。

「下に響くから静かに歩けと前にも言ったよな？　ちゃんと約束したよな？」

「ごめんなさい、そんなに響くように歩いたつもりはないんだけど」

「言い訳するな！」

肺腑の空気をすべて吐き出すような勢いで怒鳴りつける。それがいつもの手だった。怒鳴って縮こまらせる。

「お前は俺をバカにしてるんだろう！　俺をバカにしてるから俺との約束なんかどう

でもいいと思ってるんだろう！」

「そんなこと……」

「じゃあどうして約束を破った⁉」

「ついうっかりしてて」

「今、うっかりしてたって認めたよな！　うっかりして約束を破った自覚があったってことだよな！　何でごまかそうとした⁉」

「ごまかすつもりはなかったんだけど、怒鳴られると恐くてつい言い訳しちゃって」

「俺のせいにするのか！」

端で聞いていたらまるでコントだ。あり得ないような揚げ足を、次から次へ取り続ける。

ついに父が席を立った。母を突き飛ばそうとする。

「やめろよ！」

割って入ると、父が止まった。――俊介の力で止められた。父がぎょっとしたような顔をして俊介を見る。抵抗されるなんて思ってもみなかったのだ。

「お前はこの嘘つき女の肩を持つのか！」

とにかく声量で圧倒しようという怒鳴り声が鼓膜を圧迫する。――怯《ひる》むな。

ここで怯んだら一生このままだ。

「どうして自分の奥さんを嘘つき女なんて呼べるんだよ！　父さんのほうがおかしいだろ！」

「俺がおかしいだと⁉　約束を破ったのも嘘をついたのもこいつじゃないか！」

「だったらよその人に訊いてみろよ！　約束破った家族に暴力を振るいましたけど、おかしくないですよねって！」

「うるさい黙れ！」

父は矛先を急転換して俊介に殴りかかってきた。自分の言葉がよほど痛いところを突いたのだということは分かった。

殴られて床に吹っ飛ばされた。――痛かったが、為《な》す術《すべ》もなく縮こまるほどのことではない。いつのまに自分はこんなに大きくなっていたのだろう！

わああと喚《わめ》きながら殴り返す。最初の一発は入った。そこから覚えていない。

ただむちゃくちゃに暴れて、殴って、摑《つか》みかかって、気づくと父が馬乗りになって俊介の首を絞めていた。

「分かったか！　親に逆らうとこうなるんだ！」

逆らってもこの程度か、と内心で思った。一方的に殴られていた頃を思えば百万倍マシだ。

だが、今すぐ言い返すのはうまくない。疲れ果ててこれ以上は張り合えない。

「部屋は片付けとけよ！」

リビングは台風が上陸したみたいにめちゃくちゃになっていた。

「朝までに片付いてなかったらお前のせいだからな！」

父が睨みつけたのは母である。母は泣きながらこくこく頷いた。

深夜までかかって二人で部屋を片付けた。母は一言も何も言わなかった。まだ敵わなかったが、俊介が母を守ろうとしたことを分かってくれているのだと思った。


それからは父の暴力は一方的なものではなくなった。

俊介が抗《あらが》うようになったからだ。

しかしその分、家の中は前よりも荒れるようになった。父が捨て台詞で寝室に引き揚げると、母と二人で黙々と部屋を片付ける。

でも、こんな日々はいつまでも続かない。俊介の背は、ぐいぐい伸びている。力もますます強くなっている。あと少しの辛抱だ。もう少ししたらきっと父に勝てるようになる。

理不尽な支配の日々はもうすぐ終わる。そう思っていた。

俊介がまた父に抗ったある晩、嵐の去った部屋で割れ物を拾っていた母がぽそりと呟《つぶや》いた。

「いいかげんにしてちょうだい」

「ホントだよな、父さんの奴あんなバカバカしい難癖……」

同調しようとした俊介に、母から尖った眼差しが突き刺さった。

「あんたのことよ！」

頭の中が真っ白になった。何を言われたのか分からない。

アンタノコトヨ。――この文字列が何を意味しているのか理解できない。

「逆らわなかったらもっと早く済むのに！　あんたが逆らったりするから！」

呆然《ぼうぜん》として母の言葉を聞いた。

どうして。俺はお母さんを守ろうとしてるのに。

「こんな乱暴な子になるなんて思わなかったわ！　まるで、お父さんが二人になったみたい！」

金切り声が脳に突き刺さった。深く深く突き刺さって二度と抜けない。

でたらめな理屈で家族を追い詰め、暴力で支配する父親を心の底から軽蔑していたのに、その父と同類なんて。

ひどい難癖だ。

「……俺は！」

父さんとは違う。そう続けようとした鼻先に、

「ほら！　すぐ怒鳴るところなんかそっくり！」

喉の奥に杭を打たれたように声が堰《せ》き止められた。

——それから数日後のことだった。

酒を飲んだ父が、家族の落ち度をサーチする目を俊介に向けてきた。些細《ささい》なことをあげつらい、暴力で虐げる流れに持ち込む。

やり返そうとして、——突き刺さった金切り声の杭が脳の中で激しく軋《きし》んだ。

まるでお父さんが二人に、
一度握った拳《こぶし》が力なく緩んだ。一方的に殴られ、蹴られるのは久しぶりだった。

ただ昔と違うのは、——父はもう抗う俊介をねじ伏せる暴力に慣れていた。

「やめて！　やめてあなた！　俊介が死んじゃう！」

——目が覚めると素っ気ない白い部屋に寝かされていた。腕に管が繋《つな》がっている。目で辿ると点滴の瓶にたどり着いた。

「俊くん」

枕元には英代がいた。母の姿はない。英代が事情をぽつりぽつりと話してくれた。

結局、救急車が来る騒ぎになったらしい。抗う俊介を想定した父の暴力は、加減が強すぎたのだ。ご近所の通報で警察も来て、父は事情聴取を受けることになり、母はそちらに付き添ったという。

英代に俊介の付き添いを頼んだ母は、何をどこまで話したのだろう。

「おばさん……俺の話、お母さんから聞いた?」

「少し」

信じてはいない。そういう口振りだった。その口振りで、母がどんなふうに話したか分かった。

「俺、父さんを止めようとしたんだ」

すると、英代が体を寄せて、俊介の頭を抱いた。静かに何かをこらえる息が耳元で聞こえた。

精密検査を受けて家に帰ると、状況は一変していた。

いつもにこやかに挨拶してくれていた隣のおばさんが笑ってくれなくなっていた。

隣だけではない、近所中どこもそうだった。

俊介の家庭内暴力で両親はずっと悩んでいたことになっていた。

父方の祖父母が乗り込んできて、両親の離婚をてきぱき進めた。表向きは、俊介の家庭内暴力を原因とする夫婦不和。――実際のところは、暴力癖のある父がうっかり取り返しのつかないことをする前に嫁と息子を引き剝がしてしまおうという目論見だ。父の実家は政治家なども輩出している家筋だったので、不祥事を親戚ぐるみで恐れたらしい。

俊介に泥を被《かぶ》せる代わりに、母は充分な慰謝料と養育費を受け取った。頼ることを嫌っていた弟の一家に身を寄せる必要もなく、小綺麗なアパートで母子二人の暮らしが始まった。表札も母の旧姓の大和に変わった。

物件探しを手伝ってくれたのも就職先を世話してくれたのも西山夫妻だ。

俊介が思っていた形ではなかったが、父の支配からは逃れた。だが、幸せになれたような気はしない。

母は離婚したことを嘆き続けた。

暴力さえ我慢すればいい人だった。高給取りだったし、なに不自由なく生活させてもらえた。自分は一生我慢する覚悟はできていた。

俊介さえ家庭内暴力に走らなければ。

何を抗弁しても無駄だった。母の中ではもうそういう物語になっているのだ。やっぱり男の子は父親に似るのかしら。乱暴になって手に負えなかった——他人にそうやって愚痴をこぼしているのを小耳に挟むたび、脳に突き刺さった金切り声の杭が軋む。

軋むたびにどんどん人相が悪くなっていって、ある日鏡を見てぎょっとした。こちらを見返す荒《すさ》んだ目つきは、あれほど嫌っていた父親にそっくりだった。

高校に進学してしばらく、母が再婚することになった。その相手を聞いて、言葉をなくした。

別れた父とよりを戻すという。

「お父さんがね、泣きながら戻ってきてくれっていうのよ。やっぱり愛してるんだって」

俊介が知らなかっただけで、今まで二人で何度も会っていたという。

「暴力が出ないようにカウンセリングも受けるって言ってるの。それに俊介も最近は落ち着いてきたし、もう暴れたりしないでしょう？」

母を守って戦っていたつもりが、どこまでもあくまでも家庭内暴力だったらしい。

もうどうでもいい。

「好きにしなよ。でも俺は一緒に暮らすのは嫌だ。親父の姓を名乗るのも嫌だ。それさえ聞いてくれるなら再婚でも何でもしたらいい」

そう言って、もし気持ちが翻ることがあれば――一縷《いちる》の期待をかけた自分を後から張り倒したくなった。

俊介の一人暮らしも母方の姓を名乗ることも認めて、二人はつつがなく再婚した。英代はもちろん、母方の家族も父方の実家も反対したが、血を分けた息子が言っても聞かなかったのに聞くわけがない。――むしろ他の誰かで気持ちを翻されたら、それこそ俊介の立場は紙クズだ。

「困ったことがあったらいつでも言ってきてね」

そう言ってくれたのは母ではなく英代だ。

幸い困ったことは特に起こらなかったので、英代を頼ることもなかった。――正直、英代の顔をあまり見たくなかった。英代だけでなく、誰の顔も見たくなかった。西山のおじさんも、母方の家族も、もちろん両親は最大級に。

思いを裏切られすぎると、人と関わること自体が嫌になる。両親に繋がる大人たちの誰と会うのも億劫《おっくう》だった。

鏡の中から見返す荒んだ目はますます荒んでいく。荒めば荒むほど顔立ちまで父親に似てくるようだ。父親に似ないとしてもどうせ母親だ。逃げ場がない。

そんなある日、久しぶりに母から電話が来た。しつこく鳴るので渋々出ると、思いもかけない報せだった。

西山のおじさんが亡くなったという。

詰め襟を着て、取る物も取り敢えず自宅の通夜に駆けつけた。

階段の下に納戸がある懐かしいあの家で、喪服を着た英代が出迎えた。

どう挨拶していいのかさっぱり分からない。

「ありがとう、来てくれて。上がってちょうだい」

弔問客がちょうど途切れたタイミングだったらしい。ゆっくり線香を上げられた。

「突然だったのよ。脳溢血でぽっくり」

英代はおじさんの顔を棺の窓から覗かせてくれた。顔色は土気色だが、眠っているように安らかだった。

「事業を拡大したばかりで、ずっと忙しくしてたから……もっと気をつけてあげたらよかった」

『エンジェル・メーカー』は子供服製作の部門を作って、デザイナーを雇ったところだったという。

「いつか、自分の子供にうちの服を着せたいねって言ってたんだけどね……叶わなくなっちゃった」

そう言って笑った目元に涙が滲《にじ》み、英代はそっと指先で拭《ぬぐ》った。

「俺……もっとおじさんに会いに来てたらよかった」

両親との関係に倦んで、よくしてくれた西山夫妻まで遠ざけた。英代もおじさんもずっと気にかけてくれていたのに。

まさかこんなしっぺ返しが来るなんて。

「いいのよ、こうして会いに来てくれたんだから。お母さんも昼間来てくれたわ」

「母さんも？」

「ええ。旦那さんと一緒に」

どの面下《つらさ》げて！　腹の底で獰猛《どうもう》な怒りがうねった。

「不公平だ」

吐き捨てたことに気づいたのは、英代が「何が？」と尋ねてからだった。

「おじさんはいい人だったのにこんなに早く亡くなって、うちの親父みたいなクズがのうのうと生きてるなんて。母さんだって——」

英代のほうがずっと優しくていい人なのにこんなに早く夫と死に別れ、周りに散々心配をかけた挙句あんな男とよりを戻すような母が弔問する側だなんて。

「うちの親のほうがおばさんたちより不幸になるべきだ」

「そんなこと比べたって仕方ないでしょ」

「だって」

「俊くん」

英代が俊介の手を取った。まるで俊介の言葉を遮るように。

「不幸の比べっこなんかしても仕方ないでしょ」

英代の目から堰《せき》が切れたように涙が落ちた。

「頼むからそんなこと言わないで。おじさんもきっと悲しむ」

ぼろぼろとこぼれる涙にただ目を奪われる。言葉を奪われる。

「おじさんは、一生懸命生きた。天寿がここまでだった。ただ、それだけよ。誰かと比べることじゃないの」

強い声は、俊介だけではなく自分自身にも向けられている。何かを恨みそうになるのを、全身全霊の力で踏みとどまっている。

それはおじさんの死を貶《おとし》めないために。

「ごめんなさい」

まだ完全に納得できたわけではない。でも、そう言うしかなかった。

「もう絶対に比べたりしません。ごめんなさい」

英代とおじさんに報いる言葉はそれしかなかった。


『エンジェル・メーカー』は小売店を畳んで子供服メーカーにシフトした。英代一人では両方を切り盛りできず、どちらかの業務を選ばざるを得なかったという。

もっとも、おじさんが亡くなったことで経営を不安に思った社員が相当の数辞めたことも響いたらしい。

「でも、新しく採ったデザイナーさんは残ってくれたから」

英代はあくまで前向きだった。

「若いのにタヌキ親父みたいな男の子なんだけど、見かけによらずかわいいお洋服を作るのよ。面白い子だから今度事務所に遊びに来るといいわ」

作業を手伝ってくれたらバイト代も出すわよ、という言葉に釣られたわけではないが、事務所にたびたび訪ねていくようになった。

デザイナーは確かにタヌキみたいな見てくれだった。

「お、君が大和くんか？　俺は佐々木勉、ベンさんと呼んでくれ」

大人のくせに変にひょうきんな人で、俊介にもあれこれとくだらないことで絡んでくる。大和と呼び捨てされるようになるのもあっという間だった。

「正直なところ、正社員を雇う余裕がないからさ。大和がバイトで安くこき使われてくれると助かるんだよなぁ」

あけすけな物言いに勇気づけられ、バイトにも入らせてもらうようになった。

事業はなかなか軌道に乗らず、やがて正社員はベンさん一人になった。社長と社員とバイトが各イチ、最小トロイカ体制だ。

「ベンさんは辞めないの？」

「ここにいたら好きな服が作れるしなぁ」

呑気《のんき》なだけかと思ったら、「給料も滞ってるわけじゃないし」と意外と現実的だ。

「けっこう経営感覚あると思うよ、社長は。よっぽどの予想外がなければ、ぼちぼち行けるんじゃないの」

「予想外って？」

「例えば主要取引先が潰《つぶ》れるとかさ。連鎖倒産は避けようがないからなぁ」

だが、今のところは大丈夫だろうというベンさんの見立てだった。

俊介もそのままずっとアルバイトを続け、大学三年になるとイタズラみたいな内定通知が来た。英代は他に志望があるなら断っていいと言ってくれたが、叶うものなら英代の会社で働きたいと思っていたのも本当なので、そのまま就職が決まった。

柊子が二人目のデザイナーとして入社してきたのは大和が入社して三年後である。ベンさんはヒラヒラ・フワフワが得意だが、男児向けなどシンプルなラインナップが弱かったので、そこを補強するための人材だ。

「大和くんと同い年よ。仲良くしてあげてね」

英代にはそう頼まれたが、柊子と打ち解けたのはベンさんのほうが先だ。二人とも子供が好きだし、同じデザイナーなので取っかかりが多かったらしい。

俊介はといえば、高校のときからずっと最小トロイカ体制に慣れきっていたので、同年代の女性が職場にいる状態になかなか馴染めなかった。

アルバイトは『エンジェル・メーカー』しか経験したことがないので、若い女性と働くということ自体が初なのだ。

「お前、もうちょっと親しみやすさを出してやれよ」

ベンさんにもそう諭されたが、仕事上の親しみやすさというものが一体どのライン上にあるか分からない。

学生時代のノリで喋《しゃべ》ると馴《な》れ馴《な》れしくなりそうな気がしたし、うっかり変な下心があると思われたらと懸念してついつい口数が少なくなる。ベンさんはかなり親しげに接しているが、これはベンさんの異性を感じさせない独特のキャラクターで成立している部分が大きいので真似《まね》がしづらい。

きっと柊子も気まずい思いをしているだろうとやきもきしたが、なかなか自分の殻を破れない。どうやって打ち解けるかということが課題になっていた頃、外回り中にとある百貨店に立ち寄り、ふと数日前のことを思い出した。

ベンさんと柊子が休憩のときに情報誌のデパ地下スイーツ特集を見ていたのである。パイ生地のコルネだったか、中に詰めるクリームにいろんな種類があるとかいうものだ。ちょうどその百貨店に入っている店だった。

土産《みやげ》に買って帰れば、まずベンさんが大はしゃぎしてくれる。柊子も食べたがっていたし、英代も甘い物は好物だ。「立ち寄り先でたまたま見つけて。ベンさんと折原さんが話してたから」よし、理由も極めて自然。

店には三十人ばかり行列ができていてげんなりしたが、並んでいるおばちゃんたちの会話を聞くと「今日はまだ少ないほう」とのことだったので、気を取り直して最後尾についた。

クリームの種類が豊富ということが売りだそうなので、一番人気の濃厚生クリームを人数分と、他に六種類あったのを一つずつ全部買った。一つ百八十円と単価が安いことも人気の理由らしく、客がみんな十個二十個と大量買いしているので釣られたということもある。

四人に十個は多すぎるかなと思わなくもなかったが、ベンさんはケーキなら一人で三個は食う。ケーキよりは小振りなので余裕だろう。

夕方近くに事務所に帰ると、柊子が一人でスケッチブックを広げていた。デザイン画を描いているようだ。俊介に気づいて「お帰りなさい」と手を止める。

「ベンさんは？」

「今日は早退です」

予想外の答えに思わず「えっ」と声が漏れた。

「歯医者さんなんですって」

何でよりにもよって今日に限って、と内心でベンさんを詰るがどうしようもない。

「どうかしました？」

「いや、あの……」

説明に困って提げていたコルネの紙袋を柊子に突き出す。

「今日、たまたま近くに寄ったから」

柊子はわぁっと声を上げた。

「ベンさんと話してたやつだ！」

「ベンさん間が悪いよな。じゃあ社長と三人で……」

するともう一つ計算外が来た。

「社長も打ち合わせに出て直帰です」

こうなってくると間が悪いのはむしろ自分だ。思わず背中が猫背になる。

「……二人だと多すぎたかも」

気まずく頭を掻くと、柊子も紙袋の中を覗いて「わぁ、たくさん」と呟いた。

「あ、でも日保《ひも》ちするならラップして冷蔵庫に……」

「今日中って言われた」

退路を断たれて柊子もしゅんとしてしまう。だが、すぐにテンションを上げた。

「でもわたし、このサイズだったらけっこう食べちゃうかも！　お茶、淹れてきますね！」

まだ打ち解けていない新人女性と差し向かいでお茶、しかも茶請けはあからさまに空振りした洋菓子が山盛り。一体何の罰ゲームかというシチュエーションだ。

柊子は濃厚生クリームを食べ、ストロベリーとチョコレートを食べ、更にクリームチーズに手を伸ばそうかどうか逡巡《しゅんじゅん》している。俊介のほうはほとんど義務感で濃厚生クリームと抹茶の二つを食べきり、既に胸焼け気味だ。

「もういいよ、無理しなくて。買いすぎた」

「チーズ系好きなんだけどな……あっ、そうだ」

柊子はクリームチーズのコルネを半分に割り、片方を俊介に差し出した。

「半分引き受けてください、そしたら食べられます」

気を遣って無理に詰め込もうとしているのかと思ったら、食べたいことは食べたいらしい。救われた気分が背中を押して、差し出された半分を引き受けた。

「ああ悔しい、あと四つか」

柊子が紙袋の中に残ったコルネを睨む。濃厚生クリームが二つと、カスタードと、プラリネだ。

「いいよ。冷蔵庫にしまって明日やばくなってたら捨てよう」

「いや、もったいないです」

「そんな高くなかったし」

お土産を捨てる罪悪感をフォローしたつもりだったが、柊子は首を横に振った。

「大和さんの気持ちがもったいないです。せっかく並んでくれたのに」

思いがけない言葉に思わず目をしばたたいた。

「ガイドブックに一時間待ちって書いてありました」

「いや、今日はそこまで……二十分くらいしか」

「せっかちな大和さんが二十分も並んでくれたのに」

短い間に性分まで見抜かれている。おっとりしているようで、しっかり周りのことは見ているらしい。

「これ、もらって帰っていいですか？」

「さすがに飽きないか」

しかし柊子は「持って帰れたら余裕です」とVサインだ。

「親戚の家に下宿してるんです。おじさんとおばさんも、コレ食べたいって言ってたから」

そういえばそんなことを英代が採用のときに言っていたなと思い出した。確か新潟出身で進学時に上京したというプロフィールだ。

柊子は残ったコルネをラップに包み、どこから探してきたものか銀色の保冷バッグにしまって持って帰った。――もう土産が空振りした気まずさはどこかへ行った。

いい子だな、と思った。もったいないという言葉が、物ではなくて相手の気持ちにかかる。俊介の辞書にはない文法だった。

きっと優しい両親に大事に育てられたのだろう。学校を卒業して社会人になっても親戚の家に下宿しているくらいなのだから、親戚同士も仲がいいに違いない。何だか眩《まぶ》しいような家庭環境だ。

俺も、と埒《らち》もない考えがよぎる。俺も、そんな家庭で優しく育っていたら——埒もなさすぎて、早々にその仮定は投げ捨てた。

翌朝、柊子はにこにこして俊介のところへやってきた。

「ありがとうございました、おじさんもおばさんも大喜びでした。優しい先輩だねって」

何てことのないお礼なのに、柊子が言うと型どおりの言葉には聞こえない。気持ちがしっかり乗った真摯《しんし》な言葉は、誰かに似ている。探してみると思い当たった。——英代だ。

一気に親近感が増して打ち解けた。大和さんと呼ばれ折原さんと呼んでいたのが、柊子のほうは大和くんと呼ぶようになり、俊介のほうは先輩権限で折原呼びになった。ベンさんも折原と呼んでいたからということもある。

相変わらず、俊介の辞書にはない言葉を使う。無理難題を言う取引先を、男二人で罵《ののし》っていたら、憤然と参加してきた。

「飛んできた隕石に当たって全治三ヶ月くらいの怪我《けが》を負えばいいのに！」

何の脈絡もないうえに妙に具体的な呪いの内容に、俊介もベンさんも吹き出した。

「何で隕石⁉」

「何で全治三ヶ月⁉」

立て続けに突っ込まれ、柊子は理路整然と説明した。

「不幸になってほしいけど、死なれても寝覚めが悪いし、全治三ヶ月くらいなら妥当かなと思って。だけど、事故だったら加害者側にしろ被害者側にしろ他人を巻き込んじゃうし、バチを当てるために不幸な第三者を作っちゃいけないでしょ？　自然災害ならいいかなって一瞬思ったんだけど、全治三ヶ月くらいの負傷者が出る自然災害って他にも被害者が出そうだし。だから、ピンポイントで隕石が当たってくれたら、誰にも迷惑かからずに三ヶ月くらい不幸になってくれるかなって」

ベンさんはゲラゲラ笑って窒息寸前だった。

「何つーか、育ちがいいよなぁお前！」

「そんなことないですよ、普通のサラリーマン家庭ですよ」

「そういうことじゃなくてさあ」

ベンさんの言うことをまったく分かっていない柊子がおかしくて、俊介もますます笑った。

むかつく相手に悪態を吐くだけで何という濃《こま》やかな気遣いか。微笑《ほほえ》ましさに愚痴っぽい空気も吹き飛んでしまった。

自分の知らない言葉をもっと聞いていたくて、会社帰りに食事に誘うようになった。やがて電話をするようになり、社外では柊子と呼び俊介と呼ばれるようになった。

自分から付き合ってほしいと言ったのは初めてだった。

付き合って三年ほどで結婚話が出てきた。お互い友人の結婚が立て続いたからかもしれない。

分厚い結婚情報誌を初めて買った日、そのまま部屋に来た柊子が「そういえば」と嬉しそうに話しはじめた。

「今度結婚する友達がね、おめでた婚なんだよ」

「へえー、勇気あるな」

何の気なしに相槌《あいづち》を打つと、柊子が戸惑ったように黙り込んだ。

「どうしたの」

「勇気あるなって……ちょっと意味が分からなくて」

「だって子供って足枷《あしかせ》じゃん。何かあったときに離婚しにくくなるし」

離婚したら生活が。子供もいるし一人じゃとても。——母はそう言いながら暴力を振るう父にすがりついていた。

「そんな、最初からこじれること前提で考えなくても……わたしの友達だよ」

咎めるというより訴えかけるような声だった。怒らせたのではなく傷つけたのだ。彼女の友達の幸先《さいさき》にケチをつけるつもりではなかった。単なる、

「単なる一般論だよ、ごめん。自分だったらないなってだけ」

すると柊子はもっと傷ついた顔になった。

「どうして？　わたしは俊介とだったら子供が先になっても大丈夫だよ。ちょっとは慌てるかもしれないけど」

面倒くさいな、と柊子に対して初めて思った。——いや、違う。

柊子にこんな感覚を説明しなくてはならない自分の境遇が面倒くさい。

「でも俺、まだ子供ほしいとか考えられないし」

「どうして？」

ほら、やっぱりこう来る。優しい両親に大事に育てられた彼女には分からない。

好きな人と結婚して、好きな人との子供がほしい。それは絶対的に正しく真っ当な倫理で、それを持ち得ないという感覚を彼女はきっと理解できない。

彼女の辞書に載っている倫理は自分の辞書には載っていない。

「俺、子供苦手だし」

「えー、何で。子供かわいいじゃない」

「だって話が通じないだろ。言って分からない相手って苦手なんだよ」

「そんなこと言ってる人に限って自分の子供が生まれたらコロッと変わるのよ。うちのいとこのお兄ちゃんもそうだったの、子供なんか大キライって散々言ってたけど今はめろめろで」

自分の子供が生まれたら——その仮定を聞いて、はねつけるように言い返した。

「自分の子供なんて絶対嫌だ。考えたくもない」

その瞬間の柊子の顔を忘れない。まるで突然斬りつけられたような、——その顔を見て、彼女と自分はまったく違う場所で生きている生き物なのだと思い知った。

彼女は日の当たる優しい場所で生きている。——きっと遠からず終わる。

そう思って、程なくそのとおりに——

致命傷は結納についての相談だった。

柊子の両親が遠方なので、結婚の挨拶と結納を兼ねようかと話していたときだった。

「わたしの両親にこっちに出てきてもらうよ。俊介のご両親は東京だよね？」

「そのことなんだけど……」

いつ切り出そうか逡巡していた。柊子には両親について当たり障りないことしか話していない。

「俺の両親は割愛ってことじゃ駄目かな」

「割愛？」

柊子はまるで外国語を突然使われたような顔になった。——彼女の辞書には両親を割愛するという文法は載っていない。

「ちょっと折り合いが悪くて、今じゃほとんど交流もなくてさ。だから……」

「そんなこと言ったって……結婚式はどうするの？　まさかご両親を呼ばないなんてわけには」

「社長に親代わりで全部立ち会ってもらえないか、頼んでみる。小さい頃から保護者みたいなものなんだ。親戚よりずっと世話になってる。代理で親戚が出席とか、よくある話だろ？」

「だってご両親、生きてるんでしょう？　それなのにそんな……」

自分の辞書に載っていない彼女の言葉が好きだった。だが、ここにきて辞書の違いが致命的になりつつある。

これほど持っている辞書が違うのに、二人で生きていけるのか。――自分は豊かで優しい彼女の辞書を享受しておきながら、彼女には欠落の多い辞書を押しつける。

「お父さんが暴力を振るう人だったっていうのは分かったけど……お母さんとも今は復縁してるんでしょ？　夫婦で折り合いがついてるなら俊介も和解したほうがいいんじゃないかな。結婚ってすごくいい機会だと思うよ」

あんな親と和解するためにどうして柊子をダシに使わなくてはならない。

どうして自分の大事な人をあんな親の前に晒《さら》さなくてはならない。

家族を支配する父親だった。息子の嫁もきっと頭数に入れる。

柊子を値踏みなどされてたまるか。

「じゃあ両親と縁を切るよ。絶縁したら親が俺の結婚に関わる理由はなくなるだろ」

「そんな……」

「だってそうだろ。俺は両親に自分の人生に絶対関わってほしくない。でも柊子が親だからって気にするなら縁を切るしか解決策がないじゃないか」

「わたしとの結婚がご両親と絶縁する理由になるなんて悲しいよ」

話し合いはいつも堂々巡りで疲れていた。分かってくれない柊子に苛立ってもいた。だから、

「ねえ。ご両親のこと、どうしても俊介のほうからは折れられないの？」

柊子のその一言がどうしても我慢できなかった。

「何で俺が折れなきゃいけないんだ！」

びくっと柊子の肩が竦《すく》んだ。——竦ませた。

脳が軋む。あの日から突き刺さって抜けない金切り声の杭が、

ほら！　すぐ怒鳴るところなんかお父さんとそっくり——

ごめん。別れよう。それだけを繰り返すようにして別れた。

まるで逃げるように。

せめて結婚話が具体的に進む前に別れられてよかった。彼女を育てた優しい人たちをがっかりさせずに済んでよかった。

ベンさんは何も気づかない振りをしてくれた。朝倉が入社したのはその後だ。

二人からいい報告が聞けることを楽しみにしてたんだけど……英代は何かの折りに

惜しむように呟いた。

会社はクリスマスでなくなるわ。もう同僚ですらなくなるのよ。

未練はきっと見抜かれている。

同僚という最後の建前を断たれたら、相当うじうじすることも目に見えている。

だが、大和にとって柊子はもう触れられない箱の中の人だった。

⁂

平日の夕方になると、近所の小学校から学童保育で預かっている子供たちがやってくる。

オフィスで預かり、おやつを出して宿題をさせて、母親が迎えに来たら引き渡すという段取りだ。母親のお迎えが遅い子供には実費で夕食を食べさせることもある。

最初にやってくるのは下校が早い低学年の子供たちだ。ランドセルを揺らしながら子犬の群れのように連れ立って訪ねてくる。

デスクで書き物をしていた大和を目敏く見つけた男の子たちが駆け寄ってきた。

「あー、大和がいる！」

今まで営業組が子供たちの来る時間にオフィスにいることはあまりなかったので物珍しいらしく、在社時間が増えてから変に付きまとわれるようになった。

「大人を呼び捨てすんなっつってんだろ、ガキども！」

大和が目を剝《む》くとキャーッと歓声が上がる。

「わーい、怒った！」

「そうだ怒ってんだ喜んでんじゃねえ！」

怒っているのにはしゃぐというメンタリティが大和には理解できない。

「ねえねえ波動砲発射って言って」

「エネルギー充塡一二〇％って言って」

「うっせえ机揺らすな！」

言った端から揺らされて、封筒に書いていた字が盛大によれた。午前中、英代から頼まれていた挨拶状である。細々した仕事が入って後に回していたものだ。

「ガキ！」

腰を浮かすと子供たちがわぁっとキッズルームに逃げた。カーペットを敷いて裸足で過ごせるようにしてあるフロアだ。

「ベンさん遊んでー！」

「柊子、おやつ！」

「だから大人を呼び捨てすんなっつの」

柊子を気軽に呼び捨てている子供たちに遠くから目を剥いて、書き損じてしまった封筒を細かく破る。

「おやつはみんな揃ってからねー。先に宿題してなー」

「えー、今ー」

「だーめ。時間差つけたら君たちもう一度欲しがるでしょう」

揉《も》め事を減らすため、おやつは上級生まで全員揃ってからと決まっているという。

「ちぇーっ」

文句を言いながら、それでも子供たちは柊子の言いつけどおりローテーブルに勉強道具を出して、ノートに何やら書きつけはじめた。

大和は席を立ち、キッズルームへ向かった。一体何をやっているのかなと何気なく覗く風情で近寄り、

「うりゃ！」

ローテーブルの脚を軽く蹴飛ばす。テーブルががたんと揺れ、「あーっ！」と子供たちが悲鳴を上げる。ノートは漢字の書き取りだったらしく、字が思い切りよく枡目からこぼれた。

「何すんだよ！」

口々に上がる非難を大和は仁王立ちで迎え撃った。

「お前らがさっき俺にやったことだろが」

「ぼくたち宿題なのに！」

「俺だって仕事だ！」

ふんぞり返って瞬殺すると、子供たちがぐっと言葉に詰まる。

「……大人なのに」

「大人も子供も関係ない！　俺はやられたことはやり返す！」

柊子ぉ、と子供たちが加勢を求めるが、柊子は「知りません」と突っ放す。ざまあみろと顎《あご》を煽《あお》って大和は机に戻った。

「つくづく大人げないわよねー、大和くんって」

朝倉が呆《あき》れ顔で迎える。

「目には目を、歯には歯をですよ。うるさいガキ嫌いなんです」

「いいレベルで張り合ってるように見えるけどなぁ」

会話に加わってきたのはベンさんだ。

「けっこう子供の扱い上手《うま》いと思うよ、お前」

「勘弁してくださいよ」

と、子供たちがキッズルームから出てこちらにやってきた。まだやる気かと構えると、全員揃って頭を下げた。

「お仕事邪魔してごめんなさい」

予想外の反応に面食らう。

「柊子が謝れって言うから」

どうやら叱られて少ししょげているらしい。

「お、おう。分かればまあいい」

若干たじろぎながら頷くと、ベンさんが「おいおい、いたいけな子供たちが謝ってんのにその態度はねーだろ」と大和の首に腕を回してきた。

「みんなちゃんと謝れていい子だなー。宿題が終わったら公園でキャッチボールして遊んでやるぞ、大和が」

「ちょ、何勝手に……！」

大和の抗議は子供たちの歓声にかき消された。

「ベンさん自分で遊べよ！」

「いやー、遊んでやりたいのは山々だけど最近四十肩がさぁ」

「ベンさんありがとー！」

「おい！　礼なら俺にだろその場合！」

突っ込む大和はほったらかしで、子供たちはキッズルームに戻っていった。だからガキはキライなんだ、と内心で苦虫を噛《か》みつぶす。

ベンさんが小声で呟いた。

「意外とさ」

「結婚してたらこんなんだったんじゃないの。お前が大人げなく怒って、折原が上手にフォローしてさ」

みしりと胸が音を立てたような気がした。

英代といいベンさんといい、ここぞとばかりに痛いところを突いてくる。

「今さら冗談きついですよ」

それだけどうにか呟くと、朝倉が「何？　何の話？」と割り込んできた。

「大和がひどいんだよぉ、俺、四十肩で大変なのに肩揉んでくれないんだよぉ。朝倉揉んで」

「何であたしがタヌキの肩揉み⁉」

朝倉がすがるベンさんを払いのける。

そうこうしているうちにオフィスには上級生の子供たちもちらほらやってきていた。


ベンさんの勝手な約束で、大和は子供たちを引率して公園に行く羽目になり、精々キャッチボールで豪腕を見せつけてやるかと思ったら、キャッチボールでは二人しか遊べないから駄目だということになって、別段好きでも上手くもないバレーボールでパスをやらされた。

「それっ、回転レシーブ！」

芝生で豪快に転がったのはベンさんである。大和一人では目が行き届かないからとついてきたが、四十肩はどこへ行ったという暴れっぷりだ。

「ベンさんすごーい！」

子供たちはベンさんの大技に大喜びだ。

「見たか大和！　まだまだ若いもんには負けねーぞぉ！」

「あーすごいすごい、さすが」

勝ち誇るベンさんに大和は投げやりに手を打った。

「丸いからよく転がる」

「てめえ、この美技を体型の問題で片付ける気か！」

軽く一汗かくほど体を動かし、子供たちを事務所に連れ帰る。それから程なくするとお迎えが早い母親たちがやってきた。

今日を最後によその施設に移る子供が何人かいたので、英代がその度に挨拶に出てくる。

「場所もちょうどよかったし便利だったからホント残念」

お迎えの前にスーパーに寄ったのか、レジ袋やエコバッグを提げた母親たちが口々に惜しむ。

「宿題も見てもらえて助かってたのに」

宿題に関しては朝倉の手柄だ。婚活では足枷でしかないと本人が言い切る学歴だが、腐っても東大卒ということか子供に勉強を教えることはお茶の子さいさいだったので、母親たちには評判がよかった。割増料金を払うから朝倉に宿題だけでなく苦手な教科を見てほしいという母親もいたくらいである。塾に行かせるより安いらしいが、学童部門の収入の足しになっていた。

「女の子は手芸も教えてもらえてたしねぇ」

こちらはデザイナーチームだ。ベンさんが丸まっちい指を駆使してレース編みだの何だのを教えている姿はかなり愉快だったが、柊子は本職のようによく似合っていた。本人も「わたし家庭科の先生になってもよかったかも」といい気になっていたものである。

「本当にすみません、こちらの都合でご迷惑をかけまして……」

英代が深々と頭を下げる。

「仕方ないですよ、このご時世ですもの」

次々と親子を送り出し、八時を過ぎると残っている子供は一人になった。上級生の男の子で、ノートを広げて黙々と何か書いている。

六年生の田所航平《たどころこうへい》だ。

預かっている子供たちを個別に認識できるほど学童部門に関わっていなかった大和だが、航平のことだけは見覚えている。営業回りが忙しかったころ、かなり遅く帰社しても居残っていることがままあったからだ。

母親は夫と別居しており、仕事が忙しいためお迎えが遅くなりがちらしい。

「何、勉強？　見てあげよっか？」

朝倉がひょいっとキッズルームを覗くと、航平はノートの上にがばっと体を伏せてしまった。

「いい。来ないで」

それだけ言って目を逸らす。出鼻を挫《くじ》かれた朝倉は鼻白んだ様子で席に戻ってきた。

「何よ、あれ。かわいくないわね〜」

「ちょっと人見知りが強いみたいで……」

柊子が苦笑しながら執り成し、残念そうに航平を見つめる。朝倉を追い払った航平はノートを再び広げて何か書きはじめた。

「最後まで馴染《なじ》んでくれなかったなぁ」

「でも、もうけっこう長く来てるよな？」

大和が尋ねると柊子がこっくり頷き、ベンさんが「一年くらい前からかな」と補足した。

「返事するようになっただけ打ち解けたほうじゃないかな。最初の頃はホントに喋らなくて、ハイもイイエも首振るだけだったもん」

言いつつベンさんが首を縦と横に振る。

「折原も打ち解けさせようってずいぶん頑張ったんだけどなぁ。話しかけても空振りばっかでさ。やっと口開いたときの第一声が『ほっといて』だったもんなぁ」

スクールに来るとさっさと事務机でノートを広げ、他の子供たちと交流する様子もないという。

「いる時間が長いから居心地よくしてあげたかったんだけど……」

お迎えが遅い子供を、居心地よく預かってやりたい。その気遣いは、いかにも柊子らしかったが、

「……別にあれはあれでいいんじゃないの」

大和はまたノートを広げて書き物に没頭しはじめた航平を窺った。

「かまわれるのが嫌いな子供だっているだろうし、好きにさせとけばいいんじゃないか」

すると柊子は目から鱗《うろこ》が落ちたような顔をした。

「……そっかー。そういう考え方もありだね」

そしてほっとしたように笑う。

「わたしのかまい方がよくないのかなと思ってたんだけど……」

柊子は子供に好かれやすいので、まったく懐かない航平のことは気にかかっていたらしい。

「そうよ、あんなかわいげのないガキ気にしてやることないわよ」

朝倉は親切を蹴られてまだおかんむりらしい。

「そう言うなよ、最後まで預かる子なんだから」

「そうなの？」

朝倉が首を傾げると、柊子が手元の卓上カレンダーをチェックした。

「二十五日……クリスマスの日までだね」

「あら、じゃあホントにギリギリまで預かるのね。よそ紹介しなかったの？」

「お母さんの転勤で年明けから海外に引っ越すんだよ。ハワイだったかな」

ベンさんが横から口を挟む。

「わざわざよその施設に移るのも手間だし、終業式の日まで預かってほしいってさ」

「へえー、女性で海外転勤ってすごいキャリアママなのね。お勤めどこなの？」

「なんか、日本橋に本社があるとかいう化粧品の……」

「ステラ化粧品!?」

朝倉がいきなり目の色を変えた。

「確かそこだったたと思うけど……何なの、血相変えて」

「ステラでハワイっつったら今知らない女いないわよ！」

「あ、ごめん知らない」

いきなり柊子に裏切られた朝倉がずっこける。そこへノックの音が響いた。

「すみません、遅くなっちゃって！」

入ってきたのは、話題になっていた航平の母親、田所圭子《けいこ》である。パンツスーツに引っ詰め髪の活動的な美人で、一見すると小六の子供がいるようにはとても見えない。

「ちょっと会社を出るのに手間取っちゃって……」

「大丈夫ですよ、まだちょっとしか過ぎてないし」

柊子がにこやかに出迎える。

「航平くん、今日も大人しくていい子でしたよ」

「大人しいのが心配の種なんですけどね。向こうの学校で上手くやっていけるかしら、環境も変わるし……」

「でも日本人学校でしょう？　言葉の心配がないならお友達もすぐできますよ」

「だといいけど……」

二人のやり取りに朝倉が「あのっ」と割って入った。

「ステラにお勤めって聞いたんですが、転勤ってもしかしてステラリゾート……？」

「あらっ、ご存じ？」

田所圭子は嬉しそうに笑った。

「美容部の主任としてプロジェクトに加わってます」

「すごいですね！　憧れちゃいます、握手してください！」

朝倉以外の三人は、さっぱり訳が分からず置いてけぼりである。帰り支度を終えて出てきた航平もぽかんとして圭子と朝倉が握手する様子を見ている。

「どうしたの、賑《にぎ》やかねえ」

英代が騒ぎを聞きつけて社長室から出てきた。

「あっ、社長！　田所さんってステラリゾートの主任なんですって！」

あら、と英代は心当たりがある様子である。

「知ってるんですか？」

大和が訊くと、英代は「ダイレクトメールでね。化粧品はずっとステラを使ってるから」と頷いた。圭子が如才なく「ありがとうございます」と微笑む。

ステラ化粧品がこのほど起《た》ち上げた女性向けリゾートの話らしい。スパやエステを充実させてスタッフも女性社員で固めた女性主導型のプロジェクトで、朝倉によると『日経ビジネスウーマン』に載ったのよ！」とのことだった。

「すごいわね〜、あなたのお母さん！」

朝倉は興奮のまま航平にも強引に握手を求め、航平は困惑顔のままで手を摑まれてぶんぶん振られた。そして朝倉がまた圭子に向き直る。

「女性で大きなプロジェクトを任されるようになるのって、どんな心構えが必要なんですか？」

朝倉にとって『日経ビジネスウーマン』に掲載されるようなプロジェクトに関わる女性は一種の英雄らしい。

「そんな、心構えなんて」

圭子は笑って手を振った。

「がむしゃらに働かなくちゃってだけよ。ご存じのとおりうちは別居中だし、わたしが大黒柱にならなくちゃね」

言いつつ力こぶを作る圭子に、朝倉がうんうんと何度も頷く。

「そうですよね！　別に男なんかいなくても女性は一人で充分生きていけますよね！　男なんてどうせ……」

朝倉はまた何かのスイッチが軽く入ったらしい。圭子が慌てたように執り成す。

「けど、仕事を理解してくれる伴侶がいると心強いと思うわよ。わたしの夫ももっと応援してくれる人だったらよかったんだけど……」

話が気まずいほうへ向かいそうになり、大和は朝倉に目を剝いた。朝倉はまったく気づかず、「そうなんですかぁ〜」などと余計な相槌を打ってしまっている。すると英代が「ほらほら」と朝倉の肩を叩いた。

「あまりお引き留めしちゃ駄目よ、朝倉さん」

それを潮に田所親子が挨拶をしながら引き揚げた。

二人がオフィスを去るのを待ちかねて大和は口を開いた。

「僻むのは勝手だけど場合を選べよ。客にあんな話させてどうすんだ」

「な、何よ」

朝倉は咎められて自分の迂闊《うかつ》さに気づいたらしいが、大和の口調で反発が煽られたらしい。

「流れでああなっちゃったんだから仕方ないじゃない」

「客にあんたの男性観をフォローさせてどうすんだって話だろ」

「別居や離婚なんて今どき珍しい話でもないでしょ、そんなカリカリしなくても」

「子供がそばで聞いてんだぞ！」

どんな事情だったにせよ、親の不仲で傷ついていない子供などいない。傷を人前で捏《こ》ね回されて気分がいいはずもない。

別に子供が好きなわけではないが、それとこれとは話が別だ。

朝倉もさすがに刺さったらしい。口籠《くちご》もりながら俯《うつむ》いてしまう。

「ほーら、そのもごもごしてるの吐き出しちゃえば楽になるよー」

ベンさんがおどけた仕草で朝倉の背中を叩いた。朝倉が「悪かったわよ」と歯切れ悪く呟く。

謝られてみると大和のほうも据わりが悪い。そもそも大和が謝られる筋合いのことでもない。

「俺に謝っても……」

今度は自分がもごもごだ。

と、英代が場を収めるように手をぽんぽん打った。

「朝倉さんはこれから気をつけてちょうだいね」

朝倉がハイと項垂《うなだ》れると、英代は大和に向き直った。

「悪気があったわけじゃないんだから大和くんもぷんぷんしないの」

ぷんぷんなどという幼児語で諫《いさ》められてしまうとそれ以上は深刻になりようもなく、なし崩し的に空気が緩んだ。

「もう子供さんは全員帰ったのよね？　みんなもきりよく上がってちょうだい」

そう言い残して英代が社長室に戻る。

「まったくもう、朝倉はー」

ベンさんがさっそく朝倉をいじりにかかった。

「せっかく美人で頭もいいのに何でそんな僻みっぽいのよ」

「それで得したことが一度もないんだから仕方ないでしょ」

朝倉がふて腐れてそっぽを向く。

「田所さんだってあんな美人で仕事もバリバリできるすごい人なのに、夫には恵まれなかったわけじゃない？　理解されなかったって寂しそうだったけど、別居のときの想像がついちゃう。絶対『君は一人で大丈夫だろ』とか言われたんだと思うわ」

君は一人で大丈夫だろ、の部分が妙にリアルな口真似になっている。どうやら自分が言われたことのある台詞らしい。

「結局、男が最後に選ぶのは安らぎとか癒しなのよね～」

あーあ、と朝倉が大きな溜息をつく。

「田所さんには幸せな結婚しててほしかったなぁ、そしたら希望が持てたのに」

「よーし分かった！」

唐突なベンさんの相槌に、朝倉のみならず大和と柊子も怪訝《けげん》に首を傾げた。

「朝倉は美人で頭がいいから俺がラーメン奢っちゃる。ほーら得した」

「バカにしてんの!?」

いきり立つ朝倉を完全無視で、ベンさんは柊子と大和を振り向いた。

「折原は気立てがよくてイイ子だから奢っちゃる。大和は、……不器用で不憫《ふびん》だから奢っちゃる」

「何で俺だけ不憫だからなんですか」

ともあれベンさんの奢りでその日の帰りはラーメン屋に寄ることになった。

太っ腹にビールもつけてくれたので、朝倉はぶつぶつ言いながらもそれなりに満足したらしい。

町の中の小さなおうちに、三人家族が住んでいました。

働き者のお母さんと、のんびりやのお父さんと、一人息子のわたるです。

三人家族は笑ったりけんかしたりしながら、毎日仲良くくらしていました。

そんなある日の夜、お父さんとお母さんがひどいけんかになりました。

でも、朝になったらきっと仲直りしているだろうと思って、わたるは先に眠ってしまいました。今までも家族でちょっとしたけんかになるのはよくあることだったからです。


ですが、わたるが朝起きると、お父さんがいなくなっていました。

夕べのけんかの後、お父さんは家を出て行ってしまったのです。

……

青天の霹靂《へきれき》――ということわざを前の学校の担任が教えてくれた。授業中よく脱線して、故事成語やことわざを教えてくれる先生だった。

予期せぬ事態が起こることを晴れ渡った空にいきなり雷鳴が轟《とどろ》くことに喩《たと》えた言葉だという。

そして航平にとって両親の別居は正に青天の霹靂だった。

仕事が好きな働き者の圭子に対して、父の祐二《ゆうじ》はちょっと頼りないところがあり、あまり仕事ができるタイプではない。

だが、だからといって二人の仲が悪いわけではなかった。同じ会社に勤めていて、圭子のほうが役職や給料が高いことを祐二は少し後ろめたく思っているようだったが、圭子がそのことで祐二を責めることなどなかった。

やがて、圭子が会社で大きな仕事を任された。航平が小学校四年生のときだ。――将来的には外国に転勤する可能性があるような仕事だという。

圭子は、プロジェクトの立ち上げ当初から関わっていたらしい。抜擢《ばってき》されて大喜びする圭子に、祐二が浮かない顔で言った。

それ、断れないの。

どうして？　と圭子は何を訊かれたのか本気で分からないような顔をしていた。

ずっと関わってた企画がやっと日の目を見るのよ。喜んでくれないの？

だって、主任になったら海外赴任になるんだろ。子供だっているのに、女性の君が引き受けることないんじゃないか。

女性向けのスパリゾートなのよ、特に美容部門は同じ女性の濃やかさが必要なの。

でも、家庭があるのに結婚してる君が引き受けなきゃならないことはないだろう。独身の女性社員でもいいじゃないか。

結婚して家庭があるからこそ分かることがあるわ。顧客は独身女性ばかりじゃないんだから。

圭子と祐二の会話は、ずっと平行線だった。喜んでくれると思ったのに、と圭子はがっかりしていた。

祐二が引っかかっているのは海外転勤のことらしい。何度も二人は長い話をして、それが喧嘩のようになることも増えた。

航平がかわいそうじゃないか、お母さんが外国行っちゃうなんて。帰って来られるのなんて年に数回だろ。

単身赴任でお父さんにめったに会えないおうちもあるじゃないの。お母さんが単身赴任になる家があっても不思議じゃないでしょ。

父親がいないのと母親がいないのは違うよ。俺だって、女房が海外なんて寂しいし……

話はいつも堂々巡りだったが、ある日圭子が違う展開を切り出した。

わたしが海外転勤になったら家族全員で引っ越すっていうのはどう？

なに言ってるんだ。俺はスパリゾートの企画には参加してないんだぞ、一緒に転勤なんてできるわけないだろう。

会社を辞めて家族としてついてきてくれないかしら。

圭子がそう提案したとき、航平は同じリビングでゲームをしていた。だから祐二がどんな顔をして圭子の話を聞いたのかは知らない。

うちの会社は職種的に女性社員の優遇制度が多いでしょう？　だからわたしが働くって選択肢もあると思うのよ。あなたが家を守ってくれたら、わたしももっと仕事に専念できるわ。

背中で聞いていただけだが、それはそんなに悪くない話のように思われた。祐二は積極的な性格ではないし、要領も良くない。子供の目にも会社勤めが辛そうに見えることがままあった。気が優しい祐二は競争の激しい大企業に勤めるより、主夫のほうが向いているかもしれない。

どうせ俺は無能だよ。

そんなこと言ってないでしょ、適材適所でやっていこうって提案よ。

圭子はなだめたが、祐二はふて腐れたようにそのまま席を立ってしまった。

それから二人の話し合いは減った。正確には、祐二が圭子の話を聞かなくなった。

だが、そのうち解決すると思っていた。そのまま別居に至るなんて思いも寄らない。

ある晩、二人がものすごい喧嘩をした。圭子も祐二も今まで聞いたこともないほど口汚く相手を罵った。

航平は逃げるようにベッドに潜り込んだ。耳にぎゅっと指を詰めて目をつぶる。

早く夜が明ければいい。明日になればきっと喧嘩は終わっている。

恐がらせてごめんねと二人とも航平に謝ってくれる。もうあんな喧嘩しないからねと。

翌朝、目が覚めると家の中はしんと静まり返っていた。起きてリビングに行くと、圭子が昨夜会社から帰ってきたそのままの格好でダイニングテーブルに座っていた。

お父さんは、と訊くより先に圭子が答えた。

お父さんは出て行くって。

声は疲れ切っていた。圭子は詳しく話さなかったが、どうやら祐二が会社で浮気をしたらしい。

　祐二は横浜の実家に戻り、そのまま別居することになった。正式に別居が決まると、圭子は航平を連れて会社に近い今のマンションに引っ越した。

　それまで住んでいた一戸建ては二人で暮らすには広すぎるからという理由だったが、祐二との生活を思い出す家には住んでいたくないのだと子供心にも察しがついた。

　転校で友達と離れるのは嫌だったが、祐二に裏切られて傷ついている圭子にそんなことはとても言えない。

　お父さんは出て行くって。圭子が投げ出すようにそう答えた日を境に、航平は祐二に会っていない。圭子には会いたいなんてとても言えなかったし、横浜郊外の祖父母の家は月に千円しかお小遣いをもらっていない子供が訪ねていくには遠すぎる。

　別居後しばらくして、祐二は浮気相手と別れ、会社も辞めたらしい。祐二の実家の祖父母から電話があって知らされた。

　浮気相手とは別れたし、職も失ったのだから罰は充分に受けた。だから許してやってくれ、というのが祖父母の言い分だったらしいが、圭子は青ざめて電話を切った。

それから家の電話や航平に持たせた携帯電話の通話履歴をこまめにチェックするようになったので、祖父母が仲裁を盛大にしくじったことは悟らざるを得なかった。

子供に聞かせる話じゃないからと事情を詳しく説明しないくせに、大人たちの誰に任せておいても事態は一向に良くならない。

とうとう別居したままで年明けから圭子はハワイに転勤だ。

「航平、相談があるんだけど」

晩ごはんを食べながら圭子がそう言った。今日のおかずは豚肉のしょうが焼きだ。圭子は航平の好物だからと言って作るが、別居してから祐二の好物だったものが全部航平も好物だったことにされている。

「なに？」

訊き返しながら、圭子が何を切り出すのか分かっていた。

「お母さん、転勤先で菊池《きくち》の苗字を名乗りたいんだけど……」

菊池というのは圭子の旧姓だ。

「お母さんが離婚したら、航平も菊池航平になってくれる？」

こんなふうに言われて、嫌だなんて言える子供がいるだろうか。

もうお父さんとやり直せないの？　別居してから今まで何度も訊こうとしたことは、やっぱり口に出せないままだった。

訊いたら圭子を傷つけるかもしれないのが恐いのと、訊いて完全に否定されるのが恐いのと。

母親のことはもちろん好きだけど、父親のことももちろん好きだ。――たったそれだけのことがどうしてこんなにままならない。

「お母さんについてきてくれる？」

重ねて尋ねてくるのは、航平が黙り込んでいることで圭子を不安にさせているからだ。そんなことは分かっているのに、うんいいよとは口に出せない。

うん、離婚していいよと自分が二人の破局に決定的なゴーサインを出すようなことは言いたくなかった。

結局、黙って頷いた。

「ありがとう」

ありがとうなんて言わないでよ、と癇癪玉《かんしゃくだま》が破裂しそうになった。

ありがとうと言われたら、まるで航平が許したから離婚するみたいだ。――祐二のことを航平が切り捨てたみたいだ。

ぼくは離婚してほしくないのに。離婚したいのはお母さんなのに。

「航平、しょうが焼きおいしい？」

また頷く。

「そう、よかった。航平、好きだものね」

しょうが焼きは嫌いじゃない。だけど――

しょうが焼きが好きだったのはお父さんじゃないか。

そう突きつけたいのを一生懸命飲み込んで、ごはんをがつがつかき込んだ。

❦

わたるのお父さんとお母さんは、ついに離婚することになってしまいました。

お母さんはわたるを連れて遠くの国に行くことになりました。

もう一生お父さんには会えないかもしれません。

家族なかよく、幸せにくらしていたのに、どうしてこんなことになってしまったのでしょう。

もしかすると、お父さんとお母さんがひどくけんかをしたあの晩に、わたるが眠ってしまったからいけないのかもしれません。

あのとき、わたるが仲直りしてよとお願いしていたら、お父さんとお母さんは離婚しなかったかもしれません。

もう手おくれなのでしょうか。

わたるが悲しい思いをしていると、働き者のお母さんがよそのおばさんに言いました。

「お父さんが、もっと仕事を応えんしてくれる人だったらよかったのに。」

わたるの胸に、希望の光がさしました。

お父さんが、お母さんの仕事を応えんしたら、仲直りできるかもしれません。

お父さんにこのことを教えてあげられるのは、わたるしかいません。

わたるはお父さんに会いに行く決心をしました。

……

第2唱

もみの木

樅《もみ》の木　樅の木
生《お》いや繁れる
樹蔭《こかげ》をさまよい
語りし思い出
樅の木　樅の木
今なお恋し

少女《おとめ》よ　少女よ
汝《なれ》はいずこに
樹蔭をさまよい
誓いし幸《さち》の日
少女よ　少女よ
いずこにゆきし

お父さんに会いに行こう——とは思ったものの、六年生の航平が祐二のいる横浜を訪ねていくのはかなり難しい。

＊

乗り換えも道順も分からないし、電車賃も小学生の小遣いには大出費だ。今月分はもういくらか遣ってしまったので、足りるかどうか心許ない。

それならお父さんに会いに来てもらおう、と祐二の携帯に電話をかけることにした。

家の電話や自分の携帯では圭子に履歴を見咎《みとが》められてしまうので、公衆電話からだ。

学校が終わってスクールに行く前に公衆電話を探したが、いざ探してみると緑色の公衆電話はなかなか見つからない。ようやくコンビニの前にあるのを見つけて、店で百円玉を二枚両替して勇んでダイヤルする。

呼び出し音が何度か鳴って、繋《つな》がった。

「もしもし、田所ですが……」

久しぶりに聞いた祐二の声はひどく不審そうだ。

「お父さん？　ぼく！」

「何だ、航平か！　公衆電話からかかってきたから何かと思ったよ」

「公衆電話からじゃないとお母さんが……」

そういえばそうだな、と答える祐二の声が苦々しい。それが心に痛かった。

「ごめんな、こっちから連絡できなくて。お父さんの番号、着信拒否されててさ」

「仕方ないよ。お母さんも傷ついてるから……」

圭子を悪く思わないでほしい一心でフォローすると、祐二は黙り込んでしまった。

「……航平はお母さんの味方なんだな、やっぱり」

答える言葉を根こそぎ奪われた。片方の味方をすると、片方の味方じゃないことになってしまう。両方の味方でいたいのに必ず天秤《てんびん》にかけさせられる。

何て不自由なんだろう！

チャリンと十円玉が落ちる音がした。もどかしがっていた胸が一気に冷える。

もう？　お金が落ちるのが早すぎる。最初に入れたのは三枚だ。慌てて残りの十円玉を投入口に次々放り込む。

「あのね、話したいことがあるんだ。お父さん、お母さんには内緒で会いに来てよ。平日だったらお母さんも夜までいないし、ぼくも近所だったら出かけられるから」

スクールの近くまで来てもらえたら、少しくらいなら抜け出せる。

だが、祐二の返事はつれなかった。

「無理だよそんなの」

「何で!?」

「平日はお父さんも仕事だよ」

チャリン。また十円玉が落ちる。

「お父さん、お仕事始めたの？」

圭子と同じ会社を辞めた後、就職したという話は聞いていない。

「ああ！　もう三ヶ月も続いてるぞ。といってもまだ見習いだけどな」

「見習い？」

「お父さん、手に職をつけようと思ってな。整体師になるために整骨院で働いてるんだ」

一緒に暮らしていた頃、祐二が整体やマッサージに興味を示したことはない。唐突な話に思えたが、再就職で苦労しているらしいということは聞いていたので、資格や技術がほしくなったというのは頷《うなず》ける。

「でも、少しくらい……」

「駄目だよ、仕事なんだから」

チャリン。チャリン。十円玉は無情に落ち続ける。

「それにお父さんが休んだら院長さんが困るし……」

やる気に満ちあふれているのか、やけに弾んだ声が気に障《さわ》る。

わたるはもう少しでお父さんをどなってしまいそうになりました。

院長さんとぼくとどっちが大事なんだよ。

ぼくはもう外国に行っちゃうのに！


「ぼく新学期にはハワイに行っちゃうんだよ。お父さんともう会えなくなるんだよ」

「だって、お母さんだって俺と航平を会わせるのを嫌がってるしさぁ」

「ぼくは会いたいよ！　お父さんに大事な話があるんだ！」

「電話じゃ駄目なのか？」

こんな大事な話を電話なんて！　それに会いたいと言っているのに——

「もう十円玉がなくなっちゃうよ！」

チャリン。チャリン。もう何枚落ちただろう。

「でもなぁ」

「分かったよ、じゃあぼくが会いに行く！　それならいいでしょ⁉」

「でも……来たってお父さん仕事中だからあんまり相手できないぞ」

「ぼくに会いたくないの⁉」

「そんなことはないけどさ……やっぱりお母さんに内緒で会うと、後でばれたら何を言われるか分かんないしさ」

渋る祐二に地団駄を踏みそうになりながら勤め先の整骨院の場所を聞き出して、鞄《かばん》から引っ張り出したノートに書きつける。自分にしか読めない、みみずの這《は》ったような字になった。

料金切れのブザーが鳴った。両替した十円玉は全部使ってしまった。どうしよう。思い切って百円玉を追加で入れるか。

「いつ来るんだ？」

そんなことを言われてもすぐには答えられない。

「──たぶん今週中！」

「日をはっきりしてくれないとさぁ」

「行く前に電話する！」

祐二に聞こえたかどうか分からない。言い終わるかどうかで通話が切れた。

受話器を戻しながら、緑色の電話が入っている電話ボックスを蹴飛ばしたくなった。

——あんなにチャリンチャリン落ちなくてもいいじゃないか。

カップラーメンが出来るかどうかの時間しか喋《しゃべ》ってないのに、なけなしのお小遣いを二百円も飲み込んでしまった電話が憎たらしくて仕方なかった。まるでカツ上げにでも遭ったようだ。


わたるのおこづかいを飲みこんでけろりとしている電話が、いじわるな緑のアクマに見えました。

わたるは心の中で電話をののしりました。

引き離されて会えない子供と父親が話してるんだから、もっとゆっくりお金を落としてくれてもいいじゃないか。

——駄目だ駄目だ、と頭を振る。
引き離されたなんて書いたら、まるで圭子が悪者みたいだ。圭子だって悪くない。圭子はとても傷ついている。——傷つけたのは、
航平はお母さんの味方なんだな、やっぱり。——萎《しお》れた声が耳に蘇《よみがえ》る。

だってそうじゃないか、お母さんを最初に傷つけたのは事実じゃないか。

どうしてぼくに傷つけられたみたいな声、

「ちくしょうっ」

どうにもならなくなってボックスの根元を蹴飛ばすと、「こらっ！」と雷が降った。

間が悪く店員が出てきたところだった。

「どこの子だ⁉」

捕まりそうになったので、無我夢中で走って逃げた。コンビニが見えなくなるまで走って何とか振り切る。『エンジェル・メーカー』に向かう足取りは引きずるみたいに重くなった。

通い慣れた集合ビルにたどり着き、エレベーターでスクールの階まで上る。

入り口で真っ先に出迎えるのは、躍るような字が大書されたホワイトボードだ。

【エンジェル・メーカー終焉の日まで後20日！】――十二月に入ってからというもの、ずっとカウントダウンしている。こういうことをするのは、悪ノリが好きなチビデブおじさんのベンさんだ。

元ネタは宇宙戦艦ヤマト。航平はジャニーズアイドル主演の映画しか知らないが、昔はアニメだったという。大和という苗字の社員がいるので、ふざけたらしい。当の大和は不謹慎だと怒っていたが、社長の西山英代が率先して面白がってしまったのでそのまま続いているという。

「こんにちは……」

申し訳程度に声をかけながらキッズルームに向かう。ちらりとオフィスを見ると、ベンさんと大和、そして柊子がいた。いつもぎゃあぎゃあうるさい朝倉はいないようだ。

「いらっしゃい、航平くん。すぐにおやつ持ってくね」

言いつつ柊子が席を立つ。

「よう、いらっしゃい」

ベンさんも声をかけてきて、大和は目だけを上げて首を傾《かし》げるように挨拶した。

スクールにはもう航平しか通ってきていない。ほかの子供は数日前にみんなよその施設へ移ってしまったが、もともと一人が好きなのでかまわない。テーブルも一人で占領できる。

テーブルについて鞄からノートを出した。さっき、祐二の勤め先をメモしたいつものノートだ。

『わたるはお父さんに会いに行く決心をしました。』

最後の行がそこで止まっているページの余白にみみずのような字がのたくっている。このまま放っておいたら後で自分でも読めなくなるに違いない。

さかもとせいこつい、ん。殴り書きのひらがなを漢字で隣のページに書き写す。

よこはまし、から始まる住所と電話番号も。

「航平くん、おやつだよ」

柊子がお皿を持ってキッズルームに入ってきた。慌ててノートをぱっと伏せる。

ラップをかけたお皿の中身はサンドイッチだ。お迎えが遅くなる子供もいるので、スクールのおやつはお菓子よりも軽食っぽいものが多い。航平のお迎えの遅さは以前からスクールでも一番だったし、最近は圭子が海外赴任前ということもあって忙しく、今までにも増してお迎えが遅くなりがちなので、おやつはずっと軽食おやつだ。

柊子はカーペットのフロアに上がりながらキッズルームを見回した。

「みんないなくなるとやっぱりがらんとしてるねえ。寂しくない？」

「別に。一人のほうが好きだし」

すると柊子が目をぱちくりさせた。そしてくすくす笑い出す。

「なに？」

「ううん。大和くんの言ったとおりだったなと思って」

「大和が何て？」

するとが柊子が「こら」と笑ってぶつ真似《まね》をした。

「呼び捨てにしたら大和くんが怒るよ」

「だって他の子もみんな呼び捨てだったじゃないか。柊子のことだって」

まあね、と柊子もまた笑う。数日前までの賑《にぎ》やかな様子を思い出したのだろう。

「それで、何て言ってたの」

「わたしがね、航平くんいつも一人でいるけど寂しくないのかなって気にしてたら、かまわれるのが嫌いな子供もいるだろって」

「ふうん」

なかなか分かってる奴もいるじゃないか、とほとんど話したことのない大和を少し見直した。柊子や英代は、航平にしてみればかまいすぎでちょっと鬱陶《うっとう》しい。朝倉はうるさい。ベンさんは、適度に放っておいてくれるのでマシなほうだが、大きな声で喋っているギャグがたまにくどい。

「今日、学校忙しかった？」

「何で？」

「いつもより来るのが遅かったから……ちょっと心配しちゃった」

ぎくりと体が固まった。どこの子だ、とコンビニの店員に怒られて逃げ出したときの気持ちが蘇る。公衆電話を探すのも手間取ったし、確かにいつもよりはだいぶ遅くなった。

「もし何かあったら事務所に電話してね。誰かがお迎えに行くから」

素朴に気遣う優しい声に、強《こわ》ばっていた心が一気に緩んだ。堰《せき》が切れたように涙がこぼれる。

『わたるはお父さんに会いに行く決心をしました。』

父親に会おうと決意して、なけなしの小遣いで電話をして、――それなのに。

こんなの、思ってたのと全然違う。


でも、わたる一人では遠くまでは出かけられません。

そこで、いいことを思いつきました。

わたるはお父さんに電話して、家の近くまで来てもらうことにしたのです。

会いに来てとせがんだら、祐二はもちろん喜んで来てくれると思っていた。

呼んでくれてありがとうと感謝さえしてくれると思っていた。

わたるが電話して頼むと、お父さんは「無理だよ、そんなの。」と言いました。

「お父さんだって、仕事なんだ。仕事をほったらかして会いに行くことはできないよ。お母さんだって、お父さんがわたると勝手に会ったらいやがるだろうし。」

お父さんは最後までわたるに会いに来てくれるとは言いませんでした。


こんなおはなし台無しだ。

しゃくり上げていると、柊子が立ち上がる気配がした。

顔を上げると、キッズルームのドアを閉めた柊子がまた戻ってきて座った。そして「しーっ」と唇の前に指を立てる。

「聞こえちゃうよ」

何だよ、と俯《うつむ》いて唇を嚙《か》む。

ベタベタかまうしか能がないと思ってたら、お前もけっこう分かってるじゃないか。

「学校で何かあったの？」

違う、と首を横に振る。

「……わたしでよかったら聞こうか？」

ためらいながら口を開く様子があったから、却《かえ》って気持ちをこじ開けられたのかもしれない。気がつくと口走っていた。

「お父さんに会いたい……」

柊子が痛ましそうな顔をした。その顔を見て、――行けると思った。

「お願い！」

摑《つか》みかかるように柊子の両腕にすがりつく。

「お父さんのとこに連れてって！　ぼく、どうしてもお父さんに会わなきゃならないんだ！」

「それは……わたしが勝手にってわけには」

柊子は戸惑っている気配だ。だが揺れている。押せば落ちる。

「お母さんにお願いしてみたら？」

「お母さんがお父さんに会わせてくれるわけないじゃないか！」

嚙みつくと柊子が火傷《やけど》をしたみたいに目を眇《すが》めた。

きっと人の痛みに敏感な人だ。他人のことでも胸を痛めてしまう人だ。

そんな大人なら、――付け込むのは簡単だ。かわいそうな話をうんとうんと盛ればいい。

「今までにも何度もお願いしたんだ、お父さんに会いたいって。でもお母さんは一回も会わせてくれなかった」

本当は会いたいと言い出せたことはない。でも、会わせてもらえないということにしたほうが同情を引ける。

「知ってるでしょ？　ぼくとお母さん、年明けにハワイに引っ越すんだ。お母さんはハワイに行く前に離婚するって意地になってるから、ぼくをお父さんに会わせてくれないんだ。ぼくをお父さんに取られたら困るから」

そう、と頷く柊子の声は蚊が鳴くようだ。

「でも本当はおじいちゃんとおばあちゃんが悪いんだ。おじいちゃんとおばあちゃんは前からお母さんと仲が悪くて、お母さんはずっといじめられてたんだ」

仕事が忙しいのは分かるけど、もう少し家庭のことも……祖父母がやんわり圭子を責めているところは何度も見たことがある。圭子がすみませんと謝りながら後で憂鬱《ゆううつ》な顔になっていたのも。

「だから、別居してからも、お父さんとお母さんの仲が悪くなるようなことばっかり吹き込んで、二人ともますます憎み合っちゃったんだ。だから、ぼくが二人を仲直りさせたいんだ」

嘘じゃない。嘘じゃない。嘘じゃない。呪文《じゅもん》のように心の中で繰り返す。

祖父母が電話で話すたびに圭子は青ざめて電話を切っていた。

大人に任せておいたって悪くなるばっかりなのは嘘じゃない。

おじいちゃんもおばあちゃんも役に立たなかったんだから、柊子を押し切るために悪役くらい引き受けてくれたっていいはずだ。

「気持ちは分かるけど……」

柊子は困り果てている。

「分かるんだったら協力してよ！」

「でもね、」

「助けてくれる気がないんだったら何で話聞こうかなんて言ったの⁉」

柊子が引っぱたかれたような顔になった。それは、と口籠《くちご》もる。

効いている。後ろめたいと思っている。揺さぶれ。

「まさかただの野次馬だったの⁉」

「そんなつもりじゃ……！」

「お願い！　お願いお願いお願い！」

柊子の言葉をねじ伏せるように重ねる。

「お父さんとは電話もできないんだ。お母さんが、家の電話もぼくの携帯もチェックしてて、お父さんに電話したらすごく怒るから……もちろん、お父さんからもかけて来られなくて」

「そうだったの……。お母さん、航平くんの気持ちも考えられないくらいに意固地になっちゃってるんだね」

圭子を咎めるようにも聞こえる口振りに少し胸が痛んだ。でも、嘘も方便だ。

「さっきも、公衆電話を探してお父さんに電話してたから遅くなったんだ。お母さんがいない平日に会いに来てもらって仲直りの相談しようと思って。でも……」

あっという間に十円玉を飲み込んでいった緑の電話を思い出すだけで涙が滲《にじ》んだ。

「公衆電話からだとお小遣いすぐになくなっちゃって」

航平に会いに行くなんて無理だよ、と言われただけで二百円もなくなった。二百円あったら、電車に乗ってどこまで行けただろう。

「お父さん、仕事があるから平日に会いに来るのは無理だけど、ぼくが会いに行ったら仕事を抜け出して会ってくれるって。でも、仕事先の住所を聞いたところでお金がなくなっちゃって……」

「お父さんの仕事先って、どこなの？」

ためらいがちに尋ねた柊子はもうほとんどほだされている。

「横浜の整骨院……。ねえ、電車代どれくらいかかる？」

「大人だったら五、六百円くらいだと思うけど……」

子供なら半額だ。それでも、往復には足りないくらいしか今月のお小遣いは残っていない。

「お小遣い、足りないの？」

「電話してなかったら足りたかもしれないけど……」

だが、圭子にお小遣いの追加をねだるなんてとてもできない。祐二に会いに行こうとしていることまでばれてしまいそうだ。

「お願い。お父さんに会ったらお金もらって返すから、お父さんの仕事先まで連れていって」

柊子はずいぶん迷っている様子だった。だが、

「……わたしたち、航平くんのお母さんから航平くんを預かってるのよ。お母さんの許可なしに、航平くんを勝手に連れ出すわけには……」

口を開けば結局大人の建前だ。

「もういい！　どうせ柊子には親が離婚する子供の気持ちなんて分からないんだ！」

腹立ちまぎれに、癇癪《かんしゃく》をぶつけただけだった。どうせこっちの思いどおりになってくれないなら、せめて傷ついて嫌な思いをすればいい。

かわいそうな子供の頼みを無下《むげ》にしてしまったと後味の悪い思いをすればいい。

だが、柊子の顔色はさっと青くなった。――まるで祖父母からの電話を切った圭子みたいに。鳩尾《みぞおち》が氷を飲んだように冷たくなった。

あのとき、圭子がどれほど傷ついたか知っている。同じことを――今したのか。

「だってそうだろ、」

言い訳するように無我夢中でまくし立てた。

「ぼくは外国に行ったらもうお父さんに会えなくなっちゃうのに。向こうに行ったらもう電話もできないんだよ。日本でだって携帯にかけたらお小遣いがあっという間になくなっちゃったのに、ハワイからなんて……」

柊子は俯き、鼻を掻く振りをして目元をそっと拭《ぬぐ》った。――泣かせた。

ますます頭に血が昇った。

「お父さんとお母さんが離婚するのを止められるかもしれないのに、どうして助けてくれないんだよ！　大人の理屈なんてもうたくさんだ！」

「分かった」

柊子が顔を上げて笑った。瞳が濡《ぬ》れている。

「お父さんのところに連れていってあげる。いつにしようか？」

航平は拍子抜けして柊子をまじまじと見つめた。

どうせ開かないドアだと思ったから蹴飛ばしたのに、蹴飛ばしたら勢いよく開いてしまった。

そんな気分だった。

☙

再就職の面接で午後に社を抜けた朝倉が戻ってきたのは夕方だった。

「ただいまー」

投げやりに鞄を机に放った様子からして、手応えは芳しくなかったらしい。

「大和くんさぁ、就活どう？」

「どうって……」

大和が口籠もると、朝倉は「何よぉ、秘密主義？」と絡んできた。

「違うって。まだ特に動いてないから」

「あら、余裕ね」

朝倉が露骨に僻《ひが》む口調になる。ここで僻まれると何かと面倒くさいので「別にそういうわけじゃないよ」といなす。

「倒産だから、失業保険もすぐ出るし。ちょっと落ち着いてから腰を据えて探そうと思って」

英代の下で働けなくなることが残念で、すぐ再就職の口を探す気になれないという個人的な気持ちの問題もある。

「こんな年末にばたばた動いてもいい結果が出るとは限らないし」

「こんな年末にばたばた動いてて悪かったわね」

しまった、と思わず舌打ち。完全に地雷を踏んだ。一言多いのは性格だ。

「いや、違くて。俺はまだ朝倉さんみたいに気合いが入らないから」

「取り繕ってるよね、めっちゃ取り繕ってるよね、今」

ベンさんヘルプ、と目で訴える。ベンさんは、やれやれという顔をしてから割って入った。

「まあまあ。大和は社長とも縁が深いから倒産が人一倍ショックなんだよ、分かってやれよ」

朝倉はまだ納得していない様子だったが、何とか矛を収めてくれた——というより
ベンさんに矛先が向いたらしい。
「ベンさん、もう決まってるのよね？　いいな～」
羨《うらや》む朝倉に、ベンさんは「お先でーすっ」と悪びれずにおどける。次の勤め先は、
人形服のメーカーらしい。大和にはまったくもって未知の世界だが、大人がガチで金
をかける高級着せ替え人形のシリーズがあるそうで、その人形の洋服をデザインする
らしい。
「ヒラヒラフワフワ作り放題よ、いいだろ」
自慢するポイントがよく分からない。
「ただ、縮尺が人間用と違うからな～。素材感とか難しそうなんだよ。布の厚みとか
……」
「その手の話はよく分かんないから折原ちゃんとやってて」
言いつつ朝倉がオフィスを見回し、「折原ちゃんいないの？」と首を傾げた。
「ああ、航平くんの付き添い」
大和が答えると朝倉は怪訝《けげん》な顔をした。
「付き添いって何？」

「英会話教室の付き添い。航平くんがハワイに行く前に少しでも英会話の勉強したいらしくて」

「うん、まあ、外国行くんだから不安だろうしね。でも、何で折原ちゃんが付き添うのよ？　確かに最近ずいぶん仲良さげだったけど」

どういういきさつだったっけな、と柊子のまわりくどい説明を思い返す。

柊子はかいつまんで話すということが下手《へた》で、こみ入った話だと途端に支離滅裂になる。付き合っていた頃は柊子の話を途中でちょいちょいかいつまんでまとめてしまい、「まだ話してるのに」とよく膨れられていた。

預かりが一人になって柊子に打ち解けるようになった航平が、英会話のことを柊子に相談したらしい。今まで頑として懐かなかった子供に頼られて張り切った柊子は、英会話の個人レッスンをやっている知り合いを紹介した。

ところが航平は一人で教室に通うのを嫌がり、柊子に付き添ってほしいとせがんだという。

英代に説明している途中で柊子はしどろもどろになってしまい、結局大和が途中で口を出してまとめた。柊子は「そうそう、そうなの！」と我が意を得たりとばかりに頷いていたから、そう外れたまとめはしていないはずだ。

続きはベンさんが引き取った。

「そんでまあ、親御さんの了解も取ってあるってことだし、折原が付き添いたいなら別にいいんじゃないかってことになったんだよ」

「へー。朝礼じゃそんな話してなかったのに」

「社長の頭越しに話を進めちゃったから言い出しにくかったらしいよ。口割ったの、朝倉が面接行った後だもん。そんで、英会話がある日は折原が直接自宅まで送るってさ」

「えー、何それ」

朝倉が鼻の頭にシワを寄せた。

「かわいげないうえにワガママな子ね〜！　ていうか折原ちゃんだって就活とかあんでしょ、人の世話焼いてる暇あるの？」

その点は大和も同意見だったが、ベンさんは鷹揚《おうよう》だった。

「折原、子供好きだからなぁ。頼られていいとこ見せたくなっちゃったんだろ」

それもまた柊子らしいことではある。

「それに、会社が終わったらいなかに帰るみたいだしな。就職活動は向こうに帰ってからだろ」

「えっ、そうなの⁉」

驚いたのは大和も同じだったが、声は却って出なかった。

郷里は新潟だ。遠いな、と思った。お互い東京近辺なら、今どうしてるかなと思いを馳《は》せることも気軽だが、一度も訪れたことがない新潟では柊子が日頃見ている景色さえ思い浮かばない。

いつ、帰ることを決めたのか。――そして、その決断を自分が誰より先に聞く立場ではもうないのだということを今さらのように思い知る。

ベンさんはいつ聞いたのかな、と妬《ねた》ましさが胸をかすめた。柊子から話したのか、ベンさんが尋ねたのか。――ベンさんなのに、そんなことを思ってしまう自分が嫌になる。

朝倉が「あーあ」と机にばったり伏せる。

「無職仲間は大和くんだけかぁ」

「嫌な仲間に入れるなよ。それに、二十五日までは『エンジェル・メーカー』の社員なんだから」

「じゃあ無職確定仲間」

朝倉は自虐がとどまるところを知らない状態らしい。

「やさぐれてるねえ、今日も手応えなかったの」

ベンさんが地雷踏み抜き方向で茶々を入れるが、朝倉は噛みつく気力もないらしい。

「職歴訊《き》かれると弱いのよねぇ、あたし」

「でも、前の会社はすごい一流企業だったよね？　それこそ航平くんのお母さんばりの」

「それを自己都合で一年半で辞めてるからさ。必ずそこ突っ込まれるわよね〜。でもうまくごまかせなくて」

名前を出せば知らない者のないような大企業で、『エンジェル・メーカー』に入社した頃はそれを随分鼻にかけていた。『エンジェル・メーカー』が小規模であることをバカにするような発言もあり、大和はそれで朝倉と喧嘩になったことがあるくらいである。

「辞めた後が『エンジェル・メーカー』じゃキャリアアップなんて言い訳も使えないし」

またかよ、とカチンと来た。

「だったら辞めなきゃよかっただろ。そしたらうちの倒産に立ち会うこともなかっただろうし」

朝倉は「意地悪ねえ、あんた」と膨れっ面になった。

「セクハラがもつれて辞めるしかなかったんだから、そんないじめないでよ」

捨て鉢に言い放たれた生々しい単語にぎょっとする。ちらりとベンさんを窺《うかが》うと、ベンさんも真顔になっていた。

「相手は入社したときの指導社員でさ。向こうは結婚してたけど、なまじっかこっちが若くて美人で巨乳なもんだから、血迷わせちゃったみたいね。お互い大人なんだし、割り切って遊ぶくらいできるだろって迫られて、突っぱねてたら査定を下げるぞって脅されて」

「訴えたらいいんだ、そんなもん！」

他人事《ひとごと》ながら気分が悪くなって声を荒げると、朝倉は鼻で笑った。

「訴えたって勝ち目なんかあるわけないでしょ。——って、あたしも社内の相談室に訴えてから気がついたんだから青かったけど」

相手はコネ入社の重役の息子だったらしい。

「あたしから誘ったとかあることないこと言われて、社内でも針のむしろでさ。裁判するようなお金も覚悟もなかったし、結局辞めるのが一番簡単だったのよ。すっごい頑張って内定取ったからチョー悔しかったけど」

前職をやたらと鼻にかけていたのは挫折《ざせつ》させられた思いの行き場がなかったのかもしれない。そんなに前の会社がいいなら前の会社に戻れ、と大和が突っかかったとき、傷ついたような顔をして黙り込んでいた。自分が『エンジェル・メーカー』を腐したくせに何のつもりだ、と当時は腹が立つばかりだったが。

「そんでしばらくやけになって遊び呆《ほう》けちゃったからさ。いざ再就職しようとしても小さい会社しか相手にしてくれなくて」

だからその一言は余計だろ、大和としては突っ込まずにいられないポイントだが、苦いものを吐き出した朝倉を鞭打《むちう》つのも憚《はばか》られて飲み込んだ。

「ここは社長が女性だからそういう面倒もなくていいかなって思ったのよね。それに、あの社長なら、女がそういう理不尽な目に遭ってたら絶対見過ごさないだろうなって思えたし」

そこは分かってるじゃないか、と大和は少し溜飲を下げたが、ベンさんは逆に溜飲が上がったらしい。

「それちょっと不本意だな。理不尽な目に遭うかもしれないと一瞬でも思ったわけ？　俺たちをそんなクズ野郎と一緒にすんなよ」

「悪かったわよ。入社するまで同僚がロリコンタヌキ親父と大人げない青二才なんて思ってもみなかったから」

「ロリコンじゃない！　かわいいものを純粋に愛《め》でてるだけって何度言えば分かってくれるんだよ、みんな！　ボン・キュッ・ボンももちろんすばらしいが幼児には幼児の美がある、当然の話だろ！」

　青二才呼ばわりも随分だが、ロリコン呼ばわりに比べると傷は浅いので大和は抗議を見送った。

「でもまあ」

　ベンさんが少し真面目《まじめ》な顔になった。

「別にごまかすことないいんじゃないの。セクハラ受けて嫌になったって真っ当な理由じゃん」

「でも……前の会社に問い合わせとかされたら、こっちが悪いって言われたりしないかなぁ？」

　陥れられるようにして最初の会社を辞めることになった朝倉としては心配なところだろう。

「朝倉がちゃんと話したのに、それでも前の会社を信じるようなところに採用されて嬉しい？」

ベンさんに訊かれて、朝倉は目から鱗《うろこ》が落ちたような顔をした。

「そうよね！　よーし何かやる気出てきたわ！」

朝倉が投げ出していた鞄から就職情報誌を取り出した。

「次どこ行こうかな！　ねえ、あたしどんな職種が向いてると思う？」

「向いてる職業は分からないけど、営業はやめとけば」

大和が即答したのは、営業で朝倉の尻拭いをすることが多かったからだ。

「朝倉さん、一言多いからしょっちゅう客先とトラブってただろ」

「一言多いのはそっちも同じでしょ！」

「俺は身内にしか多くならない！　外面いいからな！」

「それ自慢するようなこと!?　ていうかお客の子供に散々暴言吐いてたくせに！」

「あれは躾《しつけ》だ！」

大和と朝倉が角突き合わせていると、ベンさんが一人で就職情報誌をめくった。

「朝倉、教師とか向いてそうだけどな」

えっ、と朝倉がベンさんに向き直る。

「スクールの子に勉強教えてたの、親から評判よかったじゃん。教え方上手《うま》いんだと思うよ」

そう？　と朝倉はまんざらでもない様子だ。

「教員免許なら一応持ってるけど……教師って難関なのよね～」

「社会で揉《も》まれた経験があるっていうのはセールスポイントになりそうじゃない？」

「そっかー。そうかなー」

朝倉は頷きつつベンさんから就職情報誌を取り戻し、真顔で考え込みはじめた。

⚜

柊子は放課後に小学校の校門まで航平を迎えに来てくれた。

月島駅から地下鉄に乗って、柊子に連れられるままについていった。電車の切符は柊子が買ってくれた。

有楽町で地下鉄からＪＲに乗り換えて、新橋でもう一回乗り換え。そこからは一本だった。だが、乗り換えるときにどこをどう歩いたのかはよく分からない。

地下鉄もＪＲも大人だらけで、航平と同じ年頃の子供はほとんど見かけなかった。平日の夕方では親に連れられて歩いている子供もそういない。周囲から飛び抜けて背が低く、ランドセルを背負っている自分がひどく目立っているような気がした。

こんな時間に小学生が乗っているなんて、とじろじろ見られているのではないか。そのじろじろ見る中に圭子の知り合いがいたらどうしよう。

――おたくのお子さん今日電車に乗ってたわよ、横浜に向かう電車だったわよ。

――航平、横浜に向かう電車に乗ってたんですってね。どこに行ってたの。

嫌な物語が脳裡《のうり》に浮かんで、柊子の脇にほとんどくっつくように身を寄せて俯いていた。

混んだ車内では立ちっぱなしだったが、柊子は航平をずっと腕に摑まらせてくれていたので、それほど辛《つら》くなかった。

停まる駅ごとに会社員やＯＬ風の乗客を出し入れしつつ、どれくらい経《た》っただろうか。

一際たくさん人が降りた。座席がいくつか空いたので座れるかと思ったら、柊子に「次だよ」と言われた。

ホームの駅名を見ると『横浜』とあった。次の駅は桜木町だった。

「こっちだよ」

柊子は、改札を出てから迷いのない足取りで歩き出した。大通りをしばらく歩いてから曲がり角をこみ入った区画のほうへ折れ、急な角度で始まる坂道を上っていく。

急な角度はすぐ終わり、その後は緩やかにだらだらと続く。

紅葉坂というのだと柊子は歩きながら教えてくれた。

柊子は整骨院の場所をパソコンで調べておいてくれたらしく、プリントアウトした地図を持ってきていたが、その地図もほとんど見ずに歩いていく。

「柊子、横浜詳しいの？」

「昔よく遊びに来てたから」

「デート？」

茶化すつもりで訊くと、柊子は笑って小さく頷いた。どこかが少し痛いような笑顔で、からかってはいけないことだと分かった。

「横浜スタジアムとかよく行ったなぁ。野球が好きな人だったから」

そして柊子が小さく吹き出した。「どうしたの」と尋ねると、「昔のこと思い出しちゃった」と笑った。

「わたし、野球のルールとか全然分からなくてね。応援してるチームの打ったボールがぽーんとスタンドに入ったからホームランだと思ってキャーッて言ったら、その人が慌てて止めたのね。で、すごく恥ずかしそうに周りに会釈してて」

ピンと来た。

「ファールだったんだろ」

「当たり」

柊子は恥ずかしそうに舌を出した。

「あの黄色い線の内側じゃないとホームランにならないんだって教えてくれたけど、とっさにどっちが内側か外側か分からなくて、その後もちょいちょい間違えちゃってね。しまいに俺がばんざいしてからばんざいしろって言われちゃった」

野球なら、祐二と観に行ったことが何度かある。ファールでばんざいしてしまった決まりの悪さは想像に難くない。柊子は分かっていないだろうから余計にだ。

「恥ずかしかっただろうね、彼氏」

「でも、それで怒ったことは一度もなかったっけな。他のことだとせっかちですぐにぽんぽん怒る人だったんだけど」

緩やかに上る坂は駅前の賑やかな様子とは打って変わって、古びた下町風の街並みになった。

迷いなく歩いていく柊子の足元を見ながら、この辺りも彼氏と歩いたことがあるのかなと思った。

「わたし、いなかの出身だから都会のことあんまり分からなくて、横浜にはほとんど来たことなかったんだけど……」

　都内に住んでいたら東京界隈《かいわい》で大抵の用事は終わってしまう。大人にとってはそれほど離れた場所ではないが、特別に来ようと思わなかったら足が延びないだろう。

「その人は横浜のほうが身近だったみたいで、行ったことないなんてもったいないいって言って、デートはしょっちゅう横浜だったの。どこまでもどこまでもどんどん歩く人でね、横浜駅の前からスタートして、海のあるほうへずーっとずーっと歩くの。赤レンガ倉庫で雑貨屋さん冷やかして、山下公園も抜けて、港の見える丘公園までよく歩いたっけな」

「場所で言われてもどれくらいの距離か分かんないよ」

「帰りも歩いてたから、全体だと十キロ弱かな？」

「そんなに!?」

　航平は目を丸くした。

「十キロも歩くだけでつまんなくないの？」

「雑貨屋さんとか見たって言ったじゃない」

「でもぉ……見るだけでしょ？　もっと、遊園地とか水族館とかさ」

「そういうとこも行ったよ、もちろん。でも……」

柊子は飴玉《あめだま》を口の中で転がしているような幸せな顔になった。

「わたしは好きな人とはお喋りしながら歩いてるだけが一番楽しかった。相手のことたくさん聞けて、わたしのことたくさん聞いてもらえて……話せば話すだけ、宝物が増えてくみたいなの」

そんなことが遊園地や水族館より楽しいなんてとても思えない。でも、柊子の幸せそうな顔は本物だ。

自分もいつかそんなふうに思う日が来るんだろうか。恋人同士のデートといったらそんなお話を書くようになるんだろうか。

「話したことが全部宝物になる感じなの」

「どんなこと話したの」

宝物になるような話とは一体どんなものなのか。

「わたしにしか宝物じゃないから、言っても分からないと思うよ」

「そんなこと聞いてみないと分かんないじゃないか」

「ほんとに何でもないことだよ。空き地に咲いてる花の名前とか、ハルジオンとヒメジョオンの違いとか。けど、その人と歩いて初めて気がついたんだよね。横浜みたいな都会の空き地にも、わたしのいなかと同じ花が咲いてるんだって。わたし、田舎者だから都会に出てきてずっと心細かったけど、ふるさとと同じ花が都会にも咲いてるんだって分かって、すごくほっとしたの。あの人と歩いてるときに気がついたから、それも宝物」

柊子が照れたように「ね、聞いてもつまんないでしょ」と話を結んだ。

「ホント、大したことない話ばっかだね」

「だから言ったのに～」

柊子に憎まれ口を叩きながら、本当は別のことを考えていた。――圭子と祐二にもそんなことがあったのだろうか。

何てことない些細《ささい》な話がお互いの宝物になるような。

「あ、あそこだよ」

柊子が言いつつ前方を指差した。

『坂本整骨院』という看板が前方の集合ビルの一階に出ている。

どきりと胸が不安な音を立てた。

祐二には昨日また公衆電話から電話をかけた。その電話代も柊子が出してくれた。公衆電話は十円玉がどんどん飲まれてしまうというのに祐二は相も変わらず悠長で、約束を取り付けるまでにまた両替した分が全部消えた。柊子に後で返さなくては。

祐二は「来るのか」と言った。「来られるのか」とは言ってくれなかった。

会った瞬間は何を言うのか。

傷つかない準備をしている自分に気づいて、切なくなった。久しぶりに父親に会うのに、期待に胸を膨らませることもできないなんて。

ちっとも劇的じゃない。全然すてきなお話になれない。

「どうする？」

足取りが鈍ったことに柊子は気づいたらしい。——行こうか？　帰ろうか？

ここまで来て——帰れるものか。

「行くよ！」

見透かされたことをねじ伏せるように顎《あご》を上げ、足を速めた。

柊子よりも先に立って整骨院のガラス戸を押し開けると、

「ふざけんな！」

身の竦《すく》むような胴間声が鼓膜を打った。

柊子がびっくりするほどすばやく前に出て、航平を抱え込むように背中に庇《かば》った。

「死んだじいさんの借金なんだよ！　孫のお前が返すのが筋ってもんだろうが！」

受付で怒鳴っているのは、品のないスーツを着崩した輪郭の四角い男だ。一見して堅気でないと分かる風貌《ふうぼう》だった。

「おいおい」

止めに入ったのは、着崩してはいないがやはり普通のサラリーマンが選ばない色柄のスーツを着た男である。鋭角なデザインの眼鏡フレームが、情の薄そうな顔立ちを際立たせていた。

「そんな下品な声を張り上げるもんじゃない。お客がびっくりしてるじゃないか」

院内は水を打ったように静まり返っている。受付で待っている客はもちろん、施術用のベッドに横になった患者も、息を潜めるように成り行きを見守っていた。

「すみません、営業時間中ですから……お話は院が終わった後で」

男たちの前に立って頭を下げているのは、ほっそりとしたおばさんだ。圭子よりも少し年上に見える。

「院長さん、そろそろ聞き分けてくださいよ」

恐《こわ》いような猫なで声を出したのは眼鏡の男だ。

「あんたが返すべきをきっちり返してくれないから、こいつもイライラして営業中に乗り込んで来ちまうんだ」

台詞《せりふ》と示し合わせたように、顔の四角い手下が受付のカウンターを蹴る。ドカッと剣呑《けんのん》な音がして、客が一様に竦み上がった。

「でも……祖父の言っていた返済期限はもっと先だったはずですけど」

「うちが書類をごまかしたとでも言うのか、ァア!?」

手下が目を怒らせて声を引っくり返し、引っくり返しすぎてげほげほと咳《せ》き込んだ。その尻に眼鏡が蹴りを入れる。眼鏡も同様に暴力的な人間であることが知れた。

ふと気づくと、航平を抱え込む柊子の手が震えていた。たった今入ってきた玄関を目が忙《せわ》しく窺っている。男たちの恫喝《どうかつ》の合間に、航平を玄関へ押し出そうとしたり、また引き寄せたり、手が何度も迷っている。

航平だけでもここから出したいのだ。だが、空気が凍りついた屋内では誰かが動くとそれだけで嫌な注目を集めそうだった。二人揃ってなんてとても。

航平は柊子の腰にぎゅっと抱きついた。ここまで連れてこさせて、こんなところに柊子一人を置き去りにはできない。

わたるは知り合いのトーコにお父さんの仕事場まで連れてきてもらいました。

けれど仕事場ではチンピラが暴れていたので、わたるはトーコを置いて逃げました。

とんでもない。主人公をそんな卑怯者《ひきょうもの》にさせるわけにはいかない。

だが、踏みとどまっているだけが精一杯で為《な》す術《すべ》もなかった。小説や漫画の主人公ならここで「やいやい」と割って入って大活躍するのに。

現実の子供はこんな状況で震えているしかできない。

「やいやい！」

そう言えたらいいのに、という正にタイミングで上がった声だったので、自分が声を出したのかと錯覚しそうになった。

呼ばわったのは奥の施術ベッドから出てきた老人である。髪は白いしシワも深いが、まだまだ洒落《しゃれ》っ気のある様子で、きっと昔はハンサムだったのだろうなと思わせた。

「か弱い女性を大声で脅して恥ずかしくないのか⁉　全く男の風上にも置けない奴らだな！」

「引っ込んでろジジイ、怪我《けが》するぞ！」

顔の四角い手下が目を剝《む》いて、老人は一瞬たじろいだ。だが、心配そうに見つめる院長と目が合い、見得を切るように踏みとどまった。格好をつけすぎてちょっと滑稽《こっけい》なくらいだ。

「引っ込んでるのは貴様らだ！」

声も少し裏返ってしまっている。

「ここは整骨院で、みんなが順番を守って冬美《ふゆみ》先生の施術を待っているんだ！　招かれざる客は出ていくがいい！」

「大嶽《おおたけ》さん」

院長が案じるように老人に呼びかけた。

「あいや、止めてくれるな冬美さん」

芝居がかった台詞回しにチンピラ二人もすっかり呆気《あっけ》に取られている。

「俺は、若い頃からこういう無法者が大嫌いでね。そんな奴らがあなたに危害を加えようとしてるとあっちゃなおさらだ」

「い……いいかげんにしろ！」

顔の四角い手下が怒鳴り、眼鏡も大嶽と呼ばれた老人のほうへ踏み出した。

「年寄りの冷や水も大概にしとけ。この顔の四角い男は気が短いんだ」

手下がちょっと切なそうな顔になって眼鏡の兄貴分を振り返った。自分でも少し気にしているようだ。

少し屋内の空気が緩んだ。そのとき、ガラス戸が大きく開いた。

颯爽《さっそう》と飛び込んできたのは、白い上っ張りを着た背の高い男性だった。

祐二だ。

お父さん、と航平が祐二へ身を乗り出すと、――祐二は航平がまったく目に入っていない様子でまっすぐ受付に向かった。

「冬美先生！」

まるでヒーローみたいに格好をつけて、祐二は院長とチンピラの間に割って入った。

「すみません、ちょっと外へ出た隙《すき》に」

「いいえ、そんな」

祐二は院長を背に庇い、チンピラ二人と向き合った。相手のわずかな身動きにおどおどしつつ、それでも懸命に睨《にら》みつける。

「お前、後から来たくせに」

大嶽がむきになって祐二と並ぶ。どちらが院長を庇うか肘《ひじ》で突いて位置を取り合い、滑稽に拍車がかかる。

「お年寄りのお客が多いんだぞ、驚かせて具合でも悪くなったら訴えてやるからな」

祐二の啖呵《たんか》は子供の耳にも稚拙なものだったが、チンピラたちは滑稽な二人に毒気を抜かれたらしい。

「……今日はもういい」

眼鏡の男が吐き捨てた。

「近いうちに借金は耳を揃えて返してもらうからな」

そして眼鏡が先に踵《きびす》を返し、玄関に向かった。顔の四角い男も祐二たちに顎を煽《あお》りながら続く。

乱暴に開いたガラス戸が乱暴に閉まり、やっと屋内の空気が弛緩《しかん》した。

柊子がほうっと息をついて航平の体に巻き付けていた腕をほどく。

ほどかれた瞬間に航平は祐二のほうへ駆け寄った。

「お父さん！」

呼ぶと祐二がぎょっとしたように航平を振り向いた。

「何だ、直接来ちゃったのか、お前。駅まで迎えに行ってたのに」

傷つかない準備はしておいたのに、まだまだ全然足りなかった。

どうして駅で航平を捉まえたかったたか分かりすぎる。

「田所さん、この子は……」

院長に訊かれて、祐二はしどろもどろで答えた。

「その……前にもお話ししましたけど、別れた女房との子供で……」

「まだ別れてないだろ、別居してるだけだろ！」

聞き分けのないチビの頃のように地団駄を踏みたかった。

院長は腰を屈《かが》めて航平に視線を合わせた。

「そうなの。お名前は？」

航平が黙っていると、祐二が焦ったように「航平です」と横から答えた。

「すみません、どうも昔から人見知りで……」

こんなおばさんに向かって航平がすみませんなんて言われる筋合いはない。航平はますますむくれたが、院長はそんな航平に向かってにこりと笑った。――感じのいい笑顔だった。

「こんにちは、航平くん。いつもお父さんにはよくやってもらってます、院長の坂本《さかもと》冬美です」

「さかもとふゆみぃ？」

有名演歌歌手と同姓同名。

冗談みたいな名前に口をぽかんと開けると、冬美は恥ずかしそうに肩を縮めた。

「字も一緒なの。一応、先方がデビューする前からこちらも本名なんだけど……」

「大変ですね」

うっかり相槌《あいづち》を打ってしまった。すると冬美は大きく頷いた。

「病院の受付とかで名前を呼ばれると、みんなに見られちゃうの。期待させちゃって申し訳ないなぁって」

こんなことで気を許したなんて思われてたまるものか。航平は、またぷいっと横を向いた。

冬美は気にした様子もなく「よかったらお父さんとゆっくりお話ししていってね」と笑いかけ、屋内に向けて呼びかけた。

「皆さん、お騒がせしてどうもすみませんでした。また順番に施術していきますのでお待ちくださいね」

そしてカウンターの中で縮こまっていた助手の女の子二人に声をかける。

「ほら、お待たせしないのよ。機械が終わった人を誘導して」

内装や設備と色を合わせた淡いグリーンの制服を着た女の子が施術スペースへ駆け出し、冬美もベッドの一つに向かった。

「田所ぉ」

嬉《うれ》しそうに話しかけてきたのは大嶽だ。

「お前、こんな大きい子供がいるなんて一言も言ってなかったじゃないか」

「うるさいな」

祐二は嫌な顔をして大嶽を肘で押しのけ、機嫌を取るように航平に話しかけた。

「航平、外でケーキでも食べようか」

そして、航平の返事も待たずに外に出ようとする。玄関で待っていた柊子が会釈をすると、祐二は怪訝な表情だけで誰かと尋ねてきた。

「学童の折原先生。ここまで連れてきてくれた」

正しく説明しようとするといろいろ面倒くさいので、思い切ってかいつまむ。

「すみません、航平がわがままを言ったようで……」

祐二が来てくれないから航平が来るしかなかったのに、わがままだなんて言われる筋合いはない。心にカリカリカリカリ細かい引っ掻き傷が増えていく。

「いいえ、航平くんの気持ちはよく分かりますし」

分かるわけない、と心が意固地に強ばった。親が離婚する子供の気持ちなんて、親が離婚したことのない人間に、分かるわけがない。――だが、そうぶつけて真っ青になった柊子の顔を思い出すと意固地がしゅうっと弱気に萎《しぼ》んだ。

よく分かりますって言わせておいてやってもいい。

だって、ここまで連れてきてくれたんだから、それくらいは許してやる。

「じゃあ、先生もご一緒に」

祐二が誘うと、柊子は少し屈んで航平の顔を覗《のぞ》き込んだ。

「どうする？　先生、ここで待っててもいいよ」

航平の説明に合わせて上手に先生と言い繕っている機転は気に入った。

「一緒でいい」

祐二と二人きりより、柊子がいたほうが傷つく度合いがマシかもしれないと思った。

――よその人が一緒だったら、祐二だって少しは言葉に気をつけるはずだ。

忙しいから会いに来られても困るんだけどな――なんて人でなしなことはうっかり言えないはずだ。

坂本整骨院の玄関を出ながら、航平は柊子のコートの袖《そで》をぎゅっと握りしめた。

父親よりも他人の袖を摑まなくてはならないことがひどくみじめだった。

祐二が連れていった先は、整骨院から五分ほど歩いたところにある喫茶店だった。

航平と祐二が向かい合わせで座り、柊子は航平の隣の席でちょんと腰をかける程度に申し訳なさそうに座った。

「ケーキセットにするか？　ホットケーキでもアイスクリームでもいいぞ」

一瞬心が動いたが、おやつなんかで懐柔されるわけにはいかない。

「カフェオレ。ホットで」

本当はココアがよかったが、自分が飲める最大限に苦いものを選んだ。カフェオレなら砂糖を入れなくてもギリギリ飲める。

祐二が航平のギリギリを軽々飛び越えてコーヒーを頼んだのが憎たらしい。柊子は紅茶を頼み、注文が来るまでテーブルの空気はとても重たかった。重力の中心が自分だということは分かっているが、どうにもならない。

「航平は学童保育でどうですか」

祐二は逃げ場を探すように柊子に話を振り、柊子もスクールの話をして穏やかそうな会話を繋いでくれた。

注文した品が来て、自分の前にカフェオレの大ぶりのカップが置かれた。ミルクで薄まった苦味をぐいっと飲み干す。

その苦味で弾みをつける。

「お父さん、何で職場で離婚してるなんて言ってるの」

まともに切り込むと、祐二は「それはさ」と決まり悪そうに頭を掻いた。

「説明が面倒だったたっていうか……」

「だってまだ離婚してないよね」

「離婚を前提に別居、とかややこしいじゃないか」

「お父さんは離婚したいの!?」

「いや、でも、お母さんはもうそのつもりだろうし……」

「ぼくはお父さんの気持ちを訊いてるんだよ！」

柊子が執り成す気配がした。声が高くなりすぎたらしい。押さえ込んで続ける。

「ぼくはお父さんが好きだし、ずっと家族でいたいよ。お父さんに帰ってきてほしい。お父さんはどうなの？」

「お父さんだってもちろん航平のことは好きだけど……」

そして祐二はこちらの機嫌を窺うようにへらっと笑った。

「なあ、もうやめないか。先生だって気まずいじゃないか」

柊子、と口走りそうになって慌てて「折原先生は」と言い繕った。

「全部分かってて連れてきてくれたんだ」

話を振られた柊子が弾かれたようにこくこく頷く。

「でも、ほら……お父さんも仕事中だし。早く戻らないと院長さんが」

「あの院長さんがそんなに大事なの」

「お、おかしなこと言うな！」

　祐二がしどろもどろになる。分かりやすすぎて嫌になる。

「お父さんは冬美先生を尊敬してるんだよ。亡くなったおじいさんの整骨院を継いで、冬美先生はとっても頑張ってるんだ。足腰の痛いお年寄りの常連さんがたくさんいて、急に閉めたら常連さんが困るからってな」

　ふわふわ浮かれているとしか思われない祐二の話によると、最初は患者として坂本整骨院に来たらしい。寝違えて首を痛め、友人から腕のいい整骨院として紹介されたそうだ。

「本当に患者さんの痛みに寄り添ってくれる人なんだよ。おじいちゃん子だったせいか、お年寄りにも根気強くて、普通だったらイライラしちゃうようなことがあっても優しくて……お父さんは、本当に感動した。自分の出世のためだけにガツガツ働くんじゃなくて、人のために尽くせる仕事って素敵じゃないか。だからここで修業させてもらってお父さんも整体師になろうって……」

「待ってよ」

　聞き流せない文脈が来た。――自分の出世のためだけにガツガツ働くんじゃなくて。

「出世のためにガツガツって、お母さんのこと言ってるの」

「いや、そうじゃない！　そうじゃないけど」

祐二も失言に気づいたらしくあたふたする。

「お母さんはすごく優秀だし、立派な人だと思うよ。けど、冬美さんとは仕事の種類が違うから比べられないよな」

——本当は、
祐二に会ったら言おうと思っていた。

お母さんに謝って。

お母さんはお父さんに仕事を応援してほしかったって言ってた。

お父さんが浮気したことを謝って、仕事を応援するようになったら、きっと許してくれるよ。

ぼくも一緒に謝ってあげるから。

まだ間に合うから帰ってきて。

でも、今そんなことを言っても全然届くと思えない。

「じゃあお父さんそろそろ戻らないと」

腰を浮かせた祐二を「待って」と呼び止める。

「また来るからお小遣いちょうだい」

別れ際にこんなことを頼まなくてはいけないなんて！　子供って一体なんてみじめなんだろう。

「今日、ここまで来るのも先生がお金貸してくれたんだ」

「何だ、そうだったのか」

祐二は財布を開けて少し考え込み、「もし途中で何かあったら困るものな」とお札《さつ》をがさっと何枚か抜いた。

「じゃあな、先生にあまり迷惑かけるなよ」

航平にお札を握らせ、レシートを持って出ていく。

握らされたお札を数えると、五千円札が一枚と千円札が四枚あった。

「柊子、いくら出してくれてた？」

尋ねると、柊子は笑って首を横に振った。

「ここまでの分はいいよ、お父さんにお茶も奢《おご》ってもらったし。帰りの分から自分で出しなね」

押し問答をする元気がなかったので、ありがとうと素直に受けてお札を財布の中にしまった。

「柊子から見て、お父さんってどうだった？」

いる。

　柊子はしばらく難しい顔をして考え込み、やがて「困った人だね」と答えた。

　ああ、そういうことを聞きたいんじゃなくて。そんなことはもうとっくに分かって
いる。

「お父さん、坂本冬美のこと……」

　好きなのかな、とはどうしても口に出せなかった。

「だいぶ浮かれちゃってるみたいだね。ちょっとのぼせやすい人なのかな」

　柊子の見立ては掬《すく》い上げるように気持ちを軽くした。

「本人は真剣な気持ちがあるつもりかもしれないけど、はしゃいでる感じであんまり
リアルな話には聞こえなかった」

「そうだよね！」

　柊子の言葉にすがりつく。

「あり得ないよね、あんなおばさん！　お母さんのほうがずっと若くてキレイだ」

　訴えかけるように言うと、柊子は困ったような顔をした。

「田所さんはもちろんきれいだし、すてきな人だと思うよ。でも坂本さんもお父さん
のことがなかったら、ふつうに感じのいい人に見えてたんじゃないかな」

　下手にお説教されたりするよりずしんと響いた。俯いてぬるくなったカフェオレを

する。

「坂本さんはお父さんのこと好きだと思う？」

「それはない」

柊子は力強く即答だ。

「どうして？」

「気になってるバツイチの男性に子供がいたことが突然分かって、動揺しない女の人なんか絶対にいないない」

「坂本さん、動揺してなかった？」

「カケラも」

のぼせている祐二の立場が形無しで、そんな気分じゃないのについ笑ってしまった。

「冬美さんがあんな若造を相手にするわけないだろう！」

いきなり話に割り込まれ、ぎょっとして顔を上げると、さっき整骨院で会った大嶽だった。

「どれどれ、ちょっと失礼」

柊子と二人でぽかんとしているうちに、大嶽はさっさと向かいの席に腰を下ろしてしまった。

「ここでお茶を飲むとしたらこの店しかないと思ってな。慌てて追いかけてきたんだ、会えてよかった」

どうやら祐二ではなく航平が目的だったらしい。

「ボク、田所の息子なんだってな。名前は？」

「田所航平……おじいさんは？」

すると大嶽がぐりっと目を剝いたので、「おじさんは？」と言い直した。

「俺の名は大嶽正寛《まさひろ》。坂本整骨院の冬美先生をこの世で一番大切に思ってる男……と名乗らせてもらおうか」

格子がぐぐっと喉《のど》を鳴らして、慌てて下を向いた。格好をつけまくった仕草と気障《きざ》ったらしい台詞がツボに入ったらしい。

「俺は二年も前から坂本整骨院に通っている常連でな。先代の院長を手伝ってる冬美さんの姿をずっと見守ってきたんだ」

二年ってそれほど「ずっと」って感じかなぁ、と航平は首を傾げた。航平の祖母は同じ内科に五年越しで通っていたし、祖父は行きつけの鍼灸院とは十年近い付き合いだ。

「冬美先生に初めて会ったときは雷に打たれたような衝撃が走ったものだ……死んだ

妻の若い頃と瓜二つ《うりふた》でね。俺の妻もあんなふうに可憐《かれん》で気立てのいい美人だった……まるで今生で妻に再び巡り会えたような気分になったよ……」

「え、年、親子くらい違うよね」

航平が突っ込むと、ひたっていた大嶽は「だから、気分って言っただろう」と唇を尖《とが》らせた。

「でもまあ、もしも妻との間に娘が生まれていたら、きっと冬美先生みたいに美しい女性に育っていただろうな。残念ながら俺たち夫婦は子供に恵まれなかったが」

ともあれ、と大嶽が続ける。

「俺にとっては今生で再び巡り会えた妻、もしくは現実には持つことのできなかった娘のようなものなんだ、冬美先生は」

先に出てくる仮定が還暦は超えていそうな老人として図々しいことこのうえない。

「この世の最後の俺のマドンナとも呼べるだろうな」

ぐぐっ。柊子の喉がまた鳴った。航平がテーブルの下で軽く膝をつつくと、うんと頷くが、なかなか発作が治まらないようだ。大嶽が意に介していないのが救いである。

「その大切な冬美先生に、田所みたいなチャラチャラした若造がちょっかいをかけてくるようになったんだ。この俺の気持ちが分かるか、航平くん！」

祐二を摑まえて「若造」と呼ばわる年代の気持ちは残念ながら想像がつかない。航平にとって祐二は自分の父親でなかったら「おじさん」と呼ぶべき年代だ。

「俺だって、一人で頑張っている冬美先生に良き伴侶が見つかったらとは思わなくもない！　別に見つからなくても俺が見守るから一向にかまわないが！」

付け加えた後ろがやっぱり図々しい。

「だが、とにかく田所は失格だ！　あんな浮ついた男に、冬美先生を任せるわけにはいかん！」

浮ついた、というところは否定できないのが息子としては辛いところだ。

「最低限、俺よりもいい男でないと！」

「おじさんとはいい勝負だと思うけど」

小声で呟《つぶや》いたつもりだが、大嶽が「何か言ったか」と睨んだのでせいぜいかわいこぶって首を横に振る。

「航平くんもお父さんに家に戻ってきてほしいんだろう？」

それは事実なのでこくりと頷く。

「俺は田所が冬美先生にちょっかいをかけなくなってほしい、君はお父さんに戻ってきてほしい。どうだ、見事に利害の一致を見たと思わないか」

それも確かにそのとおりだ。

「俺は毎日整骨院に通ってるから、田所に家庭を大事にしろと話してやる。冬美先生にも離婚が成立してないことを黙ってたうえ、子供がいることを隠してた田所を信用しちゃ駄目だと説得する。だから君もまた整骨院に遊びに来て、田所にプレッシャーをかけてくれないか」

「分かった」

航平としてもその提案に否やはない。

「お父さんが冬美先生を諦めるように仕向けてよ」

そうしたら祐二と圭子によりを戻させる話も切り出しやすくなる。

「よし、じゃあ連絡先を交換しとこうぜ」

言いつつ大嶽が財布の中から名刺を取り出した。パソコン印刷で作れるような自己紹介名刺だ。大嶽の名前と携帯番号やメールアドレスが入っている。

「航平くんのは」

「それはちょっと」

柊子がやんわり割って入った。

「何だい、あんたは」

「航平くんを預かっている学童保育の者です。お子さんの連絡先を、親御さんの許可なく渡すことはできないので……」

「ああそっか。今はそういうのうるさいんだよな。じゃあ保育所の電話番号を教えてくれよ、何かあったらそっちにかけて航平くんを呼び出すから」

そう切り込まれて、柊子はそちらはとっさに断る言い訳を思いつかなかったらしい。

「わたしが担当ですから、わたしを呼び出してくださいね」

何度も念押ししつつ、柊子は『エンジェル・メーカー』の自分の名刺を渡した。

「よし、じゃあまた来いよ！」

大嶽は上機嫌で帰っていった。その後ろ姿を見送って、柊子が変な顔をしている。

「どうしたの、柊子。名刺、渡したくなかった？」

「あ、うん、それはいいんだけど……」

「何か怪しんでたりする？」

大嶽の大袈裟《おおげさ》な話しっぷりに胡散《うさん》臭さでも感じているのかと思って訊くと、「そうじゃないんだけど」と柊子は首を横に振った。

「ただ、冬美先生の借金の話とかしなかったなって」

言われてみればそうだ。チンピラの取り立てなんて現場に立ち会ったばかりなのに。

「わたしだったら一番心配しちゃうポイントなんだけど」

大嶽がぎゃあぎゃあと心配していたのは、冬美に悪い虫がついてしまうということばかりだった。

ああそうか、と腑に落ちる。

とどのつまりは、自分の思惑ばかりで冬美のことを本当には心配していないのだ。自分勝手に憧れて、自分勝手にのぼせて浮かれて。相手がなにを困っているかなんてそっちのけだ。

それは、きっと祐二も同じだ。冬美への憧ればかり滔々《とうとう》と話して、冬美の窮地の話など一つも。

困った大人たちだな、と思った。――そんな困った祐二を、「仕方ないわねぇ」と許してくれるのは圭子だけだったのに。

浮気なんかしなかったら、圭子の仕事を応援していたら、――圭子は祐二の困ったところをずっと許してくれていたはずなのに。

「じゃあ、帰ろっか」

柊子に促されて席を立つ。

砂糖を入れないカフェオレは、結局全部飲み切れなかった。

【エンジェル・メーカー終焉の日まで後14日!】

ホワイトボードのカウントダウンは、ベンさんが毎朝几帳面に書き換えている。いいかげん飽きろよな、と大和は何度か突っ込んだが、ある朝ベンさんがホワイトボードを書き換えているところを見かけてからは何も言わないことにした。日付を丁寧に消して書き直すベンさんは、悪ふざけにはまるで似合わない生真面目な顔をしていた。——真摯《しんし》とさえ呼べるような。

大和は子供のときから英代を知っている。だが、ベンさんは大和よりももっと長く英代と働いている。つまりはそういうことだ。

朝倉は相変わらず面接でちょくちょく会社を抜ける。結果にはなかなか繋がらないようだが、潑剌《はつらつ》と帰ってくることが増えた。愚痴を聞かされずに済むので大和としてはありがたい。

その日は銀行に出かけた英代がまだ浅い夕方に戻ってきた。

そしてオフィスの面々を目で数える。

「折原さんは？」

朝倉がほーいと手を挙げる。

「航平くんの英会話の付き添いでーす」

「あらまた？　最近連日ねえ。残念、せっかくおやつ買ってきたのに」

提げている紙袋だけで大和には何を買ってきたか分かった。

「おいしいんですって、ここのコルネパイ」

「やったー！　折原ちゃんの分あたしもらっちゃお！」

はしゃいだ朝倉に「待て待て」とベンさんが待ったをかける。

「甘い物にかけては黙っちゃおられませんな、俺も」

「こういうのは、女の子に譲るもんでしょお!?　それ以上その腹を肥やしてどうすんのよ！」

「チャームポイントの強化！」

はいはい、と英代が手をぽんぽん叩く。

「喧嘩しないの。折原さんの分はお茶を淹《い》れてくれた人がもらいましょう」

すると朝倉とベンさんが同時に席を立ち、お互いを肘で邪魔しながら競歩のような速度で給湯室へ去った。

「俊くんはどれ食べたい？　いろんな味があるのよ」

「クリームチーズありますか」

「あら、詳しいのね」

英代が目を丸くした。思わず気持ちが怯《ひる》む。前に雑誌で見たことがあって、などとうっかり余計な言い訳をしてしまいそうになったが、それより先に英代が紙袋を開けながらウィンクした。

「早く取っちゃいなさい、あの二人が戻ってきたら選ばせてもらえないわよ」

「あ、はい」

種類が書いてある目印のシールを頼りにクリームチーズを選ぶ。英代は「わたしは残ったのでいいわ」と二人が戻るのを待った。

朝倉とベンさんは二つずつカップを持って戻ってきた。お茶は半分ずつ淹れたようだ。

「あ〜！　大和くん、なに先に選んでんのよ〜！」

案の定文句を言われたが、朝倉の文句を聞き流すのは英代のことが絡まない限りはお手の物だ。

お茶を半分ずつ淹れたので、余ったコルネも半分ずつ、という協定を結んで帰ってきたらしい。朝倉はストロベリー、ベンさんはチョコレートを取り、濃厚生クリームを半分こにした。英代は余ったプラリネだ。

「クリームチーズも食べたかったぁ。大和くん、半分ちょうだい」

朝倉のおねだりは無視して黙々と食べる。——あの日は柊子と半分こだった。あの日よりやけに甘ったるいのはぜんざいの塩昆布と同じだ。

今日、柊子がいなくてよかったと少し思った。

黙々と食べた分だけ皆より早く食べ終わり、電話が鳴ったとき口をもぐもぐさせていないのは大和だけだった。

「大和くん、出て出て。銀行かも」

英代が口に入った分をお茶で飲み込みながら急《せ》かす。

「分かってますからゆっくり食べて」

言いつつ受話器を取り上げる。

「はい、『エンジェル・メーカー』です」

「もしもし、大嶽と申しますが」

張りのある男性の声が知らない名前を名乗った。

「折原さんはいらっしゃいますか」

誰だこいつ、と思わず眉根が寄った。営業でも英代でもなくわざわざデザイナーの柊子を指名したことに違和感を覚えたのと、——何の資格もない嫉妬心と。

「折原は外出しておりますが……どういったご用件でしょうか」

「ええっと、そちら学童保育所だよね？」

もう預かっているのが航平一人なので機能しているとは言い難いが、一応スクールは民間学童施設という位置づけになるので「ええ」と頷く。

「折原さんと航平くんはもうこっちに向かっちゃってるのかなぁ」

「こっちというのは」

「横浜」

まったく話が分からないなりに、何かまずいことになっているとアンテナが立った。

「よろしかったら折原に携帯で連絡を入れますが」

「あ、そう？」

声に張りがあるので最初は若いと思ったが、早々に敬語が外れた無遠慮さからしてそこそこの年齢かもしれない。声だけ若い年配者は珍しくない。資格のない嫉妬心は消去できた。

「じゃあさ、今日は来なくていいよって伝えといてくれる？　出所、今日は腹が痛いとかで早退しちゃって無駄足だから」

「分かりました、お伝え致します」

電話を切るなり席を立った。

「折原宛て？　何だったの？」

尋ねるベンさんに「勧誘」とだけ答えてオフィスを出る。非常階段の踊り場で携帯を出した。アドレスから社用以外ではもう鳴らすことがなくなった番号を呼び出す。

コールは留守電に切り替わるギリギリのタイミングまで引っ張って、そして柊子が窺うような声で出た。

「はい、もしもし……」

この声は知っている。腰が退《ひ》けている声だ。話す前に溜息が出る。

「……今、どこいるの」

「あの……航平くんの英会話……」

「嘘だよな」

瞬殺すると柊子は黙り込んだ。

「オオタケさんって人から電話があった」

電話口で息を飲む気配。

「伝言。『今日はもう横浜に来なくていい。田所さんが早退したから無駄足』。何のことか俺はまったく分かんないけど、折原は分かるんだろ」

ごめんなさい、と蚊の鳴くような声が答える。

「今からそっちに行く。どこにいるんだ」

「桜木町……」

「じゃあ四十分くらい後にランドマークタワー。お茶できるとこいくらでもあるだろ。着いたらまた電話する」

電話を切る間際に「ごめん」とまた蚊の鳴くような声が滑り込んできた。

「いいから。航平くん迷子にするなよ」

電話を切ってオフィスに戻り、「ちょっと抜けます」とコートを羽織る。

「あら、どうしたの急に」

尋ねる英代に言い訳はとっさに一つしか思い浮かばなかった。

「あの……ちょっと再就職のことで軽く面接みたいなことをしたいって連絡が入ってきて」

「あら、よかった！」

英代の表情が明るくなる。

「大和くんもちゃんと就職活動してくれてるのね」

本当は『エンジェル・メーカー』のことが片付くまで英代に他社を探している気配は見せたくなかった。

「何よ、年末にばたばた動いてもいい結果が出るとは限らないんじゃなかったの？」

嬉々《きき》として絡んでくる朝倉を「事情が変わったんだよ」と邪険に突っ放す。

最寄りの月島駅に向かう途中に自宅マンションがある。

気が急いて電車を乗り継ぐのが面倒だったので一度家に寄り、横浜へは車で向かうことにした。


横浜は営業エリアだったので抜け道裏道はお手の物だ。高速がよく流れていたこともあって、読んだ時間より早く着いた。

適当なパーキングに車を入れてから柊子に電話を入れると、ランドマークタワーに入っているカフェにいるとのことだった。

強いビル風が四方八方から吹き付ける中、人々の歩く姿勢は自然と前に傾き早足になっている。ビルに入って風が止むだけで強ばっていた肩が緩み、息が少ししやすくなった。

教えられたカフェに向かうと、フロアにテーブルを出したテラス席に柊子と航平が座っていた。空調が効いた屋内なのに柊子は小さく肩を縮め、航平はふて腐れたように横を向いている。

目敏く注文を取りに来た店員にコーヒーを頼み、大和は二人の向かいに座った。

「どういうことなんだ」

コーヒーが来るまでに柊子が稚拙な企みを説明した。英会話に付き添うという嘘を切り出したときのように大和が途中でかいつまんでやらなかったので、話はずいぶん長引いた。

柊子は途中で助けを求めるように大和を何度か窺ったが、頑として話をまとめてはやらなかった。気を利かせたつもりが英代を騙《だま》す嘘に荷担していたことが苦かった。

両親によりを戻してほしい。別居中の父親のところへ行って、仲直りするよう説得したい。——親の離婚を目前にした子供が思い詰めそうな話だった。知らない誰かの話だったら普通に不憫《ふびん》に思ったかもしれない。

だが、ずっと肩を縮めているのが柊子で、航平がふて腐れた顔のままだということが甚だ気に障った。

「ごめんなさい。わたし、どうしても放っておけなくて」

柊子の話じゃないのに、どうして柊子が謝る。どうしてお前が何も言わない。――航平は大和の目すら見ようとしない。

「こんなことして、もしお母さんに分かったらどうなると思ってたんだ。全部社長の責任になるんだぞ」

「ごめんなさい」

下手な言い訳をしないのが、柊子らしいことだった。言い訳が下手だということもある。付き合っていた頃も自分が悪いときは観念するのが早かった。

「……どうして放っておけないと思ったんだ？」

理屈で追い詰めても柊子の気持ちには近づけないことを思い出して、声を少しだけ柔らかくできた。

「それは……」

柊子は困ったように視線をさまよわせた。大和を見て逸《そ》らし、航平を見て逸らし、結局俯く。

「放っておけなかったから……」

答えになっていない。だが、大体分かった。

なあ、と航平に向き直る。

「女に庇わせて満足か、お前」

無遠慮に切り込むと反応は激烈だった。ぐっと口をへの字に結んで顔を上げる。

チビでも男だ。卑怯者と罵《のの》られることは屈辱のはずだ。

「折原に何て駄々捏《こ》ねたんだ」

英代の立場を思えない柊子ではない。せがまれて易々と乗ったはずはない。

乗らないわけにはいかないところに追い込まれたはずだ。

「大和くん」

柊子が執り成そうとするが、「黙ってろ」と一喝する。

「折原に何を言ったんだ」

断固としてそれを知っているという口調の強さがこじ開けた。

「別に……お父さんのことで落ち込んでたら、話聞こうかって言ったから話して……

お父さんのところに連れてって、って」

「それで」

「駄目だって言ったから」

「それで」

航平は抵抗するように口を結んだ。ねじ込むように「それで」ともう一度重ねる。

「……聞いてくれないならどうして話聞こうかなんて言ったんだって」

「大和くん」

止めようとした柊子のタイミングがまだあると逆に教えている。

「それで」

「柊子にはどうせ親が離婚する子供の気持ちなんか分からないんだって」

柊子が脅《おび》えるように首を竦め、——一体何てことを言ってくれたんだと大和の目の前は眩《くら》んだ。

自分が昔傷つけた跡をきれいになぞって斬りつけた。

ごめん。別れよう。君には分からない。

君と辞書が違ってしまった俺の生い立ちも怨念も、幸せに生まれ育った君には絶対分からない。

眩んだ視界を取り戻そうとしたら航平を睨みつけていた。航平が縮み上がる。

「自分が不幸だったら他人に何を言ってもいいと思ってるのか」

航平を詰《なじ》る言葉がそのまま自分を斬りつける。

「この世で自分だけが不幸だとでも思ってるのか」

「だって……！」

航平が声を撥《は》ねさせる。

「助けてくれる気もないのに話聞こうかなんて言うほうが悪いんじゃないか！　ただの偽善だろ、そんなの！」

誰かに吐き出せば、少しは気持ちも軽くなるときがある。そう気遣ったに違いない柊子を偽善だと罵ったことで容赦する理由は削《そ》げた。

「だから、……折原を傷つけてもいいと思ったのか」

柊子と呼びそうになったのを直前で何とか差し替えた。

「だって……」

航平の思いが手に取るように分かる。

こんなにかわいそうな自分をどうして誰も助けてくれない。

こんなにかわいそうな自分がどうしてこのうえ他人に責められなくてはならない。

鏡の中から荒《すさ》んだ目が毎日見返してきた頃の自分と同じだ。

「不幸の比べっこなんかしたって仕方ないだろ」

その言葉は英代だったから大和に届いた。大和から航平へは――これほど荒れた声で届くはずもなかった。

航平くん、と柊子が止めようとしたが一息に吐き出した航平の声のほうが早かった。

「大和だって親が離婚する子供の気持ちなんか分からないくせに！」

「比べっこしたいなら比べてやる！」

航平が呑《の》まれた。

「母親が親父に殴られるのをただ見てるしかない気持ちがお前に分かるか？　母親が殴られてるのに自分が殴られないために息を殺してるしかない気持ちは？　服で隠れるところが紫色の痣《あざ》だらけになって人前で袖もめくれない気持ちは？」

「俊介！」

もう呼ばれるはずのない声で名前を呼ばれ、打たれたように言葉が止まった。

見ると、柊子が眼差しだけを動かすようにかすかに首を横に振った。――沸騰した鍋に差し水をしたように煮えたぎった思いが鎮まった。

「――帰るぞ」

パーキングへ戻りながら柊子に「悪い」と呟いた。柊子はまたかすかに首を振った。

航平は仏頂面のまま、一言も喋らずについてくる。その背丈は、大和の肩にも届かない。

こんな子供を摑まえて煮えたぎった鍋を飲ませるところだった。柊子のフォローをするつもりで来たのに、フォローされたのは結局自分だ。

柊子がいてくれてよかったと心から思った。


大和が運転する車の助手席に乗るのは久しぶりだった。

サイドブレーキ周りに目をやると、昔と変わらない場所にボトルのガムがあった。眠気覚ましというわりには、ハードミントなどではなく、いつもフルーツ味だった。それもやっぱり変わっていない。

辛いの食べられないんでしょう、と柊子がからかうと、決まってそんなことないとむきになったが、味覚は子供っぽかった。

部屋に遊びに行くようになって柊子が食事を作るようになると、リクエストされるのはいつもハンバーグやカレーライスなど子供が喜びそうなものばかりだった。一度、あり合わせのものでナポリタンを作ると随分気に入って、その後も何度も頼まれた。隠し味が違うんだよな、などと絶賛してくれたが、実は大和が興味本位で買ったままほったらかしてあった調味料を適当に塩梅しただけだ。湿気《しっけ》て固まってしまった顆粒コンソメの代わりに湿気た中華だしを使ってもおいしいとかき込んでいたので、隠し味は湿気た調味料だったかもしれない。

ナポリタンをイタリア料理だと思い込んでいて、日本発祥だと指摘すると、合点が行かない顔をしていた。

秋の日はつるべ落としだが冬の日はもっと早い。横浜を出たときはうっすらと朱が残っていた空はあっという間に墨になった。

「あんまり俯いてたら酔うぞ」

大和が途中で喋ったのはそれだけだった。後部座席でふてたように膝を抱えている航平へだ。あれほど怒ったのに、それでもちゃんと見ている。

口が悪くて気が短くて、すぐにぽんぽん怒る。でも、どんなに怒ってもいつも目を離さない。それも変わっていなかった。

やがて、見慣れた近所まで戻ってくると、日はとっぷり暮れていた。それでもまだ六時半だ。

大和が途中で駐車場に車を入れた。

「この後……どうしよう」

大和に向けて窺うように呟く。

「横浜に抜け出してたときはいつもどうしてたんだ？」

「いつも七時半くらいにおうちに送って、お母さんが帰ってくるまでわたしも一緒に待たせてもらってた。そんで航平くん引き渡して」

横浜に抜け出すときの言い訳は航平が主に考えた。英会話教室というのは会社向けの言い訳だ。しかし、圭子に同じ言い訳は使えない。月謝がどうこうと現実的な話になってしまう。

圭子への言い訳はどうするのかと思っていたら、航平はそれもすらすら考えた。

会社都合で夕方以降はキッズルームが使えなくなる日がある。その日は夕方で航平を家まで送り届けて、自宅でチャイルドシッターとして付き添いをさせてほしい。

別居前にはチャイルドシッターを使っていたこともあるらしい。とはいえ、そんなこみ入った話を一人で編み上げてしまう航平に柊子は目を丸くするばかりだった。

編み上がった言い訳は柊子から電話して説明したが、圭子は疑う様子はなかった。

会社が廃業間近で業務がイレギュラーになりがちなことと、今までの付き合いが物を言ったのだろう。

圭子がスクールに迎えに来るのは、いつも八時を回っていたので、それまでに家に戻ればずっと留守番していた態《てい》になる。七時半なら余裕だ。

「こまごま考えるもんだな」

大和は呆れたように航平を見やった。柊子がそんな複雑な言い訳を作れないことを見切られている。

「じゃあ、英会話が早く終わったって言って取り敢えず会社に戻れ。そんで、いつもの時間に送ってやればいい」

「分かった」

「俺は時間ずらして戻るから」

帰るように目で促されたが、まだ一番大事なことを訊いていない。

「あの……このこと、話したほうがいい？」

「誰に」

「田所さんとか……会社とか……」

「話してどうなるんだよ」

その一言で、──胸にしまっておけという指示だった。「明日はスクール来いよ」

というのは航平への指示だ。

大和を残して二人で車を降り、会社へ向かう。オフィスにはまだ全員残っていた。

「あれ、どうしたの。今日、英会話じゃなかったの」

尋ねるベンさんに、「先生の都合で、ちょっと早く終わっちゃったから」と大和が立ててくれた理由を答える。

二人でキッズルームへ引っ込み、絨毯《じゅうたん》の上にぺたんと座る。

やがて航平が呟いた。

「大和ってさ……」

ずっと気になっていたのだろう。柊子もうんと頷いた。

「多分、航平くんが想像してるとおりだよ。たくさん傷ついて大きくなった人なの」

大和と別れてしばらく、英代が食事に誘ってくれた。そのとき、大和が話してくれなかった話をいろいろ聞いた。大和の言葉の端々から想像していたよりも苛酷《かこく》だった。

大和は「辞書が違う」と言った。その意味がやっと分かった。

幸せに生まれ育った自分には想像が及ばない言葉がある。結婚の相談をするようになり、大和の見せたがらなかった生い立ちがおぼろげに見えるようになり——大和は柊子では思いもつかない文脈で思いもつかない言葉を使うことが増えた。

親を割愛したい、と言われたときの衝撃は忘れられない。

そんな辞書を編まざるを得なかった大和に、執り成す柊子の言葉はさぞや甘く苦々しかったことだろう。

大和くんは、きちんと話してないと思って。でも、聞かないと気持ちの整理なんかつけられないわよね。

英代はそう言って痛ましそうに笑った。

悪く思わないであげて。あなたに知ってほしくなかったのよ。

家の恥だからということかと思った。だが、英代はもっと痛ましそうに笑って首を振った。

あなたの耳や心を汚したくなかったんだと思う。

英代の前で声を上げて泣いた。人にじろじろ見られたが、英代は静かに座っていてくれた。

「大和の親も、離婚したの」

「一度はね。でも、また同じ人同士で再婚したの」

航平が恐い話を聞いたように身を縮めた。

「それから一度も会ってないって」

親を割愛したい。そう言われたとき、何も訊かず分かったと言ってあげられるほど自分の辞書にも苛酷なページがあったら。

そんなことを思うのは、愛してくれた周りの人に申し訳ないことかもしれないが、せめて自分の想像が及ばない苛酷な辞書があると思い致せるくらい、世の中を知っていたら。

「……横浜、一緒に歩いた彼氏って、大和？」

言い当てられて少し驚いた。けれど、妙に聡《さと》いところのある航平だから気配で察せられたのかもしれない。

「うん。大好きだった」

「今もだろ」

頷く代わりに「いじわる言わないで」と苦笑した。

ご両親のこと、どうしても俊介のほうからは折れられないの？

思い余ってそう尋ねたとき、初めて怒鳴られた。

怒鳴った直後、大和は自分が引っぱたかれたような顔になった。――きっと、あのとき、取り返しがつかなくなった。

「わたしはもう大和くんに触《さわ》れないの。大和くんのこと、きっとすごく傷つけたから、もう触る資格がないの」

「そうかな」

疑問形にしてくれる優しさはこの年にしては大人びているかもしれない。

ありがとう、と柊子も小さく笑った。

「大和くんのこと、嫌いにならないであげてね。きっと、航平くんのこと、ほっとけなかったんだと思う」

航平は答えず俯き、やがて口を開いた。

「……宿題する。一人にして」

航平はランドセルを開けてノートと筆箱を取り出し、柊子もキッズルームを出た。


大和が八時過ぎに会社に戻ると、柊子と航平はもう帰った後だった。

オフィスにはまだベンさんが残っていた。

「よう、どうだった」

そう訊かれて、面接を理由に抜け出したことを思い出す。

「何かいまいちでした。あんまり魅力感じなくて」

「そっか。お前は『エンジェル・メーカー』があるうちは無理かもなぁ」

直帰してもよかったのに、と言われて、「でも一応抜けるって言ったので」と言い抜ける。

「折原と航平くん、今日は一回戻ってきてたぞ。英会話教室、早く終わったんだって。さっき家に送ってったけど」

「そうですか」

嘘にボロを出さないためにはリアクションを少なくするに限る。

ベンさんが小腹が減ったとコンビニに行ったタイミングで、電話が鳴った。今日は電話に当たる巡り合わせだな、と思いながら受話器を上げる。

「はい、『エンジェル・メーカー』です」

「ああよかった、まだ開いてた！　田所です」

圭子の声は息が上がっている。

「どうしましたか」

横浜のことがあるので声が硬くなった。

「あの、航平が忘れ物をしたって言ってそっちに行っちゃって……追いかけたんですけど、台所でコンロがそのままだからわたし戻らなきゃ」

それは一大事だ。

「分かりました、こちらに着いたらそのままお預かりします。ご連絡も入れますね」

「すみません、自転車で行ったみたいだからそうかからないと思いますけど」

「よろしかったらおうちまでお送りしましょうか」

「助かります」

田所家は『エンジェル・メーカー』から歩いて十五分ほどのマンションだったはずだ。迎えに出て入れ違いになってもいけないので、来るまでは待つことにする。

忘れ物ということだったのでキッズルームを覗くと、テーブルの下にノートが一冊落ちていた。拾い上げてぱらぱらめくる。

わたる、という名前があちこちにちらばっていた。

何とはなしに目を通すと、手書きの文章はするする読めた。ついつい読み入る。

すると、入り口のドアがバタンと開いた。ベンさんではない軽い足音が駆け込んでくる。

「あっ！」

キッズルームに飛び込んできた航平が、咎めるような大声を上げた。そして、大和からノートを引ったくる。

「読んだの⁉」

「ああ……悪い」

「ひどいや！」

ひどいとまで言われては大和としても心外だ。

「忘れていくほうが悪いだろ！　ノートが落ちてたら拾うだろ、何かなってぱらぱらめくるだろ！　そしたらつるつる読めちゃったんだから仕方ねえだろ」

航平は顔を真っ赤にしてノートを抱え込んでいる。

「とにかくちょっと待ってろ、お母さんに連絡しないと」

圭子に電話をかけ、航平を保護した旨を伝える。圭子はまだばたばたと慌てた様子で、九時までには送っていくと約束して電話を切った。

キッズルームに戻ると、航平が睨むような上目遣いを向けてきた。

「どこまで読んだ？」

「わたるが親父に会いに行くところまで」

航平は唇を噛んで俯いた。どうやらかなりの屈辱らしい。

「わたるってお前のことか」

航平は貝のように口を結んで答えない。

怒るくらいなら忘れていくなよ、と苦って頭を掻く。と、航平の声がこぼれた。

「……こんなの笑う？」

心許ない音色だった。

「別に笑うような話じゃないだろ」

「こんなの、……書いたりとか」

言わんとするところが大和にはよく分からない。

「こういうの書くのは笑うようなことなのか？」

「違うけど……下手、とか」

なるほど、と少し合点が行った。

「分かんないけど、上手いんじゃねえの。俺が子供の頃はこんなの書けなかったし。読んじゃったってことは面白いってことだろうし」

航平が長い息を静かに吐いた。

「面白かった？」

「まあな。読めた」

痛々しかったけど、というもう一つの感想は胸にしまっておく。

わたるに重ねた物語は、両親の離婚に対する無力を悔やみ、何とかその無力を取り戻せないかとあがいている。

「お父さんが……」

航平は目を伏せて独り言のように呟いた。相槌は欲しくないだろうから黙って聞く。

「昔、図書館のイベントに連れてってくれたんだ。こども絵本教室」

スケッチブックに手書きで絵本を一冊書かせて、物語を作る楽しさを教えることで読書への意欲を育むという企画だったらしい。航平は森の中の凍りついた湖に渡り鳥がやってきて友達になるという物語を書いたという。

「斬新《ざんしん》だな。湖に人格があるのか」

「変？」

「いや、感心しただけ。お話書こうなんて奴はやっぱり発想が独特なんだな」

すると航平が目を見開いた。

「どうした」

「お父さんもおんなじようなこと言って誉めてくれた。発想が個性的だって」

聞くところによると航平の父親はかなりの駄目親父らしいので、そこと重ねられると微妙ではある。

「だから……」

それがきっかけで物語を書くことが好きになったらしい。だとすれば、航平が抱き締めているノートは父親への願掛けのようなものかもしれない。

　ベンさんが帰ってきたので、入れ違いで会社を出て航平を家に送った。大和が歩きなので航平も乗ってきた自転車を押してついてくる。

「明日……」

　航平の声には静かな決意がたたえられている。

「ぼく、スクール行かない」

　大和が口を開くより先に航平は畳みかけた。

「もう道覚えた。乗り換えも。一人で行ける。柊子は付き合わせない」

「……呼び捨てすんな」

「何でだよ、みんな呼んでた」

　言い返す航平の頭を軽く小突く。――俺はもう柊子と呼べないのに、ガキが気軽に呼び捨てるな。

「お母さんに言いつけていいよ」

　思わず航平の顔を見直す。航平の横顔に揺らぐ表情は浮かんでいない。

「お母さんが怒ったってかまわない。ぼくが行くのはぼくの自由だ」

　そして航平が大和を見上げた。

「後になってからお母さんのせいだって言わないために、ぼくは自分がしたいようにする」

また航平の頭を軽く小突くと、航平は「何だよ」と大和の手を払いのけた。

⚜

わたるを家まで送ってくれたヤマトは、お母さんには何も言わずに帰りました。

どうして何も言わなかったのか。明日はスクールに行かないと言ったのに。

圭子には夜に家を飛び出していったことを少しお説教され、夕飯になった。チルドの餃子の裏側が真っ黒に焦げていたが、文句を言える筋合いではない。

ごはんが済んで、お風呂に入ってから自分の部屋に引っ込んだ。

取り返してきたノートを広げるが、続きは上手く書けない。

横浜からずっと大和の声が耳の底にこびりついている。

母親が親父に殴られるのを見てるしかない気持ち——母親が殴られてるのに自分が

殴られないために息を殺してるしかない気持ち——服で隠れるところが紫の痣だらけになって人前で袖もめくれない気持ち——

大和が子供の頃の物語は一体どんなだったのだろう。頭の中で何度も書こうとして、あんまり恐ろしくて途中で止まる。

この世で自分だけが不幸だとでも思ってるのか。——恐ろしさのあまり考える途中で止まってしまう物語を思うと、突きつけられたその言葉はことさらに痛かった。

あまつさえ、母親はそんな父親と再婚したという。

祐二は暴力を振るうような男ではないので祐二では想像できない。だが、そんな男がもし父親だったら。

圭子を一方的に殴ったり蹴ったりする男だったら。航平も暴力を振るわれたら。きっと、離婚してほしいと願ってしまう。離婚してくれたらほっとする。離婚して、ほっとして——それなのにまた母親が父親のところへ戻ったら。どれほど裏切られた気持ちになるか、想像はとても及ばない。

不幸の比べっこなんかしたって仕方ないだろ。——確かに比べっこをされたら航平ごときの事情など。同じ離婚にも不幸のランクがあるのだ。

それでも、自分の胸には自分の不幸が一番痛い。だから比べたって仕方ないのだ、他人にも自分にも。

わたるはヤマトの言葉を思い出しました。

「自分が不幸だったら他人に何を言ってもいいと思ってるのか。この世で自分だけが不幸だと思ってるのか。」

わたるははっとしました。

トーコが言うことを聞いてくれたときの悲しい顔を思い出しました。

わたるは、トーコに言うことを聞かせるために、トーコを傷つけたのです。

わたるは、とんでもないひきょう者でした。

自分をかわいそうがっていたら、とんでもないひきょう者になってしまっていました。

息を止めるようにしてそこまで一気に書いて、ようやく落ち着いた。

わたるは、次にトーコにあったら謝ろうと思いました。

もう一文続けると、もっと落ち着いた。

その日はそこでノートを閉じて眠りに就いた。


翌日の放課後、校門を出ると柊子が待っていた。

駆け寄って、駆け寄った勢いのままで頭を下げた。

「ごめんなさい！」

柊子は出会い頭に謝られて目を白黒させている。

「もう連れてってくれなくていい。一人で行く。昨日まで連れていかせてごめん」

「四の五の言わずにとっとと来い！」

後ろから頭を小突かれた。バネ仕掛けのように振り向くと、

「大和!?　何で!?」

「大人を呼び捨てすんな！」

また小突かれる。見ると、路肩に昨日と同じ大和の車が停まっている。

「お母さんに言いつけたって勝手に行くんだろ。一人で行かれるよりは、見張ってたほうがマシだ。さっさと乗れ」

鼻の奥がつんとした。

「ほら、早く」

柊子が先に車へと駆け出す。

追いかけようとすると、大和がぐっと航平の手を引っ張った。

「一つだけ約束しろ」

大和は屈んで声を低くした。

「もしばれたら、連れてったのは俺だって言え。折原は心配してついて来ただけだ」

「……！」

顎を強く引いて頷く。

「二人とも、何してるの！」

呼びかける柊子は、まさか自分を守るための約束が交わされていると思っていないのだろう。

「行くぞ」

大和の後ろを追いかけながら、――何だよ、二人ともまだ好きなんじゃないか、ともどかしくなった。

第3唱　コヴェントリーキャロル

かわいい坊やよ
バイ　バイ　ルーリールーレイ
もうすぐお別れ
バイ　バイ　ルーリールーレイ

哀れなこの子を
守るために
ただ歌うだけで
何も出来ない

幼い命を奪うために
ヘロデ王の兵が
すぐ来るでしょう

お前と別れる
この悲しみ
二度とは歌わない
バイ　バイ　ルーリールーレイ

大和も付き添って横浜に通いはじめ、車は坂本整骨院の近くのコインパーキングに入れるようになった。整骨院までは歩いて十分ほどだ。

「ねえ、柊子」

航平が歩きながら柊子の袖《そで》をつんつん引く。柊子は「なぁに？」と答えたが、大和は後ろから航平の頭を軽くはたいた。

「大人を呼び捨てすんな」

「何だよ、大和には関係ないだろ」

「俺のこともだ！　ガキのくせに身の程を知れ、俺たちはお前の三倍近くも年上なんだぞ」

「じゃあ何て呼べばいいんだよ」

「年上の人間に対する敬意を払えばそんなもん自然と……」

講釈を垂れようとすると、航平が生意気そうな顔で顎《あご》を上げた。

「じゃあ、おじさん」

「何だと！」

目を剝《む》くと、航平は「だってそうじゃないか」と勝ち誇った。

「三倍近くも年上だったら、ぼくからすればおじさん、おばさんだよ」

「親戚でもないのにお前におじさんと呼ばれる筋合いはねえ！　さん付けだろうが、ふつう！」

「おじさんだからさん付いてるじゃないか」

ああ言えばこうと口が減らない盛りだ。

「だから俺は子供がキライなんだっ！」

「大人げないよね、大和おじさんって」

大和と航平のやり取りを眺めていた柊子がけらけら笑う。

「わたしは柊子でいいや、もうちょっとおねえさん扱いされてたいし」

「本人の許可出たからね」

航平は大和にべえっと舌を出し、通り過ぎかけていた民家の石垣を指差した。

「ねえ柊子、あの花分かる？」

石垣の上に咲いている黄色い花だ。つやのある深緑の丸い葉からすっと首が伸びている。

大和も知っている花だった。柊子と付き合っていた頃、道すがらで聞いた。街中に咲いている花の名前に柊子は詳しい。

俊介も食べたことならあると思うよ、と言われて驚いた。お総菜のきゃらぶきってあるでしょ、あれはこれで作るんだよ。

「ツワブキよ。それがどうしたの？」

「別に……学校にも同じ花が植えてあるから」

そして航平は少し俯《うつむ》いた。

「ハワイの学校にも同じ花、咲いてると思う？」

こんな都会にもわたしのいなかと同じ花が咲いてるんだね——柊子が昔そんなことを言っていたなと思い出した。

慣れ親しんだ花が咲いているかどうかも分からない土地へ行くのは、子供にとっては期待より不安が大きいのだろう。

「……ハワイのお花、今度調べておいてあげる」

柊子が航平の頭をなでると、航平は恥ずかしくなったのか大和に話を振ってきた。

「ねえ、大和もツワブキって知ってた？」

「ああ。食ったこともあるぞ」

えっ、と航平が目を丸くする。

「食べられるの!?」

「知らないのか、お前。きゃらぶきってあるだろ、あれはこれで作るんだ」

柊子の知識で知ったかぶると、柊子がぷっと小さく吹き出した。――ああ、覚えてるんだなと思った。胸が引っ掻き傷のようにむず痒《がゆ》い。

「大和も花とか詳しいの？」

「いや、まあ、別に。ふつう」

「誰かに教えてもらったんだよね？」

「ああ、まあ、そうだな」

どうしてこんなに草花の話で食いついてくるのか謎だ。

「ハルジオンとヒメジョオンの見分け方とか分かる？」

急に訊《き》かれて一瞬言葉が止まった。――それも柊子に聞いたことがある。

「ええっと……何か、どっちかの花びらがピンクがかってんだよ。そんでつぼみが下向きに付くとか付かないとか」

「だからどっちがどっちだよ」

何度か聞いたのだが、聞いても聞いてもこんがらがって結局覚えられなかった。

分からないと言うのも悔しいので、「それより」と航平の頭を小突く。

「何しれっと呼び捨てにに戻してんだよ、大和さんだろ」

「分かったよ、大和おじさん」

「『おじ』が余計だ！　取れ！」

そんなやり取りに柊子がずっとくすくす笑っていた。


「こんにちは！」

坂本整骨院に入るとき、航平はいつも大きな声で挨拶をする。

大和がスクールで見ていた航平のイメージとはそぐわない。大和や柊子には気安い口をきくようになったが、基本的にはあまり人懐こい性格ではない。

「あら、いらっしゃい航平くん」

院長の坂本冬美が施術フロアへ向かいながら答えた。

「お父さんに会いに来ました！」

「はい、ようこそ。お父さん、休憩室でマッサージの練習中よ」

「お父さんの練習、見ててもいいですか？」

「どうぞ」

直接確かめたわけではないが、冬美に対して屈託なくお父さんと連呼するために、努めて明るく振る舞っているらしい。父の田所祐二は冬美にのぼせているというから、祐二に対する牽制もあるのだろう。

治療室の奥の扉から入れる休憩室には、かなり古びたベッドが置いてあり、祐二はそのベッドで大嶽正寛を相手にマッサージの練習中だった。

「お父さん、上手になった？」

航平が手近な丸椅子を引き寄せて、祐二のそばに席を構える。大和と柊子もそれに倣《なら》った。

「おう、だいぶな！」

祐二が答えた途端、「効かん！　効かんなぁ～！」と大嶽が被《かぶ》せた。

「まったく腰が入ってない！　子猫が乗ったほうがまだマシだ！」

勝ち誇る大嶽を祐二が躍起になって揉《も》む。

「いて！　いてえよバカ！　そんな力任せにやったら骨が折れちまうだろ！」

「だって効かないって言ったじゃないか、あんた」

「加減ってもんを考えろ！　それにお客様に向かってあんたとは何だ」

そして大嶽が「冬美先生～！」と大声で呼ばわる。

「どうしましたか、大嶽さん」

ドアを開けて顔を覗《のぞ》かせた冬美にここぞとばかり訴える。

「全然ダメですよ、こいつ！　下手《へた》くそだし、礼儀知らずだし、冬美先生のお手伝いなんかとてもとても……」

冬美は別のベッドに向かいながら大嶽に笑いかけた。

「いつも根気強く付き合ってくださってありがとうございます。田所さん、あなたもよくお礼を申し上げてね」

はぁい、と二人揃っていいお返事である。冬美が去ってからまた小競り合いだ。

「子供が迎えに来てるんだからさっさと家庭に戻れよ」

「人の家庭に口を出すなよ、いろいろ複雑なんだ」

「どうせお前がバカなことをして奥さんを怒らせたんだろ」

すると祐二が痛いところを衝《つ》かれたように黙り込んだ。航平もそんな祐二をちらりと窺《うかが》う。

別居の原因は祐二の浮気だと航平は言っていた。確かにバカなことと言えばバカなことだ。

「……ほっといてくれ。確かに直接の原因は俺だけど、他にもいろいろ積み重なってたんだ。もう夫婦の寿命が来てたんだよ」

他人事《ひとごと》なので深く立ち入るつもりはないし聞き流すようにしているが、――それを子供の前で言うのかよ、と思わず大和の眉根は寄った。

「そんなことないよ！」

航平が嚙みつくというよりはすがるような口調でくちばしを入れる。

「お母さん、お父さんに、お仕事応援してほしかったって言ってたよ。今からでも、きっと……」

「お母さんはきっと許してくれないから無理だよ」

口を出す筋合いはない、口を出す筋合いはない、口を出す筋合いはない――呪文《じゅもん》のように胸の内で唱えていないとうっかり口を出しそうになる。

泥を被せるのは全部嫁さんかよ。吐き捨てる代わりに腕を組んで、足を組み替える振りをして体の向きを田所親子から逸《そ》らす。

両親によりを戻してほしい航平には気の毒だが、きっと田所夫妻の気持ちはお互い離れている。だが、自分の気持ちが離れているとは言わずに、圭子が許してくれないからと壊れる理由を圭子に丸投げする祐二の言い分は、他人事ながら癇《かん》に障《さわ》るものがあった。

離婚の理由くらい自分で被ればどうだ、と殊更に苛立《いらだ》つのは、かつて自分が理由を被せられたからかもしれない。

「ちゃんと話し合ってみなくちゃ分からないよ！　お父さんが浮気のこと謝ってやり直したいって言えばきっと……」

口を滑らせた航平に大嶽がほほぅと面白そうな顔をしたが、大和がじろりと睨《にら》むと無言で口にチャックの仕草をした。さすがに、ここで茶々を入れるほど大人げなくはなかったようだ。

「無駄だよ、話し合いなら今まで何度もしてるんだ」

祐二の言葉に航平がぽかんと口を開いて声を失くした。

別居してからお父さんとお母さんは一度も会ってない——航平は大和や柊子にそう話していた。だからちゃんと話し合ってくれたら、とまるで願いを繋《つな》ぐように。

「ほら、お母さんは航平にはお父さんと話をしてることも黙ってただろ。もう航平にお父さんのことを話すつもりがないんだよ。それくらい怒ってるんだ」

俯いてしまった航平に、祐二が言葉を重ねる。

「だからお父さんが謝ったってもう無駄なんだよ」

航平が何か言い募ろうとして言葉を呑《の》んだ。そして、

「無駄じゃないよ、絶対」

それだけ抗《あらが》うように呟《つぶや》いて休憩室を出て行く。柊子が慌てて追いかけた。

「おい、かわいそうじゃないか」

大嶽が渋い顔で口を挟んだ。

「意地を張ってないでお前が謝りゃ済むことだろう、さっさと家庭に帰ってやれよ。冬美先生のことなら心配いらない、俺に任せろ」

「うるさいな、あんたみたいなスケベジジイに冬美先生を任せられるものか」

言いつつ祐二が乱暴に大嶽の背中を揉む。

「妻は根っからの仕事人間なんだ。俺と別れることになって、むしろ清々してるさ。今さら謝ったところで何も変わりゃしない」

「それはあんたの勝手な決めつけだろ」

辛抱たまらずついに口を挟んでしまった。祐二がびっくりしたようにこちらを見る。おどおどとしたその目つきを見て、——余計に苛立った。

「謝っても無駄だって自分に言い訳してるだけだろ」

「……別に言い訳じゃない」

祐二が膨れた子供のように反駁《はんばく》する。

「家庭より仕事が大事、そういう女なんだ。俺のことなんか……」

「確かに仕事が忙しい奥さんだよな。でも航平の迎えに来るときは、いつも汗だくになって必死で走ってくるよ」

航平がノートを忘れて会社に取りに来たときも、コンロの火を点《つ》けっぱなしで追いかけていた。『エンジェル・メーカー』に電話をかけてきたときは息が上がって言葉が切れ切れだった。

いいお母さんだなと思った。スクールに通ってくる親子の中で、飛び抜けて多忙なことは傍目《はため》に明らかだったが、だからといって航平を蔑《ないがし》ろにしている気配はまったくなかった。

少なくとも、圭子のいない場所で離婚の理由を圭子に被せようとする祐二に母親としての圭子を貶《おとし》める資格はない。

「奥さんばっかり悪者にしてないで、自分の都合をちゃんと話せよ。あんたにだってより戻す気はないんだろ」

こらこら、と大嶽が泡を食ったように割って入った。

「人の家庭をいたずらに壊すことを煽《あお》っちゃいかん」

「そりゃあ、あんたは田所さんがよりを戻したほうが都合がいいからな。でも、その都合に航平の気持ちを利用するな」

　両親に離婚してほしかった大和に、両親に離婚してほしくないという航平の気持ちは分からない。だが、ベクトルがまったく逆だとしても、親の不和で胸を痛めていることは同じだ。そして、胸を痛めていることを他人が利用していいはずもない。

「利用するなんて人聞きの悪い」

　大嶽が口を尖《とが》らせて抗議する。

「ちょっと利害が一致しただけだ、航平だって納得してるんだから……」

「子供のせいにする気か？」

　睨むと大嶽が首をすくめながら黙り込んだ。大和が祐二に目を戻すと、祐二も同じように首をすくめる。

「離婚はしたいけど子供には嫌われたくないなんて都合良すぎだろ、あんたが航平を引き取るならともかく。お母さんのせいで離婚したって吹き込まれて、そのお母さんと暮らしていく航平の気持ちは考えたことあんのかよ」

「だ、だって……圭子が怒ってるのは事実だし」

「奥さんのことは関係ないだろ、あんたの気持ちと都合はどうなんだよ」

　口の中で何やらもごもご呟いていた祐二が、歯向かうような目つきを大和に向けた。

「事情も知らないくせに、口出ししないでくれよ。確かに浮気したのは俺が悪かったけど、それも元はと言えば圭子が俺を追い詰めるから……」

大和が目を剝くと、祐二はあわわと後ろに逃げた。

「あ、……あんたには自分より稼ぎがいい女房を持った男の気持ちなんて分からないんだ！　あいつ、航平の前で俺に専業主夫にならないかって言ったんだぞ！　確かに俺は仕事のできないぼんくら社員だったよ、だけど子供の前で父親の威厳が丸潰《まるつぶ》れになるようなこと言わなくたっていいじゃないか！」

「奥さんはそんなことで潰れる威厳だと思ってなかったんだろうな」

まだ言い募ろうとしていた鼻先に大和の言葉は炸裂したらしい。祐二は鳩が豆鉄砲を食らったような顔をして声を呑んだ。

「……だけど俺は傷つけられたんだ」

「奥さんが家庭より仕事が大事だったとしても、あんただって一緒じゃないか」

首を傾《かし》げた祐二に対して、気分は充分に意地悪くなっていた。

「あんたは家庭より自分が大事。どっちもどっちだろ」

祐二が不満そうに黙り込む。すると大嶽が「よく言った！」とパチパチ拍手だ。

「そんな不実な男に冬美先生を任せるわけには……」

「人の尻馬に乗っかるな、じいさん」

大和が顎を煽ると、慌てて縮こまったので大嶽はそのまま無視した。

「父親だろ。子供に変な期待持たせて振り回すなよ」

「いやいや、だからそうやって人の家庭の崩壊に拍車をかけるようなことは……」

うるせえじいさんだな、ととっちめてやろうかと大嶽を睨んだときである。

「うるせえ！」

響いた怒号に大嶽がきゃっと身を竦《すく》めた。

「短気なやっちゃなぁ、もう……」

「俺じゃねえし」

そこへ重なったのは何やら物が割れる音である。――休憩室の外だ。

「乱暴はやめてください！」

怯《おび》えたように裏返っているのは冬美の声だ。

空気の悪くなっていた男三人で顔を見合わせ、一斉に部屋を飛び出した。

受付の前でふんぞり返っているのは、揃って派手なスーツを着た男二人だ。輪郭が四角い男と眼鏡の優男である。

床に陶器の破片と花が散らばり、水浸しになっている。どうやら男たちが受付の花瓶を割ったらしい。

待合室の隅で固まっていた柊子と航平に大和が駆け寄ると、二人とも大和にすがりつくように身を寄せてきた。

「何なんだ」

大和が小声で訊くと、航平が小声でまくし立てた。

「前に話したじゃないか。冬美先生の借金の……」

祖父の遺した借金を肩代わりさせられているとかいう話だった。冬美の話は大和にとって二重三重に他人事なので、聞いたもののすっかり忘れていた。

スーツの色合わせのせいで品のない四角い顔が、顔面蒼白な冬美に凄《すご》む。

「貸した金を返せって話だよ、簡単なことだろうが！」

「でもそんな……六百万もの大金をすぐ返せと言われたって」

「じゃあ何か、お前のジーサンは返す気もない金を借りたってことか!?」

「そんなこと！　実際、借りたのは八百万ですけど、亡くなるまでに本人が二百万は返してるじゃないですか！　返済の期限で何か行き違いが……」

「うるせえ！」

四角い顔が足元の割れた花瓶を蹴った。剣呑《けんのん》な音に冬美が竦み上がり、助手の女性たちも悲鳴を上げる。

「レディーに向かって何だ、貴様ら！」

大嶽がいきり立って男たちの前に立ち塞《ふさ》がる。

「毎度毎度、乱暴なことを！」

「そ、そうだ！　子供だっているんだぞ！」

祐二が大和たちのほうを指差す。この状況で子供にチンピラの注意を引く奴があるか、と大和は盛大に顔をしかめた。

「そうだな、子供もいるのに情操教育に良くないよな」

眼鏡が四角い顔を押さえて前に出た。

「だからさっさと話を済まそうじゃないか、坂本さん」

冬美がたじろぐように身を退《ひ》いた。がなり立てるだけが能の四角い顔より、物腰が静かな眼鏡のほうが得体の知れない迫力がある。

「うちで保管してある書類じゃ確かに十月末が返済期限になってるんだ。うちはもう一ヶ月以上も返済を待ってやってるのに、まるで期限をごまかしたような言われ方は心外だな」

「ごまかしたとは言ってません。ただ行き違いがないか調べてください、と……」

「それが難癖だっつってんだよ！」

四角い顔がカウンターを蹴り、航平と柊子がますます大和に身を寄せる。

「ほら、お前のせいでガキが怯えてんだろうが！」

航平がはっとしたように顔を上げた。そして、大和から体を引いて隙間《すきま》を空けた。

冬美には複雑な思いがあるはずなのに、それでも自分が弱みにならないために一人で立とうとする男気は父親よりもよっぽど上だ。

大和は航平の頭をぐいっとなでた。

「先生、一一〇番だ」

大和が声をかけると、冬美より先にチンピラがぎょっとしたように振り向いた。

「普通に器物損壊と威力業務妨害だ、警察呼ぶのが一番早い」

「何だお前！」

四角い顔がねじ込む。

「関係ない奴が口出すな！」

「関係あるだろ、居合わせてんだから」

「いきがってんじゃねえぞ、怪我《けが》するぞ！」

「脅迫追加な」

大和は自分の携帯を取り出して一一〇番を打ち込んだ。発信ボタンに指をかける。

「何なら俺がこのままかけるけど。どうするよ」

尋ねた相手はもう冬美ではなく男たちだ。

「てめえ！」

四角い顔がますます声を荒げるが、引っ込みがつかなくなってうわずっていること
は明白だ。眼鏡と大和を等分に眺め、立ち回りに迷っている。

と、眼鏡が軽く腕を上げて四角い顔を制した。

「一本取られたな。今日のところはあんたに免じておとなしく帰るとしよう」

眼鏡が顔の四角い手下を連れて出て行く。大和は、二人が出て行くまでずっと発信
ボタンに指を乗せたまま携帯を構えていた。

男たちが立ち去ってから、ようやく息をついて携帯を持った腕を下ろす。

「あー恐《こわ》かった……」

思わず呟くと、柊子が「もう！」と横から腕をぶった。

「恐いんだったらおとなしくしてなよ！　無鉄砲なんだから！」

「仕方ないだろ！」

小学生が男を見せたのに、三倍近く年上の自分が日和《ひよ》るわけにはいかない。

「すみません、お客様にこんなところを助けていただくなんて！」

冬美が恐縮しきった様子でぺこぺこ頭を下げる。

「いや、別に……」

冬美のために口を出したわけではないので、あまり感謝されても居心地が悪い。

「そうそう、レディーのために戦うのは男として当然の義務ですからな！」

大嶽がちゃっかり自分も乗っかってくるが、それは大和としてはどうでもいい。

「おい、あんた！」

大和は祐二に食ってかかった。

「あんなときに子供に注意を向けさせるなよ！　あいつらがもし悪い気でも起こしてたらどうするつもりだったんだ！」

「いや、いくら何でも子供にはひどいことはしないだろうと思って……」

「だからって子供を盾にすんじゃねえよ！」

騒ぎが一段落してから、航平が「ごめんね」と大和に呟いた。

「うちのお父さん、いろいろ考えが足りなくて……」

「まあ、親父と比べるとお前のほうが考えが足りてるのは確かだな」

言いつつ航平の頭をぽんと叩くと、航平の返事も大人びた苦笑だった。

眼鏡の兄貴分は糸山光太《いとやまこうた》といい、四角い顔の手下は石田猛《いしだたける》という。坂本整骨院に通い詰めて、院長の坂本冬美を心理的に追い詰めるのが目下の二人の仕事だ。

今日のところは、と捨て台詞《ぜりふ》を残して整骨院を後にしてから、糸山の足取りは徐々に速まった。最後は競歩のようなスピードになり、石田が「アニキ待って！」と追いかける。

角をいくつか曲がってようやく糸山が足を止める。石田がその背中にぶつかりそうになって、慌ててたたらを踏んだ。

「急に止まったら危ないよアニキ！　車も俺も急には止まれないんですよ！」

石田の抗議はほったらかしで、糸山は「なあっ」と石田に詰め寄った。

「あいつ、一一〇番したかな？　どうかな？」

「大丈夫じゃないですか？　俺らを追い払うための方便ですよ、きっと」

「念のために警察呼ぼうって話になってたらどうする？」

「そこまではしないんじゃないですかねぇ？　今までだって、あの院長が警察呼んだことないじゃないですか。金が返せないことを負い目には思ってるんだと思いますよ。それにこっちも暴力は振るわないように気をつけてるし……」

「でも、今日は花瓶割っちゃったじゃないか！」

　糸山はむずかるように地団駄を踏んだ。

「どうして割っちゃうんだよ、脅かすのはいいけどホントに乱暴したら駄目だって、赤木《あかぎ》さんにも言われてたじゃないか！」

「仕方ないじゃないですか、カウンター叩いたら落っこっちゃったんだから！　思うにあの花瓶安物ですよ、安定悪すぎ！」

「それでも割っちゃったらこっちが悪いだろ！」

「落ち着いてくださいよ、今日は眼鏡の効き目が悪いんですか？」

「だって急に警察呼ぶなんて言われたらびびるだろ！　今日はもう無理！」

　言いつつ糸山は眼鏡を外して胸ポケットに収めた。

「ていうかあれ誰!?　いきなり警察呼ぶとか乱暴じゃない!?」

「さあ、あまり見かけない顔でしたね。チビと女の連れなんじゃないですか？　何か庇《かば》ってたし」

チビと女はたまに待合室で見かけたことがある。田所という男性スタッフが父親のようだが、女は別に家族ではないらしい。チビの面倒を見ている子守りか何かだろう、と糸山と石田は勝手に推測していた。

「じゃあ、あの男は単なる客だよな。関係ないのに口出さないでほしいよなぁ」

「ね。しゃしゃり出てきて感じ悪いですよね」

「お前はどうして、ああいう意地悪そうな奴がいるときに荒っぽいことをしちゃうんだよ」

「えー、またそこ戻るンすか？」

石田が露骨にうんざりした顔になる。

「だって次に会ったとき蒸し返されたらどうするんだよ」

「じゃあ弁償でもしますか？」

「それだ！」

糸山は大きな手振りで石田を指差した。

「ちゃんと弁償したらこっちの落ち度はなくなる！　でかしたぞ石田！」

石田が照れてエヘへと頭を掻く。

「あの花瓶、いくらくらいだと思う？」

「そんな高くないと思いますよ、あれっぱかしで引っくり返っちゃう花瓶なんて安物ですよ」

「一万円くらいかな」

「ええ〜、そんなにするかなぁ」

「あんまり安物にして、足元見られたら困るだろ。そんで、今度は引っくり返らないように安定のいいやつにしてあげよう」

「じゃあ、丸くてどっしりしたやつのほうがいいですね」

そのとき、遠くから柔らかなサイレンの音が響いた。糸山がびくっと縮み上がる。

「か、帰るぞっ！」

「大丈夫ですよアニキ、あれは救急車のサイレンですよ」

石田が宥めたが糸山の足は止まらず、二人はほとんど駆け足でその場を立ち去った。


風俗店が軒を連ねる通りの一角に『赤木ファイナンス』はひっそりと看板を上げている。七階建ての集合ビルの三階がオフィスだが、他の階はすべてスナックだ。

糸山と石田がエレベーターに乗るとき、一緒に女が数人乗ってきた。出勤してきたホステスだ。これから着飾って夜に備えるのだろう。

三階でエレベーターを降りてオフィスに入る。

「ただいま戻りましたぁ！」

挨拶すると、応接のソファに寝転がっていた小柄な男がだるそうに起き上がった。

「……うるせえよ。お前ら揃って声でかすぎ」

社長の赤木守《まもる》だ。三十をいくつか過ぎているが、ベビーフェイスなので糸山や石田よりも若く見える。本人もそこは諦めているのか、敢えて身なりを年相応に整えようとはせず、いつも若造のようなラフな格好だ。

「すみません、お昼寝中とは知らなくて……」

糸山と石田がしゅんとすると、赤木は溜息をつきながら寝癖のついた頭を掻いた。

「……おまけに揃って気が小さすぎだ。これくらいのことでいちいちしょんぼりするな」

「すみません……」

「……だから」

突っ込もうとして、赤木は途中で諦めたらしい。「もういいや」と事務机のほうを振り向く。

「レイ、お茶淹《い》れてやれ」

　ショートカットの娘が頷《うなず》いて席を立った。『赤木ファイナンス』唯一の事務員だ。糸山も石田も、本名は知らない。本人もレイとしか名乗らないし、赤木もレイとしか呼ばない。何年か前に赤木が気まぐれのように連れてきて、そのまま居着いた。

「で、整骨院のほうはどうだった」

「それが……石田が手を滑らせて乱暴を」

　糸山の報告に赤木が目を鋭くした。

「何した？」

　問い質《ただ》された石田が小さくなって申告する。

「あの……カウンターに置いてあった花瓶を割りました。それで、待合室にいた客に警察を呼ばれかけて……」

「呼ばれたのか」

「いえ、呼ばれる前に引き揚げてきたので」

　ならいい、と赤木の目つきが和らいだ。

「出しゃばりな奴がいて運が悪かったな」

　ねぎらう言葉に、糸山と石田はほっとして顔を見合わせた。二人にとっては赤木に叱られることが何よりつらい。赤木をがっかりさせたくないのだ。

「院長の様子はどうだった」

「だいぶ弱ってるみたいですねぇ。客もかなり減りましたし、経営はどんどん苦しくなってきてると思います」

「よし、そろそろ決着つけるか。依頼主からも急《せ》かされてるしな」

赤木の言葉に糸山と石田は表情を暗くした。二人で目を見交わし、糸山が口を開く。

「あの……何とかなりませんかね？」

「何とかって何だ」

赤木が怪訝《けげん》そうな顔になる。

「その……俺たち頑張って借金を取り立てますから、それで許してやるわけにはいきませんか」

バカ、と赤木が呆《あき》れたように大きく息を吐き出した。

「何のために坂本整骨院に金を貸したと思ってるんだ」

「でも、あんまりあくどいですよ。立ち退きさせるためにわざと借金させるなんて」

「それが依頼主の希望だ」

赤木の言う依頼主とは坂本整骨院が入っている集合ビルのオーナーだ。

先代オーナーは地縁を大事にしており、ずっと店子《たなこ》に良心的な価格で物件を貸していたが、先代の死亡で跡を継いだ現オーナーは方針がまったく逆だった。

新しく分譲マンションを建てたいので、集合ビルの店子を立ち退きさせてほしい。ただしできるだけ安価で。――それが現オーナーの依頼だった。

ビルには十軒近くテナントが入っており、それぞれまともな立ち退き料を支払っていたら一億以上かかる計算だった。それを半額以下で済ませたいという。要するに、地上げだ。

地元の暴力団グループに依頼があり、下部組織が動員され、『赤木ファイナンス』は坂本整骨院を受け持った。先代の院長が跡継ぎの冬美のために、老朽化した設備のリフォームをしたがっていることをオーナーが嗅《か》ぎつけ、銀行の融資がなかなか下りないところに付け込んで『赤木ファイナンス』を紹介したのである。先代オーナーの信用が篤かったためか、先代院長は疑う素振りもなかった。

契約の過程で書類を操作することは闇金業者にとっては朝飯前である。利息を法外にすることには規制が厳しいので返済期限をごまかして、頃合いを見て取り立てる。経済状況は融資の段階で筒抜けなので、返せないことは最初から承知だ。

そこへ、ビルを立ち退いたら借金はまけてやる、と持ちかける。オーナーはわずか数百万で店子を立ち退かせることができるという寸法だ。

先代院長が急死したことは計算違いだが、取り立ての相手が変わるだけで、大した問題ではない。

「だけど、何か寝覚めが悪くて……」

赤木が荒っぽく息をついた。

「カモにいちいち同情してどうするんだ」

ああ、またがっかりさせてしまった、と糸山は肩を落とした。石田も小さくなっている。

「そんなことだから大きな組織で務まらないんだ、お前らは」

糸山も石田も若い頃はもっと大きな闇金業者の構成員だったが、取り立ての成績が悪くて幹部の不興を買った。

処分されそうになったところを引き取ったのが赤木である。

「……でも、俺たちは赤木さんに引き取られてよかったです」

石田が呟くと、赤木が苦虫を嚙みつぶしたような顔をした。

「引き取ったんじゃない、上に押しつけられたんだ」

「大きな組織にいた頃は金回りもよかったけど、仕事もえげつなくてつらかったです。だけど、赤木さんは取り立てでもそこまで酷《ひど》いことしないし」

「えげつなくやらなくても回収できる程度のチャチな債務者しか回ってこなかったんだよ」

赤木はそう言うが、その気になればもっと搾り取れる債務者にも手心を加えていたことを糸山と石田は知っている。

そんな赤木が最近はあくどい仕事を頻繁に引き受けるようになった。

「赤木さんらしくないです。俺たち、儲《もう》からなくてもいいからもっと地道にやりたいです」

糸山が訴えると、赤木は「バカ」と糸山の頭をはたいた。

「こんな仕事に地道なことなんかあるか！」

でも、と食い下がろうとした糸山から赤木が目を逸らし、吐き捨てるように呟いた。

「金が要るんだ」

「……何か困ってるんですか、資金繰りとか」

赤木は糸山に答えず顔を上げた。レイがお茶を持ってきたところだった。

「お待たせ」

言いつつ赤木から順番に湯飲みを置く。湯飲みを手に取った赤木が呆れ顔になった。

「お前……茶滬《ちゃこ》しくらい使えよ」

お茶には細かな茶葉が浮き放題に浮いている。レイはお茶をしばらく見つめて赤木に答えた。

「……茶柱は縁起がいい」

「茶柱ってレベルじゃねえ！　お前、よくそんなんで水商売なんか勤まってたよな」

「キャバクラはお茶出さない」

元はホステスだったという話は、糸山たちも聞いている。その割りにあまり愛想はないので一体どういう接客をしていたのかは謎だ。

糸山と石田が舌に引っかかる茶葉を指でこそげながらお茶を飲んでいると、赤木が溜息混じりに立ち上がった。

「飲まなくていいぞ、淹れ直してやる」

こういうときに、淹れ直させるのではなく自分で動いてしまうのが赤木の性分だ。事務所の掃除なども手を抜く部下を叱りつけながら自分がハタキをかけ直したりしている。

赤木が淹れ直してきたお茶はレイのお茶とは雲泥の差で、色も味も申し分なかった。

お茶を終えてから仕事を退け、糸山と石田は最寄りの駅に向かった。まだ百貨店が開いている時間だったので、弁償する花瓶を買いに行こうという話になったのである。

「赤木さん、金に困ってるんですかね……」

石田が心配そうに呟いた。

「あんまり金遣いは荒くない人だと思ってたんだけど。何かやばいシノギに手ぇ出しちゃったのかな」

「部下が詮索《せんさく》することじゃねえ」

糸山がたしなめると石田も黙り込んだ。

「赤木さんは金が要るんだ。それだけ分かれば充分だ」

自分に言い聞かせるように呟いて、糸山は胸ポケットに入れていた眼鏡をかけた。度は入っていない眼鏡だが、レンズ越しだといつも見ている世界がガラス一枚分遠く見える。その隔たりでいつもと違う自分を演じられる。

気が小さい糸山にとって、眼鏡は悪辣《あくらつ》に振る舞うための重要な小道具だった。

あくどいオーナーに嵌《は》められた冬美が気の毒で今まで思い切れなかったが、赤木が困っているとなったら話は別だ。

前の組織では、糸山も石田もヘマばかりする半端者で、怒った幹部に詰め腹を切らされるところだった。そんな二人を赤木は文句を言いつつ使ってくれている。

赤木にとって必要なら、冬美が無一文になるまで追い込むことさえ朝飯前だ。

「……けど、花瓶はちょっといいやつにしような」

眼鏡をずらして石田を窺うと、石田も大きく頷いた。

⚜

赤木の人生には最初から選択肢が存在していなかった。

定職に就いていなかった父親は依存症に近いギャンブル好きだった。赤木にとって一番自然に思い出せる父親の姿は、泣いてすがる母親からむりやり金を取り上げて家を出て行く一部始終だ。

信じられないほど家賃が安い安普請《やすぶしん》のアパートには、しょっちゅう取り立てが来ていた。家の中に閉じ籠《こ》もって息を殺しているのに、表で怒鳴っている男たちは「いるのは分かってるんだ」としつこくドアを蹴ったり殴ったりした。どうして分かるのか子供心に不思議だったが、今にして思えば電気のメーターの回り具合を見ていたのだと分かる。そして、父親のようにちんけな男の取り立てに駆り出される連中は、組織の中でも最底辺の下っ端だったということも。

最後にはドアを開けさせられて、父親は取り立ての男たちにコメツキバッタのようにぺこぺこ土下座をしていた。家族には暴力を振るい放題の横暴な父親が、やくざ者に対しては、ほんの一瞬でみじめな生き物に成り下がる。そのヒエラルキーの転倒を頻繁に見せつけられて、世界の秩序に対する信頼はごく早い段階で打ち壊された。

世の中のあらゆる秩序は、暴力でたやすく引っくり返る。赤木はそのことを幼い頃から経験則として知っていた。

母親はパートを詰め込んで生活費を稼いでいたが、ろくでなしの父親と作った子供を必死で育てることが突然バカバカしくなったらしい。あるとき、ふらりと家を出て行ったきり、二度と帰ってこなかった。赤木が小学校を卒業する頃である。

その頃には、どれだけ痛めつけられても懲りずに借金を繰り返す父親は、闇金業者にさえ呆れられ、ついには借金の代わりに使いっ走られる下っ端になっていた。借金まみれの債務者がそのように業者に取り込まれることは珍しくない——ということも今にして思えばである。

父親が取り立てる側の末席に就いて、生活はおかしな安定を得た。子供の時分からはしっこかった赤木は父親の働く事務所で雑用を手伝って小遣いを稼げるようになり、父親が金をくれないときでも飯を食うくらいはできるようになった。

とはいえ、養育義務なんて言葉を生来辞書に載せていないような父親との暮らしである。人並みの生活ができたわけでは決してない。中学校の給食費など払えたためしはないし、指定の学用品にも父親はろくに金を出してはくれなかった。体操着がないからと体育も毎度さぼっていたくらいだ。

進学は考えていなかったが、事務所の大人たちに高校くらいは行っておけと諭《さと》され受験した。父親はといえば当然のごとく金がかかるから進学などしなくていいという意見だったが、事務所の先輩の勧めとあっては無視するわけにもいかなかったらしい。

成績は普通だったので程々の高校に合格したが、授業料は滞りがちだった。父親が払ってくれない分は相変わらず事務所の小遣い稼ぎで賄《まかな》った。

クラスメイトとは日頃ほとんど言葉を交わさなかった。赤木と他の生徒たちは既に住む世界が違っていて、彼らもそれを敏感に感じ取っているのか、赤木に話しかけてくることはなかった。

何より、彼らが無邪気に語る「将来」や「夢」というものが赤木には全く理解できなかった。目の前にある今をどうにか暮らすことだけで精一杯なのに、どうして何年も先の未来のことなど語れるのか。

そんな折りに父親が死んだ。赤木が三年生に進級した春だった。

遺体は海から上がった。警察の調べでは、酔って海に落ちたのだろうということになったが、この世界では仕事でヘマをした間抜けの多くが同じ死に方をする。事務所の大人も死に方で察しろという態度だった。

葬式を出す金などないので事務所に任せて火葬だけすることになった。遺骨は適当に処理してくれるという。

父親のことが片付いてから、事務所の社長にこれからどうするのか訊かれた。

どう答えるべきか一瞬迷い、テレビドラマなどでよく聞くテンプレが思い浮かんだ。

――ああ、これ、こういう状況にぴったりなんじゃねえの。

高校を辞めて働こうかと思います。

深く考えて選んだ言葉ではないが、口に出してみると不思議な爽快感《そうかいかん》が突き抜けた。そんな道があるのだと改めて気づいた。

ろくでなしの父親と一蓮托生で、なし崩し的に事務所の雑用をしていたが、考えてみれば働き口は世の中にいろいろある。最初はコンビニやガソリンスタンドのバイトでもいい。働きによっては正社員に登用すると謳《うた》っているバイトもたくさんある。

クラスメイトが無邪気に語る「未来」が、初めて分かったような気がした。だが、一瞬目の前に広々と開けた道は、次の瞬間あっさり断たれた。

そうか、じゃあうちで雇ってやるからこのまま働くといい。

親切ごかした提案は、単なる宣告に過ぎない。赤木に拒否する権利などなかった。子供の頃からはしっこかった赤木は、その頃には父親よりよほど目端の利く立ち回りができるようになっていたし、事務所でも重宝がられていた。

ああそうか、と今さら察した。

自分の人生には、最初から選択肢など存在しなかったのだ。あの父親の子供として生まれついたときから、未来はここに至る一本道だったのだ。

ありがとうございます、と頭を下げることしか赤木には許されていなかった。

何もかも諦めた——という表現は正確ではない。

諦めるような何物も最初から持ってはいなかったのだという虚無感が体の中を食い荒らすようだった。

事務所で最初に回された仕事は取り立てだった。死んだ父親の穴をそのまま埋めた形である。

訪ねていく先々に、生きていた頃の父親そっくりのクズがいた。ボロ家に住んで、くだらないことのために金を借り、返す段になると真っ青になって怯える。取り立てなど事務所では単なる下っ端なのに、土下座してこちらの靴さえ舐《な》めかねない。

家の奥に妻や子供がガタガタ震えていたりすると、まるっきり在りし日の父親だ。取り立てに痛めつけられて、ひいひい悲鳴を上げている親父どもは、日頃家族を痛めつけてひいひい泣かせているのだろう。

取り立てても取り立てても、父親のようなクズが金太郎飴《あめ》のように次々出てくる。ディテールが少しずつ変わるだけで、どれがどれだか見分けもつかない。

まるで父親を取り立てているのと同じだった。――お前のせいで、お前のせいで、俺には最初から選択肢がなかった。クズ親父が敷いたレールの上にそのまま車輪を乗せられた。

容赦の余地など微塵《みじん》もなかった。最初から断たれていた未来を復讐《ふくしゅう》するようにクズを責め立て、取り立てた。

妻や年頃の娘がいたら水商売に斡旋《あっせん》するという手もあったが、赤木はあくまで本人から絞った。妻や娘を売るなら、先に自分の内臓を売れ。それが嫌なら何でもできるはずだ、そうだろう。

食い詰めたホームレスでも嫌がるような危うい仕事に、次から次へと叩き込んだ。途中で死んだ者もいたが自業自得だ。赤木が良心の呵責《かしゃく》を覚える筋合いはない。

むしろ死んだほうがせいせいする。

事務所に勤めてわずか数年で、どれだけ取り立ててどれだけ死なせたか分からなくなった。だが、どれだけ父親そっくりのクズを痛めつけても何も埋まらなかった。取り立てても取り立てても同じクズ。

あるとき、暇つぶしにゲームセンターでシューティングゲームをしていて俄《にわか》に気分が悪くなった。撃っても撃っても死なない緑色のゾンビが襲ってくるゲームだった。

事務所のほうは赤木の苛烈な仕事ぶりを気に入ったらしく、二十代の後半で新しい闇金の店を任されることになった。それが『赤木ファイナンス』だ。

上部組織から預かったタネ銭を回転させるだけの下請けだが、独り立ちに当たって開店祝いが催された。系列組織が経営しているキャバクラで、赤木には赤いドレスを着たホステスがついた。事務所の社長が、赤木の名前にちなんでドレスの色で適当に指名したらしい。

肩が剝き出しになってスリットも深く入ったドレスだったが、不思議なくらい色気はなかった。周りに胸を触《さわ》られようが太腿を撫でられようが顔色一つ変えず、あまり器用ではない手付きで淡々と水割りを作っていた。

祝われる当事者を置いてけぼりで盛り上がる席で、そのホステスが不意に尋ねた。

「大丈夫？」

何を案じられているのか分からずに赤木が首を傾げると、ホステスは答えた。

「嬉《うれ》しくなく見える」

ぎくりと表情が強《こわ》ばるのが自分で分かった。その場で彼女だけが赤木を見透かしていた。周囲にはありがとうございますと愛想笑いを振りまき続けていたのに。

言われたとおり、店を持たされることは嬉しくも何ともなかった。もう自力で外せない首輪を嵌められたようなものだった。無理に外そうとしたら、きっと父親と同じように海に浮かぶことになる。

赤木はしーっと人差し指で内緒の仕草をした。

「嬉しそうに見えててほしいんだ」

すると彼女は、「いいよ」と興味なさそうに答えてまた水割りを作った。その場で彼女は水割りを作るマシンとしてしか役に立っていなかった。

「嬉しそうだね」

空々しい念押しに思わず吹き出しそうになった。

源氏名を訊くとレイと答えた。

「由来は？」

「ここに来たとき、一文無しだったから。お金ゼロ円だったから、レイ」

店に入って日はまだ浅かった。父親の借金のカタで働かされているらしい。ありふれた話だ。集めて煮詰めて佃煮《つくだに》ができるほどよくある話だ。

それから、レイのところにたまに通うようになった。赤木以外に指名を入れる客はいないらしい。店長には物好きなと首を傾げられた。いつもはテーブルの賑やかしや他のホステスの繋ぎに使われるばかりだという。そのせいか、いつのまにやら水割りを作る手付きは少しマシになった。

一人しか馴染《なじ》みの客がいないから焼け石に水だが、売上げの足しになるように高い酒を頼み、たわいのない話をして帰る。

ただそれだけの付き合いが何年か続いた。


『赤木ファイナンス』を起《た》ち上げたとき、最初に付けられた部下は血の気の多い奴らだった。赤木が元の事務所でそういう質《たち》だと思われていたので、似たような奴のほうが使いやすいだろうと気遣われたらしい。

血の気が多い分だけ揉め事も多く、二年もしないうちに最初の部下はいなくなった。どういう理由で消えたのかは、上部組織には確認していない。知ったところで面倒なだけだ。

ただ、一人も部下がいないとさすがに仕事が回らない。人の補充を組織に頼むと、糸山と石田が来た。使えないだろうが取り敢えず繋ぎに、とのことだった。

希望を訊かれたとき、あまり血の気が多い奴は使いづらいと言ったせいか、以前の部下と真逆のタイプだった。血の気が多くない代わりに二人ともとんだへっぽこで、糸山に至ってはうっかり荒事の現場に立ち会うと貧血を起こして病院に担ぎ込まれるという体《てい》たらくだった。

取り立てに行っても、債務者に手荒な真似《まね》がなかなかできない。泣き落とされて、手ぶらで帰ってきてしまうこともざらだ。

『赤木ファイナンス』の売上げはがた落ちになったが、上層部も使えない部下を押しつけたことが多少は負い目のようで、お咎《とが》めは特になかった。咎められない最低限の売上げは上げていたということもある。

「かわいそうなんですよ。まだ高校生の娘が親父の借金のためにソープで働くなんて言ってんですよ。何とかしてやれませんか」

そんなふうに頼み込まれるとついついレイのことが重なり、素人相手のスナックで働く算段をつけてやったりしてしまう。

風俗とは稼ぎが段違いなので返済にはその分時間がかかるが、それは『赤木ファイナンス』が待ってやることになる。債務者本人に同情の余地がなければ娘より厳しく働かせることはもちろんだが、若い女を資産に数える世界では異例の手ぬるさであることは確かだ。

糸山と石田を引き取って半年ほどだったか、上から人員の交換について訊かれた。何ならもっと使える奴を回すがどうか。

あまりの使えなさに持て余されていたと聞いている。ここで赤木が手放したらどういう処遇になるかは目に見えていた。

それはかわいそうだな、と思ってしまうくらいには情が移っていた。——いや。もしかすると手放したくないとさえ思っていたかもしれない。

真っ当でない世界で持て余される使えなさが、赤木にとってはむしろ救いだった。

ヘマをするたび叱りつけながら、気持ちは不思議と安らいだ。

この二人も選択肢がないままこの世界に搦《から》め取られた口で、だがもし他に選択肢があったなら真っ当な世界でそこそこ生きていけただろう。糸山と石田を見捨てることは、同じように選択肢がなかった子供の頃の自分を見捨てることと同じだった。

糸山と石田は手放されることを覚悟していたらしい。赤木の下に残れることになり、おいおい泣いた。

「御恩は一生忘れません。俺たち、赤木さんのためなら何でもしますから」

張り切れば張り切るほど裏目に出る二人だったので、その申し出は丁重に辞退した。ただし、ちょっとした荒事でも貧血を起こしてしまう糸山は問題だった。さすがに多少のことはこなせるようになってもらわないと話にならない。

赤木に心酔して、赤木の言うことなら何でも頷く糸山を見ていて、ふと思いついたことがあった。

「これやるよ」

糸山にやったのはそこらの眼鏡屋で適当に買ってきた伊達眼鏡だ。

実は俺も昔はお前みたいに気が弱かったんだ。けどこのままじゃいけないと思って、自分に暗示をかけることにした。眼鏡をかけて鏡を見るといつもと顔の印象が変わるだろう？　眼鏡をかけてるときの自分はいつもの自分とは別人だと思うことにしたんだ。そうしたら荒事も平気になったし、非情に振る舞えるようになった。これは俺が昔使ってた眼鏡だ、お前にもきっと効く――

そんなでたらめを立て板に水とまくし立てた。

「赤木さんにそんな頃があったなんて……」

「おかげで今はこんなものが要らないくらいになった。お前も早く眼鏡が要らないようになれ」

糸山はまともに信じて眼鏡にすがるようになった。

そのうち、自分でもいろんなデザインの眼鏡を買い集めるようになり、これは効くこれは効かないと好みを出し、何十本もの眼鏡をコレクションするようになった。

眼鏡が効いたことも確かだろうが、糸山と石田の役回りをはっきり分けたことも功を奏した。同じようにお人好しだが、石田のほうがまだ乱暴な振る舞いに慣れている。だから石田を脅し役にして糸山を抑え役にしたのである。

このポジショニングはしっくりとはまって、へっぽこコンビも少しは使えるようになってくれた。

レイを『赤木ファイナンス』に引き取ったのは二年ほど前だ。

勤めていたキャバクラで、成績が上がらないのは相変わらずで、常連も赤木一人のままだった。ホステスとして飼っておくにはあまりにも費用対効果が悪い、と上層部が風俗に出そうとした。

「わたし、次からソープに行くから」

訪ねていくと決まったことのようにそう言われた。

「まあ、もしよかったら来て」

まるで他人事のようなすっとんきょうな言い草に思わずバカと怒鳴りつけた。もしよかったら来て——来たらどうするというのか、客として寝るのか。金で買いたいのならとっくの昔に同伴か何かでどうにかなっている。

「だってどうしようもないし。どうせだったら、最初のお客は知ってる人がいいかと思って。他に馴染みの人もいないし、赤木さんならまあいいやって」

脱力するような消去法に開いた口が塞がらなかった。

「まあいいやって何だそれ」

「少なくとも嫌じゃない」

ここにも最初から選択肢がなかった奴がいる。最初から選択肢がないから、理不尽なルートが現れても抗うことも知らない。

普通なら馴染みの赤木に助けてくれとすがるところだ。すがらないので、勝手に助けることにした。事務員を探していたのでレイをくれと上部の組織に掛け合った。無能な部下を二人引き取った貸しはまだ有効で、あっさりレイは引き取れた。

「赤木さんはばかだねえ」

レイはしみじみと言った。

「わたし、せっかく初めてだったのに」

バカはお前だと頭を引っぱたいてやった。

事務員として働くようになったレイは、四角い部屋を丸く掃くタイプで、お茶くみもぞんざいだったが、電話の応対と帳簿は教えるとすぐにできるようになったので、留守番としてはまあ合格だ。こんな場末の事務所に客が来ることなどめったにない。糸山と石田は事務所に女っ気が加わったことを素直に喜んだ。愛想も飾り気もないレイだが、若い娘がいるだけで気持ちが華やぐという。

ジジイの言い草か、と思わず突っ込んだ。


『赤木ファイナンス』は、最初から選択肢がなかった四人がようやくたどり着いた、吹き溜まれる場所だった。

望んでこの世界に来たわけじゃない。この世界でのし上がりたいとも思わない。ただ、上から睨まれない程度に儲けを出して、つましく生きていければいい。

それ以外、何も望んでいなかった。

だが、理不尽なルートはいつも勝手に開かれる。

上層部からレイを返せと言われた。理由を訊くと、父親がレイを連帯保証人にして借金をし、そのまま海外に逃げたという。

踏み倒した額は二千万。――風俗で十年か十五年も働けば返せるだろうか。

「返していいよ」

レイはやっぱり理不尽なルートに抗うことを知らなかった。

「その代わり、最初のお客になってね」

そんなことにさせてたまるか。もう何の力もなかった子供じゃない。この世界でもそれなりに上手《うま》く立ち回れるようになった。

選択肢がないなら作ればいい。その力が自分にはもうあるはずだ。

レイの借金は自分が返すと上層部に伝えた。直接話した幹部は哀れむようにバカと言い、好きにしろと言った。ただし期限はそう待ってやるわけにはいかないと。

引き延ばせたとしても年度末はまたげない。『赤木ファイナンス』は方針をがらりと変えた。絞れるところから絞れるだけ。

坂本整骨院の件は三百万の報酬が出る。二千万のゴールに対して、三百万は決して少なくない。

糸山と石田は突然の方針転換に戸惑っているようだが、後に退くわけにはいかなかった。

【エンジェル・メーカー終焉の日まで後7日！】

ホワイトボードのカウントダウンは着々と進んでいる。

航平が事務所に入ると、ベンさんが陽気に声をかけてきた。

「よっ、久しぶり。英会話のほうは上達したか？」

思わず顔が強ばった。横浜に通うためにでっち上げた言い訳を信じてくれているのはいいが、そんな話題を振られると返事に困る。

「うん、まあ……」

もごもごと口の中で答えると、「頑張ってるじゃん」とうるさい朝倉が入ってきた。

「練習付き合ってあげよっか」

まったくもって巨大なお世話である。だが、朝倉は勝手に「ハロー、コーヘイ！ナイストゥーミーチュー」などと妙に流暢《りゅうちょう》な発音で話しかけてきた。

受け答えなど分かるわけもないので無言で固まっていると、見る間に朝倉がぷぅっと膨れた。

「何よ、相変わらずノリ悪いわね。かわいくないんだから」

「こらこら」

　ベンさんがたしなめるように朝倉の脳天をぽんぽんと鞠《まり》つきのように叩く。「急に振られたって困っちゃうよなぁ？」と執り成してくれたので、うんうんと頷く。

「英会話なら俺が付き合ってやるよ」

「あたしが試したいわけじゃないっつーの！」

「アイラブユー！」

「キモい！」

　話題が逸れてくれて、ほっと息をついた。キモいの一言でアイラブユーを蹴られたベンさんが大和を振り向く。

「大和も今日は面接はなしか？」

「ええ、まあ」

「手応えはどうなの」

「内定はまだもらえてませんね」

　するとベンさんが「そうかぁ」と唸《うな》った。

「お前だったらどこでもすぐ決まりそうな気がするけどなぁ」

キッズルームに向かいながら、航平のほうがぎくりとした。

確かに、大和だったらどこに行っても勤まりそうだし、雇いたいという会社はすぐ見つかりそうな気がする。――大和が本当に就職活動をしていたら、の話だ。

実際は航平と柊子の横浜通いに内緒で付き添っているのだから、内定など出るはずもない。

「前にベンさんが言ったとおりですよ。俺は『エンジェル・メーカー』があるうちは無理かもって。心残りが態度に出ちゃってるんでしょうね」

顔色一つ変えずに何やらもっともらしく言い繕う大和に内心で拍手だ。

キッズルームでいつものノートを出していると、柊子がおやつを持ってきた。今日はふかしたお芋だ。

「大和すごいね、急に振られても全然ふつうだったね！」

感心したのがさっきの今なので、ついついテンションが上がった。すると、柊子が少し困ったように笑った。

「ほんとは嘘つくの好きじゃない人なんだよ」

自分が嘘をつかせているのだと気づいて胸を衝かれた。

「でも、一度付き合うって決めたらとことん付き合う人だから」

ごめんと呟きたくなったが、柊子に言って許してもらうのも違うような気がして、結局黙ったままでいた。

お芋をもそもそかじっていると、柊子が「そうだ」と何か思い出したようにキッズルームを出て行った。何やら写真が印刷された紙を持って戻ってくる。

「これ、ハワイのお花。ネットで少し探してみたの」

「もう調べてくれたの？」

ハワイの学校にもこっちと同じ花が咲いてると思う？　――そう尋ねたのは昨日だ。

「昼間、暇だったから」

柊子はそう言って笑ったが、急いでくれたことは明々白々だ。

「何か、ハワイって道端に咲いてるようなお花でも観葉植物みたいなのが多いらしいんだけどね。でも、この辺は日本の草花と似てるかも」

「これ、お花？」

最初の写真は地味な緑色のいかにも雑草っぽい草だ。茎のてっぺんが綿棒のような穂になっている。

「たぶん、ヘラオオバコだと思う。日本でも河川敷とかによく生えてるよ。ほかにもカタバミとかアザミに似た花があるみたい」

少し探してみたという割りに、たくさん写真を集めていた。観葉植物みたいな花も印刷して名前を調べてあった。やはり南国風の花が多い。

「日本で覚えてから行ったら、探すのきっと楽しいよ」

頷きながら、そういえばとふと思い出した。

「うろ覚えだけど覚えてたね、大和。ハルジオンとヒメジョオン」

うん、と柊子は頷いただけだったが、頬が少し上気した。

そこへ急に大和が入ってきた。不意を衝かれた柊子がびくっと肩を撥《は》ねさせる。

「どうしたんだ、熱でもあんのか？」

違うよバカ、と航平が横から突っつきたくなった。——大和にどきどきしてたとこなんだよ、と言ってやりたいくらいだった。

大和は柊子には軽く声をかけただけで、すぐに航平に向き直った。

「お前に電話。大嶽のじいさんから。かけ直させるって言ってあるから」

横浜に付き添うようになってから、大和は祐二と大嶽に自分の携帯番号を連絡先として教えてくれた。航平に用があるときは二人とも大和の携帯にかけてくる。

ありがとうと携帯を受け取って着信履歴からリダイヤルする。大和はキッズルームを出て行きながらお芋を勝手につまみ食いした。

「ちょっと！」

ふかしたお芋は大して好きではないが、晩ごはんまでの繋ぎなので横取りされると面白くない。

「ケチケチすんな」

携帯が繋がってしまったのでそれ以上は文句も言えない。

「大嶽さん？　航平だけど」

「おう」

大嶽は電話の受け答えがいつもえらそうだ。

「今日は来ないのか？」

「いつも言ってるじゃないか、毎日は無理なの！」

圭子や『エンジェル・メーカー』の社員に怪しまれたら元も子もない。

「うん、まあいいけどな。それよりさぁ」

「何？」

「次来るとき、あの大和って奴は置いてこられないのか？」

一体何を言っているのかよく分からなかった。分からないなりに何だかひどく自分勝手な気配がして、問い返す声は自然と尖った。

「どういうこと？」

「あいつ、田所に余計なことばっかり言うんだよ」

「どんな？」

「奥さんとよりを戻す気がないならはっきり言えとか、復縁に水かけるようなことをだよ。あんな奴が一緒に来てたら田所の気持ちが離婚するほうに傾いちまう。だから……」

「置いてこいって？」

「そうそう。分かってるじゃないか」

大和の携帯に電話をかけてきてよくそんなことが言えるな、と呆れた。大体、大和に横浜通いがばれたのも大嶽が迂闊《うかつ》な電話を『エンジェル・メーカー』にかけてきたせいなのに、そのことを振り返るつもりもないらしい。

「駄目だよ、横浜には大和と一緒に行く約束なんだ」

もしばれたら、連れてったのは俺だって言え。——それが柊子を守るための約束だ。

「だけどさ、もし田所の気持ちが離婚に傾いたら、お前だって困るだろ？」

確かに困るが、その物言いにカチンと来た。——違うだろ。あんたはぼくのことを心配してるわけじゃないだろ。

「お父さんが離婚して冬美先生に本気になったら、大嶽さんが困るんだろ」

「そこは持ちつ持たれつだろうがよ」

こんな勝手気ままな大人と持ちつ持たれつなんて冗談じゃない——とっさに反発が湧《わ》いたが、その持ちつ持たれつを最初に受け入れたのは自分だ。あまつさえ自分勝手に柊子を利用しようとしていたことまでまとめて蘇《よみがえ》って、いてもたってもいられなくなった。

「うるさいっ」

精一杯の強い声を電話口に叩きつける。

ぼくは違う、もう違う、こんな自分勝手な大人と同類じゃない——

「大体、大嶽さんは冬美先生のことなんかどうだっていいんじゃないか」

「何だと！」

「お父さんに冬美先生を取られないか気にしてるだけで、冬美先生の心配なんかしてないくせに」

大嶽は電話の向こうでぎゃあぎゃあ怒ったが、航平はとどめの一撃を持っている。

「冬美先生の借金のこと一度も心配したことないだろ！　借金取りが来てもお父さんとカッコつけるの張り合ってるだけじゃないか！　本気で相談に乗ってあげたこと、

ある!?　ないだろ！」

渾身《こんしん》の力を籠めて言い放つと、大嶽が声を失った。

「横浜には大和と行く。お父さんとお母さんのことはぼくがちゃんと話し合ってってって頼むから！　口出しされる筋合いないからね！」

まくし立てて一方的に電話を切る。

「けんかしちゃった？」

柊子が気兼ねしながら尋ねる。

「いいんだ」

声のしっぽが少し震えた。両親と口げんかをしたことならたくさんあるが、よその大人にこんなふうに声を荒げたことはない。

「大嶽さん、自分勝手なことばっかり言うから」

だから悪くない。大嶽が傷つくようなことを言ったのは悪くない——

「そっか。でも、次に会ったら仲直りしようね」

そして柊子がいたずらっぽく笑った。

「大嶽さんはこどもだから、航平くんが折れてあげなきゃね」

ふっと頬が緩んで、それまで強ばっていたことに気がついた。

「大和に携帯返してくる」

オフィスで大和に携帯を返すと、大和は「ほら」とメロンパンをくれた。

「さっきの代わりだ」

受け取ると、席を外していたベンさんが帰ってきて「あーっ！」と声を上げた。

「俺のじゃないか！」

「ベンさんの腹回り増やすより航平の背ぇ伸ばすほうがメロンパンも本望ですよ」

「勝手なことを〜〜〜！」

だが、大和の勝手な言い草は深刻さに欠けていておかしいばかりだったので、航平も遠慮なくメロンパンをたいらげた。

坂本整骨院の待合室を外から窺ってみると、先日一一〇番で突っかかってきた男はいなかった。

糸山と石田はよしとお互い頷き、坂本整骨院に足を踏み入れた。既に顔を見覚えている受付の女性スタッフが、途端に顔を強ばらせる。

「安心しな、今日は詫びに来ただけだ」

糸山は女性スタッフを手で制し、「おい」と顎で石田に指図した。

へい、と石田が持参した手荷物を恭しくカウンターに乗せる。百貨店の紙袋だ。

怪訝な表情をしている女性スタッフに事情を説明する役目は糸山だ。

「先日は、うっかり手が滑って手荒なことをしちまったからな。これはちょっとした詫びの気持ちだ、割れた花瓶の代わりに使ってくれ」

はあ、と女性スタッフはまだ怪訝そうだ。

「これで貸し借りはなしだ。次からは容赦しないと院長に伝えておくんだな」

「はあ……」

女性スタッフは最後まで怪訝そうなままだったが、かまわず坂本整骨院を後にする。

しばらく歩いてから糸山は眼鏡を外した。

「どう？ けっこう渋く決めたよな、俺」

「イケてましたよ、アニキ！ それにしても、こないだの男がいなくてよかったですね」

「ホントホント」

すっかり油断していたところへ、急に後ろから声をかけられた。

「待ってくれ！」

あわわと二人でその場ステップを踏み、糸山は外した眼鏡を慌ててかけ直した。

「誰だ！」

振り向くと、追いかけてきたのは見覚えのある年寄りだった。いつも冬美を庇って田所と二人で空回り気味に食ってかかってくる。

「あんたたちに話がある。——冬美先生の借金を俺に返させてくれ」

唐突な申し出に、糸山と石田は顔を見合わせた。

外回りに出ていた糸山と石田が事務所に連れて帰ってきたのは、大嶽正寛とかいう年寄りだった。

坂本整骨院の借金を返すと言っている、と糸山が電話で説明したが、一体どういういきさつでそんな話を持ちかけてきたのか赤木にはさっぱり分からない。

冬美の親戚か何かが乗り出して来たのかと思ったが、そういうわけでもないらしい。糸山の話によると、単なる整骨院の常連だという。

糸山も戸惑っているようで、とにかく事務所に連れてこいと指示した。

年より若く見えるタイプらしく、服装や態度にその自信が現れている。闇金に来るのは初めてらしいが、あまり物怖《ものお》じした様子は見えない。虚勢を張っているのか元々態度がでかいのか。どうやら両方らしい、と赤木は見立てをつけた。

日頃は身内の仮眠用くらいにしか使っていない応接のソファに大嶽をかけさせる。

「レイ、お茶」

茶滝し使えよ、と付け加えたいのを我慢して、赤木は大嶽に向き直った。

「坂本整骨院の借金を返したいというお話だそうで」

「ああ、そうだ」

大嶽はまるで自慢するように大きく頷いた。

「しかし、他人のあなたが一体どうしてそんなことを？」

「冬美先生は俺の天使なんだ」

のっけから飛び出してきたトンチキな発言に思わずずっこけそうになる。

「初めて冬美先生に会ったときに、運命的なものを感じたんだ。何故なら冬美先生は亡くなった俺の妻にそっくりでな……」

そこから始まった大嶽の自分語りは長かった。妻も冬美先生のように可憐《かれん》で気立てのいい女性だった、まるで今生で再び巡り会えた妻のようだ、自分たちは子供に恵まれなかったが、もし娘が生まれていたらきっと冬美にそっくりだったに違いない――要するに冬美のファンらしい。

冬美が患者の年寄りに慕われていることは糸山と石田からも聞いているが、大嶽は筋金入りということだろう。うっかりキャバクラなどに通ったら馴染みのホステスに入れあげるタイプだ。

話の途中で、レイがお茶を出した。先にちらりと盆を確認すると、湯飲みに大量の茶柱は立っていなかったのでほっとする。

「まあ、取り敢えずお茶を」

勧めると大嶽の語りはやっと止まった。湯飲みを取ってお茶を一口すする。

「……そんなわけでまあ、冬美先生の窮地を救いたいというわけだ」

「しかし、いくら何でも他人が気軽に肩代わりできる額じゃありませんよ」

一体どこまで本気なのか推し量るために水を差してみる。だが大嶽は怯《ひる》まなかった。

「分かってる。六百万だったたっけな？」

どうやら単なる冷やかしではないらしい。赤木は話を聞くモードを切り替えた。

「実は、借金を肩代わりさせてほしいと冬美先生に持ちかけたんだがな、お客さんにそんな迷惑をかけるわけにはいかないと断られて。さすが冬美先生は奥ゆかしい」

いや、その対応が普通だろう——という突っ込みは飲み込んだ。そんな話に乗ってくるのは詐欺師くらいだ。

「しかし、俺も後には退けないんだ。だから貸し主のほうに話をつけようとこうして訪ねてきたわけだ」

「後に退けないというのは」

窺うように問いかけると、大嶽はフッと片頬で笑った。

「訳あって、俺の愛を試されるような挑戦を受けちまったもんでな」

ぐふっと咳《せ》き込む声がした。大嶽の後ろに控えていた糸山と石田だ。ごまかしようがないくらいに顔を真っ赤にしてこらえているが、肩が小刻みに震えている。頓狂なじいさんなので無理もない。

赤木も危ういところだったが、部下が吹き出しそうになったので逆に抑えが利いた。

「話は分かった。金はあるのか？」

「実は、若い頃に土地の投機で一当てしたことがあってな。六百万くらいなら一括で……」

なるほど、といろいろ合点が行った。バブルの頃に土地を転がした奴のほとんどが引き揚げ時を間違えて焦げつかせたが、中には最後まで逃げ切った奴もいる。景気を読み切ったごく少数の強者《つわもの》か、運だけがよかったごく少数のお調子者か。——大嶽は明らかに後者だ。

なまじバブルを逃げ切ったせいで、自信過剰になっているのもこのタイプだ。金があるぶん損得勘定もゆるい。変にでかい態度もそうした背景を考えると納得がいく。むしり甲斐《がい》のあるカモがネギを背負ってやってきた——ということらしい。さて、どうむしる。

できることなら、よく練ったシナリオを用意したいところだったが、こんなふうに降って湧いた話は瞬発力が命だ。冷静に考える隙を与えてはならない。

赤木は一呼吸の間に即興の筋書きを立てた。

「あんたの心意気はよく分かったよ。血も繋がってない他人のためにそこまでできるなんて大した覚悟だ」

くすぐってやると、大嶽は気をよくしたのか小鼻を膨らませた。そこへ一転「だがな」と逆接を繋げる。

「せっかくの心意気だが、あんたが借金を肩代わりしただけじゃ、何も変わらない。この話には裏があるんだ。――あんた、秘密は守れるか」

投機で勝ったことのある人間は「ここだけの話」というワードに弱い。

「おう。聞かせてくれ」

案の定、大嶽は身を乗り出した。既に落ちたも同然だ。

「冬美のじいさんにうちを紹介して借金をさせたのは、実はビルのオーナーなんだ」

「……地上げか！」

さすがに土地を転がしていただけあって話が早い。そして、自分の知識の範囲で話が展開すると人間の判断基準は甘くなる。自分の経験則に当てはまるように、無意識のうちに情報を歪《ゆが》めて聞くからだ。

「ああ。土地を転売するために店子を追い出しにかかってる。坂本整骨院には借金を返せないなら出て行けと話を持ちかける予定だ。借金をさっ引いたくらいの立ち退き料は払ってやる、と言ってな。もちろんその立ち退き料は手形で払う」

「空手形か」

「そうだ。空手形を切るためのダミー会社を用意してある。冬美はたった六百万で店を畳まされて路頭に迷うってわけだ」

「許せん！　何という悪辣非道な！」

「だからといって、どうしようもない。オーナーは質の悪い地回りにも通じてるし、もしあんたが借金を肩代わりしたところで、別の追い立てが始まるだけだ。小細工が潰れた分だけもっとひどいやり口になるかもな」

「そんな……」

大嶽が肩を落とす。どうやら土地を転がしていたときもそれほどあくどいことには手を出したことがないらしい。それで成功したのなら強運だ。

運がいい奴は自分の運に驕《おご》る。

「――一つだけ冬美を救う手段があるにはある」

もったいぶって投げかけた命綱に大嶽は飛びついた。

「何だ!?」

「オーナーからビルを買い上げるんだ」

大嶽は虚を衝かれたように目を激しくしばたたいた。

「……いや、しかし、さすがにそこまでの金は……」

六百万なら一括ではたいてやれる気まぐれを起こせる程度の小金持ちだ。話が大きすぎることは承知のうえで投げている。

「実は、横浜に手を広げたがってる土地の投機家がいる」

投機家は手頃なテナントビルを欲しがっている。オーナーは最初はこの人物にビルを売る予定だったが、条件が折り合わずにお流れになった。

もしこの人物にビルを買わせることができれば、改装したビルにそのまま坂本整骨院を入れることができる。そうなったら『赤木ファイナンス』で貸し付けた金も本来の返済期限に戻す――

「まあ、多少テナント料が上がるかもしれないけどな。それでも空手形で立ち退きを食らうよりはマシだろう」

「だが、話はもう流れたんだろう？」

「その投機家はあのビルの立地が気に入っててな。風水に凝ってるらしくて理想的なんだそうだ。話が流れたときも随分惜しがっていたから、条件が折り合えばいつでも引っ張り出せる」

「その条件ってのは」

「共同出資者だ。とはいえ、資金を当てにしてるわけじゃない。信用の問題だ。横浜に手を伸ばすのが初めてだから、手付け分だけでも持ってくれる素性のきれいな共同出資者を紹介してほしいって話でな。ところがうちのような商売じゃ『素性のきれいな』って条件を叶えるのが難しいんだ。オーナーもこんな地上げを企むくらいだから叩けば埃の出るような奴しか連れてこられなくてな。それで泣く泣くお流れになったんだ」

なるほどと大嶽は頷いた。警戒はしているようだが、頭から疑っている気配はない。そのまま運に騙っていろ。

「手付け分だけでも共同出資者は共同出資者だ。ビルの売上げは応分に入る。出資が少ないからそれほど儲けは出ないが、長期的に考えればあんたの出資分も返ってくるから、損にはならない。——旨味は少ないが、冬美を助けることを思えば悪い話じゃない」

この場合は旨味が少ないことが売りになる。冬美を救うのが目的なら儲けが少ない代わりにリスクも少ない話のほうが乗りやすいはずだ。

「どうだ？」

「——手付けはいくらだ？」

ここが肝だ。少なすぎても信憑性《しんぴょうせい》に欠けるし、むしりすぎると逃げられる。今まで話した感触で大嶽がハードルを越えられる額を見極めねばならない。

「二千万」

答えて大嶽の目をじっと見つめる。——大嶽が先に逸《そ》らした。

「——少し考えさせてくれ」

「分かった。だが、一晩だ。地上げの話も寝かせるわけにはいかないんでな。それに投機家のほうは他にも売り込みをかけてるグループがあるから早い者勝ちだ」

大嶽は気持ちが大きく傾いでいることが明らかな様子で帰っていった。

「糸山、石田！」

呼ぶと二人が訓練のよくできた犬のように飛んできた。

「ホームレスを一人雇ってこい。あのジジイと同年代で戸籍のない奴だ」

「報酬はいくらにしますか」

「百万。口止め料も込みだ」

雇ったホームレスを投機家役に仕立て上げて、契約後に大嶽の金を持ち逃げされたことにする。赤木のほうはまさか詐欺師とは知らなかった、自分も騙《だま》されたと善意の第三者の立場を押し通す。単純だが、単純なだけにつぶしの利くシナリオだ。

「乗ってきますかね、あのじいさん」

「来る」

すぐ動かせる金が四、五千万はある、と赤木は値踏みした。

そのうちの二千万、しかも将来的には返ってくるという条件なら、土地を転がした経験のある人間にとってはそこまでハードルの高い話ではない。

そして、翌日早々に赤木の見立てが正しかったことが証明された。

　ホワイトボードのカウントダウンは残り五日となった。

　その日のおやつは、近所のベーカリーの菓子パンだった。圭子もときどき同じ店で買ってくる。

「好きなの取っていいよ」

　柊子は他のみんなの分も買ってきたらしく、いくつかある中から選ばせてくれた。

　最初はクリームデニッシュを取ろうとしたが、思い直して罌粟《けし》の実の化粧が載ったあんパンにした。――カスタードクリームやチョコレートのパンなら、ハワイでも食べられるかもしれないが、あんパンは探すのが難しそうだ。

「ねえ、柊子」

　オフィスに戻ろうとした柊子を呼び止める。

「これ、読んでみて」

　ランドセルから出したのは、昨日書き上げたばかりの手紙である。家にあった便箋《びんせん》を何枚か失敬して書いた。白い封筒に入れたが封はまだしていない。

柊子は便箋を抜いて広げ、真顔で航平を見直した。

「わたしが読んでいいの？」

こくりと頷く。――便箋の書き出しは「お父さんへ」になっている。

両親には話し合ってくれるように自分で頼む、と大嶽に電話で啖呵《たんか》を切った。

だが、祐二は圭子のことには逃げ腰になっている。話をしてもまともに取り合ってくれそうにない。

「手紙のほうが伝わるかなと思って」

昔、航平が図書館の催しで書いた物語を面白いと言ってくれた。航平の書いたものならちゃんと読んでくれるかもしれない。

分かった、と柊子が便箋に目を戻す。目が便箋をなぞっていくのに従って、航平も自分の文章を思い返した。

お父さんも好きだし、お母さんも好きだ。どちらかを選ぶなんてできない。二人がいがみ合っていることが悲しい。仲直りしてほしい。別れ別れになるのは嫌だ。家族三人で一緒に暮らしたい。ハワイにもお父さんが一緒にいてほしい。だから、仲直りできないかどうか、ちゃんと話し合って――思い浮かんだ端から自分の気持ちを書きつけた。

柊子が二枚目の便箋をめくって、そのおしまいまで目が動いた。

「伝わるよ、きっと」

柊子は静かにそう言った。

「わたしに伝わるんだから、お父さんに伝わらなかったら嘘だよ」

「……ありがと。次、行ったときに渡す」

返してもらった手紙をランドセルにしまったとき、大和がキッズルームにひょいと顔を出した。

「おい、電話。じいさんから」

今日は通話が繋がったまま渡されたので、そのまま携帯を耳に当てる。柊子は気を遣ったのか、大和を促してキッズルームを出て行った。

「もしもし……」

やり合ったのはつい二日前だ。航平のほうにはまだ気まずさが残っている。だが、

「よう！」

大嶽の声はそんないきさつなど忘れたかのように晴れ晴れとしている。

「この前はご挨拶だったな！　だが、もう俺が冬美先生のことを思っていないなんて言わせないからな！」

一方的な勝利宣言に航平のほうは面食らうばかりだ。

「借金取りに掛け合って、俺が冬美先生のピンチを救うことにした！」

「……どういうこと？」

尋ねると大嶽は怒濤《どとう》のような自分語りに突入した。自分は本当に冬美先生のことを思っている、借金のこともずっと心配していた、しかし借金に口出しするなんて差し出がましいかと思って、何も言えなかっただけなんだ——要するに、無責任に冬美にのぼせ上がっていたことについて後付けの言い訳だ。

「しかし、お前みたいなガキに俺の純粋な思いを疑われるのは心外だからな！」

そこで、冬美に借金の肩代わりを申し出たものの、冬美には第三者を巻き込むわけにはいかないと断られたらしい。考えてみればもっともだ。

しかし大嶽はそこで諦めず、借金取りのほうに掛け合おうとして坂本整骨院に金を貸している業者に乗り込んだという。

「『赤木ファイナンス』というんだが、ここの社長が若いんだがなかなか話の分かる奴でな」

「ちょっと待ってよ。あんなヤクザみたいな借金取りが押しかけてくるような会社、信用できるわけないだろ」

「そんなことないぞ、坂本整骨院の借金の裏話まで教えてくれた。実は、黒幕は坂本整骨院が入居してるビルのオーナーだったんだ」

　先代の院長に金を貸して、その借金を盾に立ち退きを迫るという地上げのからくりだったらしい。

「オーナーからビルを買い取れば、冬美先生は追い出されなくて済む。『赤木ファイナンス』はビルの買い手がつけば冬美先生の借金を待ってくれるというんだ」

「まさか、大嶽さんが買うつもり？」

「他の人と共同でだがな。金をほとんど出してくれるって奴を『赤木ファイナンス』が紹介してくれたんだ。俺は二千万出すだけで共同出資者になれる」

「二千万⁉」

　航平にはとても「だけ」で片付けられる金額とは思えない。

「おかしいって！　それ、絶対騙されてるよ！」

　思わず声が大きくなり、慌てて潜めた。

「借金取りがそんな都合のいい話を紹介してくれるわけないじゃないか！　地上げの話だってデタラメかもしれないのに！」

「お前には分からないかもしれないがな」

大嶽は聞く耳持たずに鼻高々だ。

「俺は昔、土地で儲けたことがあるから分かるんだ。不動産ってのは意外と都合よくパタパタっと転がることがあるんだよ。大切なのは、そういうときに運を摑《つか》み損なわないことだ」

「でも……！　もし詐欺だったらどうするの⁉　二千万も騙し取られたら……」

「俺の気持ちがその程度の金で揺らぐと思ってるのか！」

俄に頑《かたく》なになった大嶽の声が耳を打った。

「たかが二千万で冬美先生を救えるなら安いもんだ！」

大嶽は明らかにむきになっていた。——自分がそうさせたのだと突きつけられる。前の電話で冬美の心配などしていないくせにと罵《ののし》った。それはきっと、痛いところを衝いていて、大嶽はその痛さを意地になって跳ね返そうとしている。

「六時に『赤木ファイナンス』で契約なんだ。契約が済めば、冬美先生の借金はもう何の心配もいらない。お前、今日も坂本整骨院に来るなら、へなちょこ親父に言っておけ。マッサージが全然上達しないお前なんかと違って、俺はちゃんと冬美先生の役に立ったぞってな」

「待って！」

呼び止めたが、通話はそのまま一方的に切れた。慌ててリダイヤルするが、繋がらない。出る気がないのだ。

時計を見ると四時過ぎだ。六時まであと二時間もない。

航平はキッズルームを飛び出し、オフィスに大和の姿を探した。席にはいない。

「ん、大和か？　便所だよ」

隣から教えてくれたベンさんにお礼を言うのももどかしく、オフィスを飛び出して男子トイレに走る。

「大和！」

呼ばわってトイレに飛び込むと、ちょうど便器に向かっていた大和が「わぁっ⁉」と飛び上がった。

「びっくりすんだろこぼしたらどうすんだ！」

「どうでもいいよそんなこと！」

「よくねえよ！」

「いいから早く終わって！」

何なんだまったく、と大和がぶつぶつ言いながら用を足し終える。

「大変なんだ！」

「手くらい洗わせろ、このまま触るぞ！」

用足し直後の脅しに航平が怯んだ隙に手を洗い、大和はその手をズボンで拭《ふ》いた。

「で、何なんだ」

「大嶽さんが詐欺に遭っちゃうよ！」

「は？」

「冬美先生の借金を返そうとして借金取りのところに行っちゃったんだ！　そしたらビルを買うことになって二千万って……」

「待て待て待て、落ち着いて話せ！」

大和になだめられ、航平は懸命に順を追って電話の話を再現した。地上げや大嶽がビルを買うことになった辺りは自分でもこんがらがってきたが、大和が質問しながら誘導してくれた。

「詐欺だよね、こんなの！」

「詐欺じゃなかったら、びっくりするな。何だってあのじいさんは闇金なんかに自分から……」

不審そうな大和の声に胸を切られるようだった。

「……ぼくのせいなんだ。ぼくが大嶽さんを追い詰めたから」

「前の電話のときに、大和は邪魔だから連れてくるなって言われて……それで、腹が立って、大嶽さんにひどいこと言っちゃったんだ」

冬美先生の心配なんかしてないくせに。

借金取りが来てもお父さんとカッコつけるの張り合ってるだけじゃないか――

「別にひどくも何ともない。単なる事実だ」

「でも、絶対それでむきになったんだよ。――どうしよう、」

航平はたまらず大和の上着にすがりついた。

「大嶽さんが二千万騙し取られたらぼくのせいだ！　止めなきゃ！」

すると、両肩を強く摑まれた。

「お前のせいじゃない」

でも、と呟いた声は声にならなかった。肩を摑む手があんまり強くて痛かった。

「分別なくガキに張り合うジジイが悪い。でも、知り合いの年寄りが詐欺に遭ったら寝覚めが悪いから助けに行くぞ」

ああ――こういう人だから柊子は大和を好きになったんだな、と合点が行った。

「契約は『赤木ファイナンス』なんだな」

「どういうことだ？」

「坂本整骨院に取り立てに来るんだから横浜の業者だろうな。ネットで調べたら情報が出るかもしれない」

そのとき、男子トイレのドアがノックされた。二人で怪訝に外を覗くと、柊子だ。

「さっき航平くんの様子がおかしかったから……」

追いかけてきたが、二人がなかなか出てこないので業を煮やしてノックしたらしい。

「いいところに来た、折原。空気読めてる」

「えっ、そう？　自信ないけど」

「朝倉の百倍読めてる」

「朝倉さんの百倍読めても人並みかどうかは……」

首を傾げる柊子に大和は事情を説明した。航平の説明の百倍上手で手短だった。

話を聞いた柊子はううんと唸った。

「……どうやって会社抜け出そうね？」

悩んでいる割りに話は早い。すると大和がてきぱき指示した。

「航平、今から熱を出せ」

「えっ、無理だよ」

「そういうことにしろって話だろうが」

言いつつ大和が航平の頭をぺちんと引っぱたく。

「家で休みたいっていう航平を折原が連れて帰る、お母さんには具合が悪いから自宅シッターに切り替えたって連絡を入れる」

柊子が「分かった」と頷く。

「会社を出たら、駐車場で待ってろ。俺は『赤木ファイナンス』の住所を調べてから出る」

段取りどおり、航平と柊子が先に会社を出た。ベンさんと朝倉のみならず、社長室から英代まで出てきて盛大に心配してくれたので胸が痛んだ。

圭子も連絡を入れると心配して、航平が電話口に出ないと収まらなかった。「少しだるいだけだから大丈夫」と航平の口から聞いてやっと安心したらしい。

大和が車を駐めてある駐車場に向かいながら、柊子が遠慮がちに口を開いた。

「わたしたち行ってくるから、航平くんはおうちで待ってることにしない？」

「何で!?」

「だって……やっぱりそんな業者に乗り込むなんて危ないし」

「嫌だよ！　だってぼくのせいなのに人に押しつけて待ってるなんて……！」

そしてふと気づいた。大和は俺が大嶽を助けに行ってやるとは言わなかった。助けに行くぞと言った。――気づいて胸が熱くなった。

ヤマトはちがうと言ってくれましたが、やはりオータケを追い詰めたのはわたるなのです。

だからわたるが自分でオータケを助けに行かなくては、わたるはきっと後悔します。オータケを追い詰めたうえに助けに行かなかったひきょう者になってしまいます。

ヤマトはひきょう者になりたくないわたるの気持ちを分かっていたのです。

「でもね……」

言い募ろうとする柊子を航平は遮った。

「大和が待ってろって言ったら家で待ってる」

柊子は諦めたように溜息をついた。

「……分かった、大和くんに訊こう」

駐車場で十五分ほど待つと大和がやってきた。

「大和、ぼくに家で待ってろって言う？」

大和は航平に答える前に柊子を見た。柊子は諫《いさ》めるように大和を見た。――そして大和はばつが悪そうに柊子から目を逸らし、航平に向き直った。

「言っても聞かないだろ、どうせ」

やっぱりだ。航平が柊子に向かって顎を上げると、柊子はむぅっと唇を尖らせたが、それ以上は何も言わなかった。

航平はいつもどおり後部座席に乗り込んだ。助手席で少し機嫌が悪そうな柊子を、大和が気にしているのがおかしかった。

『赤木ファイナンス』の場所は結局分からなかったという。ネットを探しても電話帳を探しても見つからなかったらしい。

「えっ、じゃあどうするの？」

航平が後部座席から身を乗り出すと、大和が携帯をぽいと航平に投げた。

「親父に訊け。整骨院にしょっちゅう取り立てに来るんなら知ってるだろ、一応職員なんだし。最悪でも冬美先生が知ってるはずだ、当事者なんだから」

なるほどと祐二の携帯に電話をかける。祐二は携帯を携帯していないのかなかなか出なかったが、何度もかけ直しているうちにやっと出た。

「もしもし、お父さん？」

「何だ、航平か」

祐二の声は拍子抜けしたように緩んだ。

「大和さんからかと思って緊張しちゃったよ」

祐二も大和のことは苦手らしい。

「お父さん、『赤木ファイナンス』の住所って分かる？」

「何だ、『赤木ファイナンス』って」

そこからか、と航平の気持ちはつんのめった。

「整骨院にいつも取り立てに来てる借金取りがいるだろ！　あいつらの会社だよ！　何で知らないの!?」

「え、だってあいつらが名乗ってるの聞いたことないしさ。住所も知らないよ」

「冬美先生に訊いて！　大嶽さんが『赤木ファイナンス』に乗り込みに行っちゃったんだ。早く連れ戻さないと大変なんだよ」

「どういうことなんだ」

航平がかいつまんで説明しても、祐二はなかなか納得しない。そのくせ「いいから冬美先生に訊いてよ」とせがんでも言うとおりにしてくれない。物分かりが悪いくせに自分で物事を把握しないと動こうとしないのは元々の性格だが、こういうときにはもどかしい。

「だからぁ！」

航平、と大和が運転しながら口を挟んだ。

「折原に代われ」

確かに、そのほうが早そうだ。航平が柊子に電話を渡すと、さすがに柊子の説明のほうが分かりやすかったらしい。ほどなく柊子が携帯に耳を傾けながら、カーナビに住所を打ち込みはじめた。番地まで入力して設定すると、ナビが開始される。

柊子がお礼を言って電話を切った。

「場所、どこ？」

航平が訊くと、大和がカーナビに表示された住所をちらりと眺めて答えた。

「坂本整骨院からそんなに遠くない」

「あんまり柄のよくない場所だよね」

柊子の声に少しトゲがある。

「やっぱり航平くんは留守番しといてもらったほうがよくなかった？」

「……今さら戻れないだろ、間に合うかどうかギリギリだし」

言い訳するように大和の声が弱腰になる。

付き合っていた頃のけんかもこんなふうだったのかな、と少し微笑《ほほえ》ましかった。

❦

祐二が休憩室で電話を終えると、様子を見守っていた冬美がすぐに身を乗り出してきた。

「田所さん、どういうことなの？　大嶽さんに何かあったの？」

どうして『赤木ファイナンス』の住所を知りたいのか訝《いぶか》る冬美に、柊子から聞いたまま大嶽を連れ戻しに行くらしい、と説明した。冬美としては施術に戻ることも憚《はばか》られたのだろう、電話が終わるのをずっと不安な様子で待っていた。

「それが……」

柊子から聞いた話を、できるだけ聞いたまま繰り返す。ビルのオーナーが地上げを企んでいるという話に一つショックを受けたようだが、大嶽が『赤木ファイナンス』から持ちかけられたビルの買い上げに一枚嚙むつもりらしいというくだりでとうとう椅子に崩れ落ちた。

「どうしよう、お客さんをそんなことに巻き込むなんて……！」

「大嶽のじいさんが勝手にやったことですよ、冬美先生のせいじゃありません」

祐二が懸命に執り成すと、

「いいえ、わたしのせいだわ！　わたしが大嶽さんを安心させることができなかったから」

大嶽はつい先日、冬美に借金の肩代わりを申し出ていたという。

「お客様にそんなことをお願いするわけにはいかないってお断りしたの。心配なさらないでって言ったんだけど……」

「当たり前ですよ、出過ぎたことです」

祐二は強く頷いた。――だが、心の隅では、そんなことを持ちかける大嶽の本気にたじろいでもいた。

「借金取りが院にまで押しかけてくるのに、心配しないでなんて気休めにしか聞こえないわよね。わたしが頼りないから、大嶽さんも……」

揃えた冬美の膝に涙がぽつぽつ落ちた。冬美の涙を見たのは初めてだった。

借金や経営の不安を抱えながらも、いつも朗らかに患者やスタッフに接していた。だが、本当はこの細い肩にどれほどの重圧がかかっていたのだろう。

見習いの身とはいえスタッフとして毎日接しているのに、そんなことにも思い至らなかった自分に苛立ちが燻《くすぶ》った。

冬美はしばらく声を殺して泣いていたが、はっとしたように顔を上げた。

「いけない、めそめそしてる場合じゃないわ。大嶽さんを連れ戻さなきゃ」

「俺が行きます！」

ほとんど反射のように申し出ていた。

「でも」

「遠慮しないでください。俺はお客じゃなくて冬美先生のスタッフです」

だから無関係じゃない。大嶽と違ってこれは出過ぎたことではない――

「冬美先生はお客さんを診なきゃ。俺はまだ見習いだし抜け出しても支障ありません。練習台になってくれるのも大嶽のじいさんくらいだし」

それでも腰を浮かせようとする冬美の両肩に、手を乗せる。白衣越しの肩は、手を触れてみるとますます細く、華奢《きゃしゃ》だった。

ぐっと押さえつけて再び椅子に座らせる。

「診療スタッフとしてはまだまだ見習いですが、これくらいは役に立たせてください。絶対、大嶽のじいさんを連れ戻してきます」

冬美が、涙の膜の張った瞳で祐二を見上げた。そんなふうに頼ってくれる眼差しで見つめられるのは一体どれくらいぶりだろう。

ずっと誰かにこんな瞳で見つめられたかったのだ。

「お願いします……！」

冬美がそれだけやっと声にして、両手で顔を覆った。

冬美を残して休憩室を出ると、女性スタッフが案じるように声をかけてきた。

「冬美先生は」

「すぐ診療に戻れると思うから、気にかけてあげて。俺はちょっと外に出てきます」

祐二は白衣だけ脱いでロッカーに放り込み、整骨院を出た。

お願いします、という冬美のたった一言で、勇気は凛々《りんりん》に漲《みなぎ》っていた。

＊

カーナビが目的地周辺を告げて沈黙した。

航平くんは留守番してもらったほうがよくなかった？　と柊子が言った理由はすぐに分かった。

周辺は風俗の看板がギラギラと輝く歓楽街だった。これから夜を迎える時間なので既に黒服の客引きがあちこちに立っている。

「ほんっとにここか？」

大和も慄《おのの》いたようにナビが示した前方のビルをフロントガラス越しに見上げた。

細長く伸びるビルの壁には、上から下までスナックの小さな看板がひしめき合っている。

「三階じゃない？」

柊子がそう言った。三階だけぽかりと装飾がなく、看板も上がっていない。

「行ってみるか」

大和と柊子は航平をどうするか少し相談していたが、結局、路駐の車に残していくのも心配だということで、一緒に行くことになった。

「……折原、絶対離れないでくれよ」

珍しく弱気な声を出した大和に、柊子が「分かってる分かってる」と笑った。

大和が車を降りると、すかさず客引きが近寄って来た。

「お兄さん、どう！　いい子いっぱいよ！」

「けっこうです！　連れがいるんで！」

大和は、逃げるように歩道側から降りた柊子と航平に駆け寄った。客引きが舌打ちしながら去る。

「こんな時間にこんなところを男が一人で歩いてたら、ハイエナみたいに寄ってくるからな」
五、六人ほども客引きをかわして目的のビルに入る。と、
「遅いじゃないか」

エレベーターホールでうずくまっていた先客は祐二である。

「お父さん!?　どうして!?」

「だって整骨院のお客を見捨てるわけにはいかないだろ。冬美先生は診療があるからお父さんが代わりに来たんだ」

気の小さい祐二がこんなところを訪ねるなんて、よほど勇気を振り絞ったのだろう。お父さん頑張ったんだな——と思ったとき、祐二がおどおど言葉を続けた。

「早く行こう。さっき大嶽が上がってっちゃったからさ……」

「何で止めないの!?」

「声かける前にエレベーターに乗られちゃったんだよ！」

「追いかけたらよかったじゃん！」

「闇金の事務所なんて一人で入るの恐いじゃないか！」

現場に来ただけで勇気を使い果たしたらしい。台無しだ。

定員は一応五人だが、デブが一人混じっていたらたちまちブザーが鳴りそうな窮屈なエレベーターで三階へ上がる。

「行くぞ」

大和に促された祐二が竦み上がった。

「俺は後ろで……」

「女と子供を前に出す気かよ！　どう考えても俺らが先だろ！」

叱りつけた大和はさっさと『赤木ファイナンス』のドアをノックした。

「はい！」

野太い声でドアを開けたのは、いつも整骨院に取り立てにくる四角い顔の手下だ。

大和の顔を見て「あっ！」と固まる。

「おい、じいさん！」

大和は手下を無視して、そのまま事務所に押し入った。大嶽は室内の応接セットに座っていた。向かいにスーツの男が二人。小柄な若い男と、大嶽よりも老けて見える老人だ。

そしてテーブルには、札束の詰まったアタッシュケースが蓋を開けて置いてある。

「お、お前……！」

眼鏡の兄貴分がうろたえながら大和を止めようとしたが、大和はそれも振り切って大嶽に歩み寄り、物も言わずにアタッシュケースを閉めた。バンと大きな音が立って、大嶽の向かいの年寄りがうろたえたようにケースに向かって手を泳がせた。

その手を無視して大和がアタッシュケースを大嶽に押しつける。

「帰るぞ」

「何だ、お前ら！　契約の最中だぞ！」

大嶽は気色《けしき》ばんだが、大和は取り合わなかった。

「話は聞いたよ。とにかく一回帰って頭冷やせ」

「これで冬美先生を助けられるんだ、邪魔するな！」

「あんたが単に二千万を散財するだけなら放っとくよ！」

怒鳴りつけた大和に大嶽がぐっと声を呑んだ。

「あんた、痛いところ衝かれてむきになってるだけだろが！　ガキに意地張ってなに背負わせる気だ！　あんたがこの話にいくら積もうと勝手だけど、こいつに関係ないタイミングでやれ！」

こいつに、と言いながら大和が航平のほうを顎で指す。大嶽を止めに来たはずが、大嶽のことは完全に突っ放したその言い草に、大嶽も却《かえ》って毒気を抜かれたらしい。

大和は大嶽の向かいに座った小柄な男を振り返った。

「邪魔して悪いが、今日は一度じいさんを連れて帰らせてくれ。本人がもう一度よく考えて、それでもまた来たら今度は止めない」

男はそれまで微動だにせず状況を眺めていたが、初めて大和に向かって顔を上げた。

「大嶽とはどういう関係だ？」

「単なる顔見知りだよ。本当だったらこんなきかん坊のじいさん、めんどくさいから放っときたい。だから邪魔するのは今日だけだ。頼むから今日は帰してくれないか」

「名前を聞いておいてもいいか？」

「こんな恐いところでわざわざ名乗りたくないな」

男はそれ以上は大和に何も言わず、大嶽のほうに目をやった。

「こっちも今日のために骨を折ってる。手数料だけ置いていけ、百万だ」

大嶽はアタッシュケースを細く開け、札束を一つ摑むと恐る恐るテーブルに置いた。

「行くぞ」

大和が大嶽の腕を摑んで立たせた。引っ張られてよたよた歩く大嶽は俄に十も老け込んだように見えた。

　大和に目で促されて、航平たちは先に部屋を出た。航平がエレベーターのボタンを押すと、大和が「階段だ」と指示した。

「え、何で」

「バカ、待ってる間にあいつらの気が変わったらイヤだろ！」

　一歩も退かずに渡り合っているように見えたが、恐かったことは恐かったらしい。

　ビルを出て車に戻ると、サイドミラーに黄色い輪っかがついていた。

「ああー駐禁取られた！」

　悲鳴を上げた大和が大嶽に嚙みつく。

「罰金、あんたに請求するからな！」

「あ、ああ……」

　大嶽がアタッシュケースを開けようとしたのを大和が「バカ！」と止める。

「そんなとこから出すな、今度でいい！」

　そして「せっかくゴールドだったのに」と免許を惜しみながら車に乗り込む。

　全員が乗り込んだのを確認してから、大和は逃げ出すようにそそくさと車を出した。

大嶽が置いていった百万は、そのまま雇ったホームレスに渡して帰らせた。

赤木はネクタイを緩めながら応接のソファにどすんと腰を下ろした。糸山と石田が案じるようにこちらを窺うが、応じることが面倒だった。

息を深くしてやり過ごそうとしたが、衝動が臨界を超えた。

テーブルの足を力任せに蹴りつけると、陶器が引っくり返る音がして熱いしぶきが膝にかかった。

「っち！」

慌てて膝を避けると、いつのまにやらレイがお茶を赤木の前に置いていたようだ。珍しく気を利かせたのが仇である。

「わたし悪くないと思う」

「分かってるよ！」

言いつつテーブルに置いてあった台布《だいぶ》巾《きん》を取り、こぼれたお茶をせっせと拭く。

赤木の気配が緩んだことに安心したのか、糸山と石田が話しかけてきた。

「大嶽、また来るでしょうか」

「来るわけねえだろ。――つかお前ら、拭きましょうってならないか普通」

赤木が促すとようやく石田が台布巾を受け取る。

「でも、今日しか邪魔しないって……」

「一回冷静になられたらアウトだ、こんな雑な話。あの男は抜け目がなさそうだったしな」

大嶽を連れて帰らせてくれ、と迷った様子もなく赤木に言った。童顔で小柄な赤木を初対面で場のトップだと名指しする者はめったにいない。

そんな目端の利く奴が連れて帰ったのだ、大嶽がまたこの話にのこのこ舞い戻ってくるとは思われない。

「……地上げの話がちょっとこじれるかもな」

あの口の軽そうなじいさんから冬美に話が漏れるだろう。だが、坂本整骨院が借金をしていることは事実だし、証拠がないと突っぱねてごり押せば何とかなる。

「まあ、元の木阿弥になっただけだ」

「ねえ」

声を発したのはレイである。

「わたし、もういいよ。別に、最初から風俗行かされるはずだったし」

「うるさい、お前がさっさと投げんじゃねえ！」

怒鳴ると糸山と石田が縮み上がった。レイは蛙の面《つら》に水だ。

あの、と糸山が恐る恐る口を開く。

「レイ、風俗に引っ張られてるんですか」

「……金が要るって言っただろ」

「いくらで……」

「心配しなくてもそれくらいは何とかする」

大嶽の話がふいになったのは惜しいが、別に当て込んでいたものが飛んだわけではない。

プラマイ0だ、とようやく惜しむ気持ちにけりをつけた。

飛んだ儲けに執着していたら別の話まで危うくなる。

「ちょっと寝る」

ソファに引っくり返ると、他の三人が抜き足差し足で動きはじめた。

がさつな部下たちの精一杯の気遣いに埋もれ、意外とあっさり眠りに落ちた。

第4唱

もろびとこぞりて

諸人《もろびと》こぞりて　迎えまつれ
久しく待ちにし　主は来ませり
主は来ませり　主は、主は来ませり

悪魔のひとやを　打ち砕きて
捕虜《とりこ》を放つと　主は来ませり
主は来ませり　主は、主は来ませり

この世の闇路を　照らし給う
妙《たえ》なる光の　主は来ませり
主は来ませり　主は、主は来ませり

しぼめる心の　花を咲かせ
恵みの露おく　主は来ませり
主は来ませり　主は、主は来ませり

平和の君なる　御子を迎え
救いの主とぞ　ほめたたえよ
ほめたたえよ　ほめ、ほめたたえよ

後部座席の右端にちんまり座った大嶽は、ずっとアタッシュケースを抱えて背中を丸めていた。

誰も一言も口をきかない。

航平が隣から窺《うかが》うと、大嶽は逃げるように窓のほうへと目を逸《そ》らした。口を結んだ横顔はいつもよりも老け込んで見えた。

背中を丸くして黙り込んでいるとこんなに年寄りに見えるのか、と驚いた。今まで若々しく見えていたのは、ふんぞり返って年甲斐《としがい》のない大口を叩いていたかららしい。

大和が坂本整骨院の近くのパーキングに車を入れたとき、やっと大嶽が口を開いた。

「……詐欺だったのか？」

覚束《おぼつか》なく尋ねる声に誰も答えない。航平が他の大人たちを窺うと、結局大和が口を開いた。

「あんたが詐欺だと思わないならまた行けよ」

突き放した返事に航平のほうが慄《おのの》いた。だが、大嶽はへへっと笑って頭を掻いた。

「そうだな、ちょっとばかり焦りすぎたしな。落ち着いてもう一度考えてみるか」

ああ、丸まった背中が少し反った——と思ったとき、

「バカか、あんた！」

割り込むように口を挟んだのは航平を間に挟んだ祐二である。

「詐欺に決まってるだろ、あんな話！」

びくっと大嶽が肩を縮こまらせた。

「冬美先生は、あんたが詐欺に引っかかったら自分の責任だって泣いてたんだぞ！　そうじゃなくても気苦労が多いのに迷惑かけやがって！」

めいわく、と口の形は動いたが、大嶽の声は紡がれなかった。

「年甲斐もなく冬美先生にのぼせ上がってるけど、いいかげん自分の年を自覚しろよ！　あんた、こんな見え透いた詐欺にまんまと引っかかるような年寄りじゃないか！」

祐二の声に打たれるたびに、大嶽はみるみる縮んでいくようだった。少し反ろうとした背中が曲がり、肩が下がり、首が落ち——どんどん萎《しぼ》んだ年寄りに、

「やめて！」

航平はたまらず祐二に摑《つか》みかかった。

「冬美先生にのぼせ上がってるのはお父さんだって一緒じゃないか！」

今度は祐二が引っぱたかれたように声を呑《の》む。その打ちのめされた表情に泣きたくなる。

傷つけたくないのに、どうして傷つけさせるんだろう。

いたたまれないような沈黙が車内を満たした。

やがて祐二が「大嶽さん」と呼んだ。

「悪かった。言いすぎたよ」

いや別に、と大嶽は首を横に振ったが、その姿かたちは老人の型に嵌《はま》り込んだままだった。

「冬美先生が心配してるから、一度整骨院に……」

「いや……ちょっともう、」

いつも張りのあった声まで老人のようにしわがれている。

「こんな醜態をさらしてお邪魔するなんてできんよ」

「でも、冬美先生が待ってるから」

「謝っておいてくれるか。——恥ならもう充分にかいた、年寄りを哀れと思ってこれ以上は勘弁してくれ」

とうとう自分で言ってしまった。初めて会ったときは、おじいさんと呼ぼうとした航平に怒って目を剝《む》いたのに。

「すまなかったな」

誰にともなく詫びて車を降りようとした大嶽に、大和が「じいさん」と呼びかけた。

「乗ってろ、家まで送ってく」

「いや……」

「いいから人の厚意に甘えとけ。二千万ぶら下げて夜道を歩くなんて、物騒にも程があるだろ」

そして大和が祐二を振り向いた。

「降りろよ。冬美先生に報告しなきゃならないだろ」

「あ、ああ」

祐二が降りてから車を出し、大和はパーキングの精算機にカードを挿しつつ「十分そこそこしか駐めてないのに大損だ」とこぼした。

「ああ、じゃあ俺が……」

「だからそっから出すなっつーの！」

アタッシュケースを開けようとした大嶽を大和が叱り、大嶽がへの字口になった。

「もうちょっと年寄りをいたわったらどうだ」

「そんな現金気軽に動かせるようなじいさんを何で若造がいたわらなきゃならないんだよ。悠々自適もいいとこじゃねえか」

憎まれ口を叩く大和は、一向に大嶽をいたわる様子はない。少し優しくしたほうがいいんじゃないか、と航平ははらはらしたが、大嶽は「最近の若い者は」と膨れ面をしつつも少し元気を取り戻したようだ。

大嶽の指示でしばらく車を走らせ、たどり着いたのは立派な高層マンションだ。

大和がポーチに車を着けると、大嶽は「ありがとうよ」と車を降りた。

「今までいろいろ悪かったな」

航平にそう言ってドアを閉めた大嶽は、大和と柊子に向かって深々と頭を下げた。

そして玄関へと歩き出す。

――ふと予感がした。

「ねえ！」

窓から大嶽に身を乗り出す。大嶽が肩越しに振り向いた。

「整骨院、また来るよね⁉」

大嶽の頰に笑みが浮かんだ。――まるで強がるように。

「またそのうちな！」

手を振って再び歩き出した背中は、丸まってはいなかったがもう振り返らなかった。

大和が軽くクラクションを鳴らして車を出す。

「……もう来ないのかな」

呟《つぶや》くと、「少し気まずいかもね」と柊子が答えた。

「かわいそう……冬美先生のこと、マドンナだって言ってたのに」

「心配しなくても次から次へとマドンナ見つけるタイプだ、あれは」

大和が運転しながら口を挟む。

「若い頃は奥さん苦労してただろうな」

そうかもね、と柊子も笑った。

「昔はきっとハンサムだっただろうし」

「顔がいいうえ金持ちかよ、いけすかないタイプだな」

二人が話している様子を見ていると、それほど心配ないのかなと思えた。

ほっとして背もたれにもたれたとき、柊子の携帯が鳥の声の着信を鳴らした。液晶を確かめた柊子が「社長から」と少し不安そうに大和を見た。

大和の表情も少し険しくなる。

「はい、折原です」

電話に出た柊子の声は、すぐにうろたえる調子を帯びた。

「今ですか？　あの……今はその……」

「代わる」

言いつつ、大和が車を路肩に寄せた。柊子が「すみません、ちょっと電話を代わります」と大和に電話を渡す。

明らかにまずい雲行きに航平も固唾《かたず》を飲んで見守った。

「申し訳ありません。今、三人で横浜に来ています。車なので小一時間で戻ります。……はい、事情は戻ってから」

少しの通話の中で大和は「すみません」と何度か謝って、電話を切ってから航平を振り向いた。

「お母さんにばれた」

心臓がきゅっと一回り縮んだ。――どうして。

時間はまだ七時前だ。いつも帰ってくる時間はもっと遅いのに。

「お母さん、さっき家に帰ったそうだ。熱が出たから自宅シッターに切り替えたって言われたのに家にいないって会社に問い合わせてきたらしい。今、会社に来てる」

そして大和は「すまん」と重たげに頭を落とした。

「お母さんには会社都合って言うようにしとけばよかった。……普通のお母さんって、子供の具合が悪くなったら頑張って早く帰ってくるんだな」

まるで普通のお母さんを知らないような口振りだった。大和を見つめる柊子の横顔が苦しそうに歪《ゆが》み、手が胸元を押さえた。――きっとそこが痛い。

「ごめん、わたしが連絡したんだから気を利かせとけばよかった」

航平は思わず助手席に身を乗り出した。

「柊子は悪くないよ！　ぼくがお父さんに会いたいって言ったんだから！」

――もしばれたら、連れてったのは俺だって言え。

あの約束が果たされるときが来ただけだ。

「戻るぞ」

大和が車を出した。

戻ったら圭子が待っている。覚悟を決めようと思ったが、やっぱりどうしても気にかかったので訊《き》いてしまった。

「……お母さん、怒ってるみたい？」

「だいぶな」

あっさり答えた大和が溜息をついた。

「……社長もだいぶ怒ってる」

「一緒に怒られてあげるよ」

「そっちもな」

軽口を交わしたものの、その後は誰もほとんど口をきかなかった。

『エンジェル・メーカー』に戻ると、柳眉を逆立てた圭子が待っていた。

航平を見るなり座っていたソファから足を踏みしめるように立ち上がる。

「どういうことなの、航平！」

ごめんなさい、と航平が大声で頭を下げると、二重奏で「すみません」が重なった。

見ると、大和と柊子も腰から折るようにして頭を下げていた。

圭子は少し気圧《けお》されたようで、一瞬声を呑んでから戸惑ったように言葉を繋《つな》げた。

「こんな……具合が悪いなんて嘘ついて、……」

「嘘をついたのは俺です」

「ちがうよ、ぼくだ！　ぼくが嘘つかせたんだ！」

「うっせえ、黙ってろ！」

二人で押し問答になったところへ、英代が静かに声を挟んだ。

「どういうことかわたしも訊かなきゃいけませんから、まずは座りましょう」

圭子の肩に触れて促し、応接コーナーに全員が腰を下ろした。ベンさんと朝倉は、気がかりそうに様子を窺っている。

最初に口を開いたのは英代だ。

「二人とも、田所さんの信頼を裏切ったことは分かってる？」

はい、と大和と柊子が短く答えて俯《うつむ》いた。まるで、お母さんに叱られている子供のようで、圭子に縮こまっている航平と同じに見えた。

「預かった子供さんを無断で連れ出すだけでも大問題なのに、航平くんの具合が悪くなったなんてごまかして……働くお母さんにとって、子供さんの具合は何より心配なものなのよ」

すみません、と二人がますます小さくなる。

「折原さんの知り合いの英会話教室に通ってるっていうのも嘘なのよね？」

頷《うなず》く柊子の目はもう自分の膝から上がらない。

「ぼくが考えたんです、そう言って抜け出そうって」

航平が口を挟むと、英代は「今は二人に話を聞いてるの」と静かに諭《さと》した。

「今まで抜け出した日はどうしてたの？」

「ずっと横浜へ行ってました」

答えたのは大和だ。

「航平くんの話を聞いて勝手に同情しました。横浜で働いているお父さんに会いたいというので、協力してやろうと折原に持ちかけました」

柊子がはっとしたように顔を上げる。

「いえ、最初はわたしが……」

「折原はずっとためらってました。後押ししたのは俺です。いつも車で送り迎えしてました」

畳みかけた大和が大きく頭を下げる。

「すみませんでした。どのようなお叱りも受けます」

柊子も負けじと言い募る。

「あの、わたしが先なので。わたしに仰ってください」

責任を奪い合っているような二人に、英代が小さく溜息をついた。そして、圭子に向き直る。

「今月分のスクール料金はもちろんいただきません。他にもご希望があれば、できる限り沿わせていただきます」

深く頭を下げた英代に圭子は頷き、そのまましばらく俯いていた。

やがて、窺うように航平に向けて顔を上げる。探るような眼差しが航平を刺す。

「……どうして、お父さんに会いに行ったりしたの」

どう答えても圭子を傷つけるような気がして、口を開くことができなかった。思いつくどんな言葉も致命的になりそうで、声を出すことが恐《こわ》かった。

「どうして答えないのッ！」

圭子が突然爆発した。炸裂したガラス片のような声だった。

「返事は⁉」

金切り声に追い詰められるように口が勝手に動いた。

「お……お父さんに会いたかったから……」

「お母さんをバカにしてるの⁉」

思いも寄らない理論の飛躍に頭が真っ白になった。どうしてお父さんに会いたいということがお母さんをバカにすることになるのか。航平にはまったく分からない。

「お父さんがお母さんを裏切ったことは知ってるでしょう⁉　それなのにお父さんに会いたがるなんて、お母さんをバカにしてる以外の何なの⁉」

「ちがうよ！」

「違わないわよ！　航平までお母さんを裏切るの⁉」

「ちがう！」

お父さんのこともお母さんのことも好きだ。たったそれだけのことがそんなに悪いことなのか。

英代が執り成そうとしたが、圭子は振り切って航平に詰め寄った。

「航平はお父さんとお母さんとどっちが大事なの⁉」

絶望で目の前が眩《くら》んだ。父も母もどうしても選ばせなくては気が済まないのか。

航平にどちらかを切り捨てさせないと納得しないのか――

「そんな訊きかた卑怯《ひきょう》だよ！」

「卑怯なのはどっちなの⁉　嘘ついてお父さんに会いに行ったりして！」

「会いたいって言ったら会わせてくれた⁉」

圭子が初めて言葉に詰まった。

「ほら！　だからこっそり会うしかなかったんだ！」

やっと摑んだ反駁《はんばく》する隙《すき》に必死でむしゃぶりつく。

「お母さんもお父さんもどっちも好きだよ！　それじゃ駄目なの⁉　ぼくはお父さん

とお母さんとずっと一緒にいたいだけだよ！」

「お母さんの味方になってよ！」

　叫んだ圭子がテーブルに泣き伏した。

「浮気されたあげく、そもそも妻のあんたが家庭を顧みないからだっておじいちゃんとおばあちゃんに責められたのよ！　あんたが味方になってくれなかったら一体誰がお母さんの味方になってくれるのよ⁉」

　祖父母が仲裁を間違えたことは薄々察していた。だが、そんなひどいことを言っていたとは知らなかった。

「仕事が好きってそんなに悪いことなの⁉　家庭も仕事も両立したいっていうのは、お父さんに浮気されても仕方ないようなことなの⁉」

「そんなことないよ！」

　航平の知らない場所で圭子にそんなことを言っていた、そのことだけで祖父母は今すぐにでも嫌いになれる。――だが、

「……でも、お父さんのことは許してあげてよ。だってお父さんなんだから」

　圭子の声が途切れた。聞いてくれているのか。聞いてくれているうちに、と言葉が急《せ》いた。

「きっとお父さん、お母さんが怒ってるから恐くて謝れないんだ。分かってあげて。お母さんが怒らないで話を聞いてあげたら、きっと謝ってくれるよ」

机に突っ伏していた圭子がゆるりと顔を上げた。乱れた髪の間から燃えるような目が刺して、決定的に間違えたことを知った。

「どうしてお母さんが許してあげなきゃいけないの⁉」

嚙《か》み砕くような声に気持ちが軋《きし》む。

「そんなにお父さんが好きなら、あんたなんか、お父さんのところに――」

致命的な言葉が完結しようとした刹那《せつな》、その末尾をかき消すようにテーブルが強く叩かれた。威嚇《いかく》のようなその音に圭子が息を吞む。

両手を力いっぱいテーブルに振り下ろしたのは大和だった。

そのまま顔を上げて圭子を見る。

「あなたがいいお母さんだと知っています。――だから、一時の感情で間違えないでください。お願いします」

吞まれていた圭子がまなじりを吊り上げたが、また大和が機先を制した。

「俺が言えた立場じゃないことは分かってます。でも、それを言ったら、取り返しがつきません。子供はまともに受け取るんです。親に与えられたものは何でも」

異様な迫力に圭子が再び呑まれた。大和の目に負けたように俯く。

やがてすすり泣きはじめた圭子の背中を、英代が隣からいたわるようにさすった。

「お母さんだって人間ですもの。傷つけられたら、傷つけ返したくなるのは当たり前ですよ。子供だからって力が弱いわけじゃありませんもの。愛されてる子供さんほどお母さんを傷つける力を持ってるんですもの」

優しげな英代の声は、圭子をいたわりつつ同時に航平を諭している。航平にそんなつもりはなかったが、どこかで決定的に圭子を傷つけたのだ。

愛されている子供ほど母親を傷つける力を持っている。——きっと愛してなかったら航平の言葉なんかで傷つかない。これほど取り乱してもいない。

お母さんを許してあげられるわよね、と英代は声の裏側で言っている。

あんたなんか、お父さんのところに——投げつけられたその言葉が、どう結ばれるはずだったか、考えることはやめた。

大和が止めてくれたからだが、圭子は結局言わなかったのだから。

言わなかった言葉はノーカンだ。

「でも、子供さんを夫婦の裁判官にしちゃいけません」

英代は圭子のことも続けて諭した。

「ご両親を愛してる子供さんにどちらかを裁かせるのは残酷ですよ。夫婦は別れたら他人ですけど、航平くんにとっては一生お父さんなんですから」

何の前触れもなく涙が頰を滑り落ちて、航平は慌てて俯いた。

ずっとずっと航平が思っていたことに、英代はぴったりの言葉を当てはめてくれた。

圭子のすすり泣く声はやまなかった。

やがて、抜き足差し足で朝倉がお茶を持ってきた。そぅっとそぅっと、物音を立てないようにお茶を全員の前に置き、また抜き足差し足で帰っていく。

初めて朝倉が空気を読めていたかもしれなかった。

朝倉のお茶は渋すぎたが、湯飲みの温かさが少しずつ強《こわ》ばった空気を和らげた。

「……もう黙ってお父さんに会いに行かないで」

圭子がぽつりと呟いた。

もう会うなということか。とっさに返事ができずに固まっていると、柊子がそっと囁《ささや》いた。

「黙って会いに行かないで、って」

繰り返されて言葉の力点がどこにかかっているか分かった。――黙っていなかった

ら、

「会いに行ってもいいの？」

思わず訊くと、圭子は疲れたように答えた。

「嘘つかれるよりはマシよ」

ああ、まだ許してくれたわけじゃないんだなと、その口調に胸が竦《すく》む。

「この子がまた主人のところに連れていけと言い出すかもしれませんが、そのときはこちらにも一報お願いします」

言いつつ圭子が英代に頭を下げる。

「それはもう……こちらこそ、スタッフが今まで無断で勝手なことをしまして」

大和と柊子がほとんどひれ伏すように頭を下げる。

帰るわよ、と圭子が腰を上げる。航平ものろのろ立ち上がった。圭子がベンさんと朝倉に騒ぎを謝るのを後ろで待つ。

すると大和が航平のそばに来て囁いた。

「お母さんにあのノート読んでもらえ」

どのノートのことを言っているのかはすぐ分かった。だが――

「イヤだよ、そんな」

「いいから!」

「だって」

恥ずかしいという以外にも理由がある。

「冬美先生のことだって出てくるよ」

「それでも見せたほうがいい。信じろ」

そして大和が航平の肩を押した。ちょうど圭子がこちらを振り向くところだった。

大和が圭子に一礼した。

「さっきは生意気言ってすみません」

「いえ……」

圭子は気まずそうに会釈した。

「止めてくださって助かりました」

その言葉にほっとした。——カッとしただけで本心ではなかったのだと信じられた。

帰り道はお互い一言も喋《しゃべ》らなかった。

航平のほうは何を言ったらいいのか分からなくて口を開けなかった。

圭子のほうはどうなのだろうと思いながら、先を歩いていく圭子の背中を追った。

……もしかすると、お父さんとお母さんがひどくけんかをしたあの晩に、わたるが眠ってしまったからいけないのかもしれません。

あのとき、わたるが仲直りしてよとお願いしていたら、お父さんとお母さんは離婚しなかったかもしれません。

もう手おくれなのでしょうか。

わたるが悲しい思いをしていると、働き者のお母さんがよそのおばさんに言いました。

「お父さんが、もっと仕事を応えんしてくれる人だったらよかったのに。」

わたるの胸に、希望の光がさしました。

お父さんが、お母さんの仕事を応えんしたら、仲直りできるかもしれません。

お父さんにこのことを教えてあげられるのは、わたるしかいません。

わたるはお父さんに会いに行く決心をしました……

……わたるはトーコに頼んで、お父さんのところに連れていってもらいました。

お父さんは遠くの町の小さな病院で働いていました。

お父さんは優しくしてくれる院長先生にぼーっとなっているようでした。

わたるはがっかりしましたが、院長先生はお父さんを相手にしていないようなので安心しました。院長先生はみんなに優しいのです。

その日の帰りがけ、オータケというおじいさんと知り合いました。

オータケも院長先生にぼーっとなっている人です。

院長先生と一緒に働いているお父さんが目ざわりで、お父さんを病院から追い出したいと思っています。

「お前もお父さんに家にもどってきてほしいだろう。協力しようぜ。二人でお父さんが家に帰るように説得するんだ。」

一人で説得するより、二人で説得するほうが効き目がありそうです。

こうしてわたるはお父さんの働く病院に通うようになりました……

……わたるとトーコは誰にもばれずにうまく病院に通っていましたが、ある日、ヤマトにばれました。

ヤマトはスクールからわたるとトーコを迎えに来ました。

ヤマトはわたるをものすごく怒りました。わたるがトーコの優しさに付け込んでむりやりお父さんのところに連れていかせていたからです。

ですが、ヤマトはその後わたるの話も聞いてくれました。

わたるは一生けんめい話しました。

わたるはお父さんとお母さんに仲直りしてほしいと思っていました。

そのためにお父さんに謝ってほしいと思っていました。

お母さんにちゃんと謝って、お母さんの仕事を応えんしてくれたら、お母さんはお父さんをゆるしてくれるかもしれないのです。

お父さんとお母さんを仲直りさせることができるのはわたるだけなのです。

ヤマトはわたるの話を静かに聞いてくれました。

わたるを家まで送ってくれたヤマトは、お母さんには何も言わずに帰りました……


……わたるは一人になってからヤマトに怒られたことを考えました。

わたるはヤマトの言葉を思い出しました。

「自分が不幸だったら他人に何を言ってもいいと思ってるのか。この世で自分だけが不幸だと思ってるのか。」

わたるははっとしました。

トーコが言うことを聞いてくれたときの悲しい顔を思い出しました。

わたるは、トーコに言うことを聞かせるために、トーコを傷つけたのです。

わたるは、とんでもないひきょう者でした。

自分をかわいそうがっていたら、とんでもないひきょう者になってしまっていました。

わたるは、次にトーコにあったら謝ろうと思いました。

次の日、トーコがまたむかえに来てくれていました。

「今までごめんなさい。」

わたるはトーコに謝りました。

「もう一人で行くから連れていってくれなくていい。今まで、わがまま言ってごめんなさい。」

わたるは、お母さんに怒られてもいいから、お父さんに会いに行こうと決心していました。

すると、そこへヤマトがやってきました。

「一人で遠くの町へ行くのは危ないから、おれが連れていってやる。」

と言いました。

ヤマトは、わたるの決心が固いことを知って、協力してくれる気になったのでした
……

航平はノートから顔を上げた。

ごはんとお風呂が済んでから自分の部屋でずっとノートを読んでいて、気がつくと濡《ぬ》れた髪がほとんど乾いていた。

大和はこれを圭子に読んでもらえと言った。何度読み返しても圭子に見せて大丈夫かどうか分からない。

わたるの物語は、オータケを「院長先生の借金のことだって真面目《まじめ》に心配してないくせに」と詰《なじ》った日のことで終わっている。

お父さんとお母さんのことは、ちゃんと話し合ってって自分で頼む。だから口出ししないでよ――

そう宣言してから後、今日の出来事はまだ書いていない。

院長先生にぼーっとなっているくだりは消したほうがいいのかと何度か消しゴムを手に取って迷ったが、消したところを上手《うま》く埋められる自信がない。

信じろ、と大和は言った。しかし、大和が読んだことがあるのは最初のほうだけだ。わたるがお父さんに会いに行こうと決心した辺りまでだった。

あれから航平がどんなふうに書いたのか知らないはずだ。どうしてあんなに揺るぎなく読んでもらえと言ったのか分からない。

だが、きっと大和は航平にとって悪いことは言わない。

「そろそろ寝なさい」

圭子が部屋をノックして声をかけた。開かないドアにまだわだかまりが残っている。とっさにノートを摑んでドアのほうへ駆けた。

「お母さん」

ドアを開けて声をかけると、廊下を立ち去りかけていた圭子が振り向いた。

「これ読んで」

ノートを差し出す。

「ぼくが書いたお話なんだ」

圭子は怪訝《けげん》な顔で受け取った。

「……お母さんには見せないんじゃなかったの」

圭子も航平が趣味で物語を書いていることは知っている。読ませてよとせがまれたことも何度かある。だが、恥ずかしいからと一度も見せたことはなかった。

「いいから読んで」

圭子がノートの表紙をめくったので慌てて止めた。

「ぼくのいないところで」

そして「おやすみなさい」と部屋に駆け込む。

リビングに戻っていくスリッパの足音を聞いて、胸が早鐘のように鳴った。

もうソファに座っただろうか。今ごろノートを開いただろうか。――最初の一行を読んだだろうか。

考えると息が詰まってくるようで、航平は頭まで布団を被《かぶ》ってぎゅっと目を閉じた。

翌朝、起きてリビングに行くと、テーブルの上にノートが置いてあった。

圭子は台所で卵を焼いていた。

読んだ？　と訊くことはできずに、自分の椅子に座ってノートを背もたれに隠す。

圭子が航平の前に朝ごはんのお皿を出した。卵とハムと刻んだキャベツ。

一緒に籠で出されたバターロールをちぎって口に運ぶと、圭子が口を開いた。

「わたるって航平のことなの?」

大和も読んだときそれを訊いたな、と思い出した。大人はどうしても興醒めなことを訊かずにいられないらしい。

「……ほとんどそうだけど……でも、お話だから……」

まったく同じじゃない。自分のことをそのまま書くのだったら日記を書けばいい。

「わたるはお父さんに謝らせようとしてるのね」

わたるのこととして話してくれたことにほっとする。航平自身のこととして話されたら上手く喋れない。

「お父さんは謝ってくれそうなの?」

「……今、頑張ってるところ。わたるのお父さんは、困った人だから……でも、悪い人じゃないから、最後はきっと聞いてくれると思う」

そう、と圭子は頷いて手元のコーヒーをすすった。

「わたるはお父さんとお母さんが仲直りできると思ってるの?」

そう訊かれて、わたるが仲直りできるとは思っていないことに気がついた。

「できたらいいなって思ってる」

子供には願うことしかできない。航平にも願うことしかできない。

「わたるはすごく後悔してるんだ。お父さんとお母さんのけんかが恐くて聞こえない振りして眠っちゃったから。あのとき、けんかを止めたらよかったって。――わたるが止めなかったからお父さんとお母さんは別居しちゃったのかもって」

「わたるのお母さんは、わたるがそんなふうに自分を責めてること気づいてなかったと思う。気づいてあげられなかったことをわたるは許してくれると思う？」

「お母さんのことを責めたりしないよ。わたるは自分を責めてるんだ」

「お母さんのほうはわたるに自分を責めないでほしいと思ってるわ、きっと」

圭子と顔を見合わせ、同時に小さく笑いが漏れた。

「お母さんはわたるのことが大好きなんだね」

「わたるはお母さんのことが大好きなのね」

そこにお父さんも加われればいいのに――それはもう願っても詮無《せんな》いことなのだろうか。

「わたるはお父さんとお母さんに話し合ってほしいのね」

「うん」

「お父さんが謝ってくれるなら、お母さんは会ってもいいって言うかもしれないわ」

航平は思わず圭子のほうへ身を乗り出した。圭子は航平の顔を見ずにコーヒーに口をつけた。

テレビのニュースがコマーシャルに切り替わった。すっかり見飽きたクリスマスケーキの宣伝だ。サンタとトナカイがかわいらしいアニメーションで踊っている。

「クリスマスを家族三人で過ごさせてあげたら、わたるは喜んでくれるかしら」

「……きっと喜ぶよ」

食卓ではそれ以上わたるの話は出なかったが、航平が学校へ行くとき圭子が言った。

「お父さんに会いに行くなら、ヤマトかトーコに連れていってもらうのよ」

大きく頷き、航平は玄関を飛び出した。

❦

「大和！」

弾んだ声に大和が振り向くと、鳩尾《みぞおち》に弾丸のような衝撃が来た。

おふっと息を吐いて腹をくの字に折ると、屈《かが》んだ目の前に黒いランドセルが被った。

飛びついてきたのは航平だ。

「ごめんね、痛かった？」

痛えよ！　——と怒鳴り返すのも億劫《おっくう》なくらい痛かったので、無言で航平を腹から引っぺがす。航平はそんな大和に頓着するのがもどかしい様子で続けた。

「お母さんが、お父さんに会いに行っていいって！」

思わず目元が緩んだ。

「……そうか」

やっぱりいいお母さんだった——そのことが嬉《うれ》しかった。

「大和の言ったとおりだったよ！」

航平の声は第一声からまるで躍っているようだ。

「お母さんにノート見せたんだ」

それなら圭子の態度が変わったことも頷ける。

物語にこと寄せてはいるが、航平の思いが切々と綴られていた。大和が節を曲げて横浜行きを手助けするほど揺らいだ、その最初の一撃だった。

母親に届かないわけがない。

「大和のおかげだよ！　お父さんが謝ってくれるなら会ってくれるって。クリスマスも家族三人で過ごしてくれるかも」

「そうか、それじゃ困った親父を早くどうにかしなくちゃな」

『エンジェル・メーカー』のクリスマス倒産記念忘年会は終業の二十五日だが、世間一般の感覚で考えるとクリスマスを祝うのは前日の二十四日だ。

「うん、だから早く行こう。お母さん、大和と柊子に連れていってもらえって」

「つかお前、」

大和ははしゃぐ航平の頭をぺしっと引っぱたいた。

「俺のおかげで俺に連れてってもらうのに呼び捨てしてんじゃねえよ」

「分かった、おじさん連れてって」

「おじさん言うな!」

大和が目を怒らせると航平は笑いながら逃げた。「おやつちょうだい!」と柊子に声をかけてキッズルームに駆け込む。

給湯室へ向かう柊子が、探すようにこちらを見た。お互い目が合う。柊子の口元が笑みを含み、自分も今そんな表情になっているのだろうなと思った。

「……よかったなぁ、丸く収まったみたいで」

ベンさんが横から声をかけてきた。

昨日の修羅場の後、家に帰ってから大丈夫だろうかと全員が気にかけていた。

「田所さんみたいな人でも報われないことっていろいろあるのね」

朝倉も話に割り込んでくる。

「あんなに仕事できて、お母さんとしても頑張ってるのにね」

「お母さんとしては報われてるだろ」

大和がそう言うと、朝倉はキッズルームのほうを眺めて微笑《ほほえ》んだ。

「……そうね。あのこまっしゃくれた子があんな顔してるんだもんね」

ようし、と朝倉が席を立つ。

「あたしも頑張ろ！　ちょっと抜けるね」

「どこ行くの？」

尋ねたベンさんに、朝倉はショルダーバッグを引っかけながらガッツポーズをした。

「面接！　今回、手応え感じてるんだ」

「頑張れよ～」

ベンさんがひらひら手を振り、大和もお義理で一応振った。朝倉が出て行ってから
ベンさんがぽつりと呟く。

「……みんな幸せになるといいよなぁ」

「朝倉さんはいろいろ不器用そうで心配ですよね」

ばーか、とベンさんが大和の額の真ん中にデコピンをくれた。

「お前もだろ。人のこと上から心配してる場合か」

不意打ちのデコピンはひりひり痛かったが、気遣いは逆にくすぐったい。

「社長に外出の許可取ってきます」

社長室に顔を出すと、英代は電話の最中だった。手振りで待つように指示しながら英代が電話を切り上げる。

「航平くん、来た？」

受話器を置くなりそう訊かれ、「はい」と頷く。

「横浜に連れていってほしいそうです。——お母さんが、お父さんに会うのを許してくれたって。クリスマスも家族三人で過ごしてくれるかもしれないって」

英代が静かに大きく息を吐いた。そして輝くような笑顔になる。

「よかったわ」

「はい」

「早く連れていってあげなさい、田所さんにはわたしから連絡しておくわ」

急かす英代に大和は大きく頭を下げた。

「すみませんでした。勝手なことをしました」

もういいからと昨日はまともに謝らせてもらっていない。

「最後の最後にご迷惑をおかけして」

「俊くん」

子供のときからの呼び方で、子供のときに呼ばれたような声だった。

「わたしたち、子供が好きだったの。だから、子供服の会社を始めたの。いつか自分たちの子供にうちの服を着せたいねって」

その話を聞いたときが巻き戻った。おじさんが亡くなったときだった。

「いつか子供を授かるなら、俊くんみたいな子だといいねって言ってたの。俊くんが来てくれたから、あの人が亡くなった後も『エンジェル・メーカー』を続けられたのかもしれないわ」

答える言葉がなかった。――身に余る。

「最後の最後に、航平くんに家族で過ごすクリスマスをプレゼントしてあげられたって聞いたら、あの人きっと、『エンジェル・メーカー』はすてきな会社だったたねって言ってくれると思うのよ」

死ぬ気で踏ん張ろうとしたが、駄目だった。せめて俯く。その足元に涙がいくつも落ちた。

洟《はな》をすするのをこらえていると、英代が立ってそばに来た。

正面から大和を抱き締める。ふんわりと温かい腕に包まれる。

一体、いつ以来だったろう。

「まあまあ、随分大きくなったのねえ。もうあの人より高いかもしれないわ」

おばさん、と呟いて英代の肩に頭を預けた。英代は子供をあやすように大和の背中を叩いてくれた。

赤くなった目が戻るまで、会社を出るのは三十分ほど遅らせた。

何もたもたしてるんだよ、と会社を出るのが遅れたことに文句を垂れたので、車に乗り込む前に航平の尻を蹴飛ばしてやった。

「児童虐待だぞ、おじさん！」

「躾《しつけ》だ、躾！　ズボン下ろしてお尻ぺんぺんのほうがよかったか？」

「やだよ！」

航平がズボンのウェストを両手で摑んだ。やりかねないと思ったらしい。

車を出してから航平がランドセルを開けた。薄いポケットから白い封筒を出して、それを助手席の柊子に渡す。

「柊子、最後にもう一回読んで。字とか間違ってたら直す」

封筒の中から便箋《びんせん》を引っ張り出した柊子に、大和は「おい、酔うぞ」と声をかけた。

昔、車で目的地のガイドブックを読んでいて具合が悪くなったことがある。

「大丈夫だよ、少しだから」

柊子が読みはじめてしまったので、大和は航平をバックミラー越しに振り向いた。

「何だ、それ」

「お父さんに手紙。今日はこれ渡してすぐ帰ろうと思って……」

ノートに綴られていた物語には、大和がうっかり読み入ってしまうくらいの何かがあった。航平が書いた手紙なら、直《じか》に話すよりも届くものがあるかもしれない。

柊子は一度信号に引っかかっている間に手紙を読み終えた。

「この前と少し変えたんだね」

返された手紙を受け取りながら航平が頷く。

「うん。お母さんがクリスマスを一緒に過ごしてくれるって言ったから……」

「そうだね、お父さん少し安心するかもね」

航平がまたランドセルのポケットに手紙をしまう。

途中で少し渋滞して、横浜に着くのはいつもより少し遅れた。

パーキングに車を入れて整骨院へ行くと、いつも当たり前のような顔をして待合室に居座っている大嶽がいなかった。

「やっぱりもう来ないのかな……」

気がかりそうに呟く航平の頭を、大和は後ろから指で突いた。

「いくら何でも昨日の今日だぞ、のこのこ来てたら逆にびっくりだろ」

「そっかな……」

航平が少しほっとしたような顔になる。

大嶽がいると一人で賑《にぎ》やかなので気づかなかったが、整骨院の患者はかなり少なくなっているようだった。十台近くあるベッドも、稼働しているのは三つ四つである。

柊子が航平に付き添って来はじめた頃はもう少し多かったというから、『赤木ファイナンス』が頻繁に取り立てに現れるようになったことが響いているのだろう。

祐二は患者の寝ている治療機を操作しており、それを終えるとこちらにやってきた。

「昨日は……」

大和と柊子に向かって決まり悪そうに会釈する。

と、そこへ冬美がやってきた。大和たちに向かって丁寧に頭を下げる。

「昨日はたいへんお世話になりまして……すみませんでした」

祐二からことの顚末《てんまつ》は聞いているらしい。

「いえ、別に……院長さんに謝ってもらうようなことじゃ」

冬美のためにしたことではないので据わりが悪い。

すると航平が横から口を出した。

「知ってるじいちゃんが騙《だま》されたら寝覚め悪いから連れ戻してきただけだよ」

覚えのある言い分に、生意気なと航平を軽く小突く。冬美がくすりと笑って、航平に目の高さを合わせた。

「航平くんにはもう一つ謝らなきゃいけないことがあるの」

首を傾《かし》げた航平に、冬美の笑みは少し寂しそうになった。

「この整骨院は、来月で閉めることになりました。せっかく今までお父さんに会いに来てくれてたのに、ごめんね」

えっ、と航平が目を瞠《みは》る。祐二が騒がないのは先に聞いていたらしい。

「……どうして？」

「もう潮時だから」

「でも……大嶽さんだって、バカだったけど冬美先生の整骨院を守るために頑張ったのに」

だからこそだ、というのは航平にはまだ分からないことらしい。

「お客さんをこんなことに巻き込んでしまった時点でわたしは院長失格なのよ。祖父の遺した院を守りたくて今まで頑張ってきたけど……やっぱりわたしが切り盛りするには規模が大きすぎたんだわ」

冬美に悔しそうな様子はなく、むしろ晴れ晴れとしている。もう決めたことだからだろう。

「幸い、親戚がお金を貸してくれることになって……整骨院を閉めて機材を処分したら、残った祖父の借金を返して、スタッフにも最後のお給料を払えるから」

「ご立派です」

大和が口を挟むと、まだ物言いたげだった航平が渋々黙った。

「うちの社長も大切な人の遺した会社を経営していましたが、同じ決断をしました」

「わたしたちもクリスマスで倒産だけど、最後のお給料を払ってもらえるからすごく助かってますよ」

柊子も口を添え、そして祐二に笑いかけた。

「助かりますよね」

祐二も慌てて頷き、すると冬美が救われたように「ありがとう」と微笑んだ。

そして、航平の頭を軽くなでる。

「閉まっちゃうまでは遠慮なくお父さんに会いに来てね」

治療室のほうに立ち去る冬美を見送り、航平が不満そうに呟いた。

「大嶽さんががっかりするよ……」

そうかなぁ、と柊子が首をひねる。

「さすが冬美先生、潔い決断だ！　それでこそ俺のマドンナ！」

いきなりの声真似に男三人が目を丸くすると、柊子は澄まして「意外とこんな感じかもよ？」と笑った。釣られて全員吹き出してしまう。確かに大嶽なら言いそうだ。

「航平、マッサージしてやろうか」

唐突な祐二の誘いに、航平がぎょっとして後じさった。

「い、いいよ。大嶽さん、下手《へた》だって言ってた……」

「あのじいさんと俺とどっちを信じるんだ」

どっちもどっち、と口を滑らせかけた航平が慌てて言い繕う。

「大体、別に肩とか凝ってないし。いきなりどうしたの」

「お父さんさ、ただ冬美先生に浮かれてたわけじゃなくて、ちゃんと仕事も覚えたんだぞ。それを証明してやるよ」

おどけた口調に航平は一瞬口をつぐんだが、すぐに冗談口を返した。

「むきにならないでよ、そんなこと。大人でしょ！」

「いや、これはお父さんの沽券の問題だ。いいから来い！」

「大和に先にやってあげてよ、大和がやってもらって痛くなかったらやってもらう」

いきなり飛んできたとばっちりに大和は思わず目を剝いた。

「何で俺を巻き込むんだ！」

「だって柊子が実験台になったらいやでしょ」

「いやだけど俺だっていやだ！　大体お前、今日はすぐ帰るんじゃなかったのか！」

手紙のことは伏せて促すと、航平があっと声を上げた。

「車に忘れてきちゃった！　取ってくる！」

ランドセルを車の中に置いてきて、手紙のこともそのまま忘れたらしい。

「よし、じゃあ戻るか」

航平に付き添って逃げようとすると、祐二が大和の肩にがっしり腕をかけた。

「そう言うなよ。航平が戻ってくるまであんたが実験台になればいいじゃないか」

「実験台って言っちゃってるぞ、おい！」

航平が大和の腰に組み付き、スラックスのポケットから車のキーを引ったくった。

「一人で行けるよ、大丈夫！」

「こら！」

スクールの人間が付き添っての外出なので、一人で外に出すわけにはいかない。

「わたしが付き添うよ」

航平を追いかけた柊子がいたずらっぽく笑う。

「マッサージ、ゆっくり味わってね」

「他人事《ひとごと》かよ、お前！」

抗議は軽やかに駆けていく柊子の背中に追いすがっただけだった。

練習用ベッドが置いてある休憩室に引っ張り込まれ、大和は観念して上着を脱いだ。

「痛くしたら怒るからな！」

せいぜい脅して横になる。

祐二は肩から揉みはじめたが、覚悟していたほど下手ではなかった。

「なかなかのもんだろ」

「ああ、まあ……」

「大嶽のじいさんは大袈裟《おおげさ》なんだよ。冬美先生には、筋がいいって誉められたんだ。接客も感じがよくてとってもいいですよって」

大嶽以外の接客は、ということだろう。祐二が大和の首を揉み込みながら、「嬉しかったんだよなぁ」と呟いた。

「あんたは仕事ができそうだから分からないだろうけどさ……俺は会社で落ちこぼれだったから、仕事で誉めてもらえるなんてそれこそ新入社員のころ以来だったんだ。そりゃ最初は冬美先生にのぼせてたかもしれないけど、ちゃんとこの仕事にやり甲斐も感じてたんだ」

冬美先生にのぼせ上がってるのはお父さんだって一緒じゃないか。──航平にそう責められたことは思いのほか刺さっているらしい。

「前の会社のときは仕事が楽しいなんて思ったこと一度もなかったんだ」

「そりゃ選ぶ仕事を間違えてただけじゃないか？」

フォローというわけでもないがそう言うと、祐二も「そうかもな」と苦笑した。

「入社も親のコネだったしな……そのうえ圭子と結婚しちゃったから社内の風当たりがきつくて。圭子は美人で仕事もできたから『何であんな奴と』ってよく陰口叩かれてた。圭子を狙《ねら》ってる奴、同僚にも先輩にもいっぱいいたから」

ただの甘ったれかと思っていたが、会社の期待の星を妻にするストレスはけっこうきつかったのかもしれない。

「信じないかもしれないけど、圭子のほうから好きって言ってくれたんだ。俺といると落ち着くって」

　意外ではあるが、信じられないほどの話でもないので「ふうん」と相槌《あいづち》を打った。大和が知っているのはスクールに航平を迎えにくる圭子だけだ。その圭子の隣に祐二のようなのんびりしたタイプが並んでいてもあまり違和感はない。

「俺が勝手にプレッシャーを感じて駄目になったのかもしれない。いつの頃からか、一緒にいると息苦しいばかりになって……仕事をしてるときの我の強さがどんどん嫌になって」

　祐二の気の弱さを散々見た後なので、それも頷けた。重荷だったのは圭子ではなく、周囲の目だったのだろう。

「でもさ」

　祐二が自嘲のように小さく笑った。

「冬美先生も圭子によく似てたよ」

「へえ？」

　印象としては真逆に見える二人だ。てきぱきした圭子に対して、冬美は話し方からしておっとりしている。

「整骨院を閉めるの、スタッフも今朝聞かされたばかりなんだ。大嶽のことがあって、こんなに周りの人に迷惑をかけてまで続けていくわけにはいかないって……俺は大嶽を連れ戻したら取り敢えず一安心だと思ってた。でも、冬美先生は夕べのうちに閉業を決心して、親戚に金策をお願いしたらしい」

「即断即決だな」

そうなんだ、と祐二が頷《うなず》いた。

「決断の早さとか腹の括り方とか、仕事をしてるときの圭子とそっくりでさ。結局俺は冬美先生の上っ面だけしか見てなかったんだよな。優しげな雰囲気に勝手に憧れて、この人なら俺を頼りにしてくれるかも、なんて……でも、冬美先生は、圭子みたいにしっかりした一人前の女性だったんだ」

「そもそもそういうタイプが好きなんじゃないのか」

「そうかもしれない。それなのに一緒にいるとみじめになるなんて自分勝手だよな。圭子は何も悪くないのに。……もし冬美先生が俺を振り向いてくれたとしても、俺はやっぱりいつか勝手にいじけて冬美先生を圭子みたいに傷つけちゃうと思うんだ」

殊勝だが、大和が聞いてもあまり意味のない発言だ。

「そんな話は航平にしてやれよ」

「いやだよ、そんなみっともない」

往生際の悪い奴だなと苛《いら》ついて、そこから先は黙って実験台になった。金を取れるレベルかどうかは分からないが、知り合いだったら疲れているとき肩揉みを頼む程度には上手い。

「はい、おしまい」

祐二がマッサージを一通り終えたので起き上がる。

「航平に上手かったって言ってくれよ」

はいよ、とおざなりに答えながら上着を羽織ると、何だかんだで三十分近く経《た》っていた。航平と柊子はパーキングに戻ったにしては時間がかかっているが、もしかすると手紙の読み直しか書き直しでもしているのかもしれない。航平としては最後の勝負をかけるような手紙だ。

と、窓をぱらぱらっと細かな雨音が叩いた。そういえば、夕方から崩れると言っていたなと天気予報を思い出す。

「傘貸してくれ、迎えに行ってくる」

「ああ、すまないな。玄関の傘立て、柄に『坂本整骨院』ってシールが貼ってあるのは使っていいから」

自分が差す傘の他に二本借り、整骨院を出る。途中まで来たところで携帯が鳴った。柊子か航平からお迎えのおねだりかな、と液晶を見ると祐二である。

「もしもし、何だよ」

出ると、祐二の声は何やら困惑混じりだ。

「今、圭子から電話があったんだけど……」

「え、急用？」

連れて戻れということかと訊き返すと、祐二の声はますます困惑の度合いを深めた。

「そうじゃなくて、脅迫電話？　みたいな感じの電話がかかってきたらしいんだ」

みたいなって何だそりゃ、と電話を受ける大和のほうも困惑である。

「何か、オレオレ詐欺みたいな？」

「だから、どういう内容だったんだよ」

「警察には言うな、二千万用意しろっていきなり怒鳴られたって。てっきりイタズラだと思って切ったらまたかかってきて『お前の子供を誘拐したのにそれでも母親か』ってキレたそうだ」

「キレたって……情報出す順番、徹底的に間違ってんじゃねーか」

オレオレ詐欺ならもう少しちゃんとやるだろう。イタズラ電話としか思えない内容である。

「でもまあ、圭子が一応って電話してきたんだよ。航平が今日そっちに会いに行ったはずだけど、着いてるかって」

「分かった、会ったら折り返す」

一旦電話を切り、パーキングに向かう。イタズラだろうとは思いつつ、自然と足が速まった。誘拐という文言が出た時点で気がかりにならざるを得ない、そういう意味では質《たち》が悪い。

どうせイタズラに決まってる——とパーキングにたどり着き、大和は声を失くした。

車は後部座席のドアが両方開きっぱなしのまま、強まる雨に打たれていた。室内灯は点《つ》いているが誰も乗っていない。

駆け寄ると雨は車内にも降り込んでシートが濡れている。そしてタイヤの陰に黒いランドセルが転がっていた。

拾ったランドセルを抱え込んだのは、もしかするとすがりついたのかもしれない。

濡れていないシートの奥へランドセルを乗せると、足元に便箋と封筒が落ちていた。やはり、手紙を読み直していたのだ。便箋を畳んで封筒にしまい、上着の内ポケットに収める。

柊子の携帯に電話をかけるが、やはり通じなかった。航平のほうも同様だ。

二人の番号へそれぞれ三回かけ直して諦めをつけ、大和は祐二に電話を折り返した。

「はい、もしもし！」

飛びつくように応じた祐二に答える。

「イタズラじゃない」

端的な報告に祐二は電話の向こうで息を呑んだ。

「車に戻ったら、ドアが開いたままで、二人ともいなかった。地べたにランドセルが落ちてた」

祐二は黙りこくったままだ。

「奥さんに電話しろ。俺も会社に電話する」

いいな、と念を押すと、祐二はようやく震える声で「分かった」と答えた。

英代に事情を報告すると、圭子と相談するから待つように言われた。

折り返しの電話は十分程待っただろうか。

「お父さんを連れて、一度こっちに戻ってちょうだい。田所さんも早退してこちらに来るから」

「警察には……」

「お父さんと会ってから相談するそうよ。お父さんから航平くんのことを聞いた後にまた電話があって、警察に通報したら子供の命はないぞって念を押されたんですって。だから……」

航平たちがいなくなったと分かった後の脅しだったので、圭子の怯《おび》え方は酷かった。らしい。

「……でも、折原が」

柊子もきっと一緒に連れ去られた。大和だったらすぐにも通報する。

「分かるわ。でも、当事者は田所さん夫妻よ。うちのスタッフが付き添っててこんなことになったんだから、うちの都合を押しつけるわけには……。田所さんがこちらに着いたら通報することも説得してみるから、あなたも早くお父さんを連れて戻って」

「俺が目を離したから……！」

後悔が喉《のど》から苦く迸《ほとばし》る。すると「俊くん」と英代が強い声で呼んだ。

「悪いのは犯人よ、あなたじゃない。くよくよしないの」

叱咤《しった》するような声に背筋が伸びた。動揺している場合か、と気持ちが奮い立った。

「お父さんと合流してすぐ戻ります」

車を出すと、後輪で何か砕ける音がした。音が大きかったので降りて確認すると、タイヤが踏んでいたのは眼鏡である。

シャープなデザインのセルフレームで、ブリッジから真っ二つに折れていた。

拾い上げたフレームを睨《にら》んでいると、傘を差した祐二が走ってきた。白衣は脱いで私服だ。

「早かったな、迎えに行こうと思ってたのに」

「電話が終わってすぐ出たから」

「事情は話したのか？」

「まさか。航平の具合が悪くなったからって早退させてもらった」

自分もきのう同じ言い訳で会社を抜け出してしまったばかりだが、子供の体調は親にとっても便利な口実らしい。

パーキングの料金を精算し、祐二が助手席に乗るのを待ってから車を出す。

「――なあ。戻る前に一軒寄ってもいいか」

「どこへ」

怪訝そうな顔をする祐二に、大和はさっき拾った眼鏡を渡した。

「車の下に落ちてたんだ。これに似たのを取り立てに来てた片割れがかけてなかったか」

　顔色の変わった祐二に言葉を続ける。

「昨日の今日だし、大嶽のじいさんのことを邪魔したから怒らせたのかもしれない」

「確かに似てるような気がするけど……でも、行ってどうするんだ。もしあいつらが犯人だったら、誘拐までやるような奴らだぞ。俺たちだけじゃ……」

　取り敢えず行ってみることしか考えていなかったので、思わぬブレーキがかかった。

圭子が躊躇《ちゅうちょ》しているのに、先走って通報するわけにもいかないし、そもそも確かな話でもない。

「……下に車を停めてから、駐車違反の通報しよう。パトカー来てから俺は事務所に上がるから、あんたは車に残って適当に警察と話を引き延ばしてくれ。いざとなったら携帯にコールだけでも入れるから、警察連れて上がってきてくれたら……」

　昨日、駐禁を取られたばかりなので思いついた小細工だ。

　車だと十分と離れていない『赤木ファイナンス』に向かい、下から一一〇番に駐車違反で電話を入れる。十五分ほど待つとパトライトだけ点滅させたパトカーがやってくるのが見えた。

「切符切られないように粘ってくれよ」

頼み込みながら車を降りる。すかさず客引きが寄ってきたがダッシュでビルに逃げ込み、三階へ上がった。

携帯に祐二の番号を呼び出し、発信するだけにして、大和は『赤木ファイナンス』のドアをノックなしで一気に開けた。

応接のソファで横になっていた男がぎょっとしたように飛び起きる。昨日の小柄な男だ。今日は昨日と打って変わってラフな格好をしている。

「何だっ……」

噛みつく調子が怪訝そうに「お前か」と尻すぼんだ。

室内を窺える範囲にはショートカットの娘しかいない。

「……俺の連れはどこだ？」

「何の話だ」

しらばっくれている気配ではなかったが、もう一押し突っかかってみる。

「昨日一緒に来た女性と子供だ。あんたが指図して、昨日の腹いせに誘拐したんじゃないのか」

男は大和をまじまじと見つめ、まるでかわいそうな人を見るような顔になった。

「事務所も顔も割れてるのにそんなバカなことするわけないだろ。頭わいてんのか」

「これ」

大和は上着のポケットから眼鏡を取り出し、男のほうへ掲げた。

「誘拐された現場に落ちてた。あんたの部下のだろ」

決め打ちでかまをかけてみるが、男は動じなかった。

「あいつは眼鏡のコレクターなんだ、いちいち全部覚えてねえよ」

「部下はどこだ」

「取り立てに回ってるよ。何なら呼び戻そうか」

そして男が身軽にソファから起き上がり、大和の前に歩み寄った。

「腹いせで誘拐？　素人はこれだから困る、誰がそんな割りに合わない真似《まね》をするんだ。寝言は寝て言え」

至近距離で睨まれ、大和も睨み返したが、男の眼差しは微動だにしなかった。——違ったか、と決め打ちの気持ちが怯《ひる》む。

「……分かった、すまない」

踵《きびす》を返そうとすると、「おい」とドスの利いた声が呼び止めた。

「素人だからって訳の分からない因縁つけてただで済むと思うな。——二度目はないぞ」

さすがに胃の腑が冷えたが、顔に出すのはどうにかこらえる。

「ああ。邪魔した」

事務所を出て、エレベーターは呼ばずに階段で下まで駆け下りる。

車に戻ると祐二が警官相手にしどろもどろで言い訳していた。

「すみません、急に腹が下っちゃって！　すぐ動かします」

ぺこぺこ謝ると、駐禁を取るには時間のカウントが足りなかったのか、小言だけで放免になった。昨日に引き続いて逃げるように車を出す。

「二人は？」

せっつくように尋ねてくる祐二に、大和はかぶりを振った。

「いなかった。隠してる様子もない」

そうか、と祐二ががくりと背もたれに体を沈める。

月島に戻る道中、ふと思い出して大和は上着の内ポケットを探った。しまっていた航平の手紙を取り出す。

「これ、航平が今日あんたに渡そうとしてた」

祐二はまるで恐いものに触れるように受け取った。握りしめて宛名を見つめる。

宛名は『お父さんへ』とある。

信号待ちをいくつか過ぎて、祐二は手紙を開けた。随分と長いこと、何度も何度も読んでいた。

「……クリスマス、一緒に過ごそうってさ」

声は完全に涙で揺れている。

「うちもクリスマス忘年会が待ってる」

言い出しっぺは柊子だ。――クリスマスの奇跡は起きなくていい。

二人が無事であってくれさえすれば。

祐二も同じことを祈っているのが分かった。

訪ねてきた昨日の男を追い返し、赤木は即座にレイを振り向いた。

「糸山に電話しろ」

「はい」

レイが固定電話の受話器を取り上げる。言われたことに反射で従うのがホステスの頃からの習い性らしい。

レイはしばらく電話に向かっていたが、何度かトライしてこちらに顔を上げた。

「糸山さん出ない。石田も」

あいつら、と舌打ちして赤木は自分の携帯から糸山に電話をかけた。数回のコールで留守電に繋がり、音声ガイダンスが終わるや低い声をねじ込む。

「出ろ。聞いてんだろ」

すると録音を終えてすぐさま折り返しがあった。

「すみません……」

半べそをかいているような糸山の声だった。

「石田も一緒だな。今、何してるんだ」

「あの……あの……」

何度か言いよどんだ糸山が声を絞り出す。

「昨日の女と子供を……」

やっぱりか。赤木は思わず天井を仰いだ。乗り込んできた昨日の男は、やはり鼻が利く。

「どこまでやった」

「人質は車に……縛って閉じ込めてあります。子供の携帯に母親の電話番号が入ってたので……子供の命が惜しかったら金を用意しろって」

拉致監禁と脅迫電話。さっさと両方カードを揃えて引き返す限界点は突破している。いつもはグズなくせにどうしてこんなときだけ素早い。

「何でこんなことした」

「だって、赤木さん金がいるんでしょ⁉」

糸山が泣きじゃくるように叫んだ。

「金、用意しないとレイが……俺たちバカだし意気地なしですけど、赤木さんの好きな女を守るためならこれくらい」

ずるっと洟をすする音が電話に入った。

「俺たち、赤木さんに拾ってもらわなかったら今頃どうなってたか……だから俺たちは赤木さんのためなら何でもできます。赤木さんとレイは巻き込みません。俺たちが勝手に誘拐を企んで、奪った金を勝手に置いていくだけです。赤木さんは知らんぷりしてくれてたら……」

バカ、と呟いた声は声にならなかった。

選択肢のないところから始まって、やっとたどり着いた居心地のいい吹き溜まり。そこには糸山と石田もいなくては意味がないのに。

「安心してください！」

お前らのやることが安心だった例《ため》しがあるか、と心の底から突っ込みたかった。

「あの子供は整骨院の田所って職員の子供なんですが、この女と昨日の男が子守りでいつもついてくるんです。たかがガキ一人に子守りを二人も雇えるなんて絶対金持ちですよ。二千万くらい脅せばすぐ出しますよ」

赤木が大嶽に仕掛けた額が二千万だ。びた一文上乗せしていない辺りが糸山と石田らしかった。普通は自分たちの逃亡資金くらいはかすめ取ろうとするだろう。

「今までお世話になりました、赤木さん。レイにもよろしく……」

赤木は話を畳もうとする糸山を遮った。

「一度こっちに戻ってこい」

「いや、俺たちは今日事務所を出たときからもう戻らない覚悟なんで」

「バカ！」

頭ごなしに怒鳴りつける。

「もうお前らの仕業だってばれてんだよ！　昨日の男が乗り込んできたんだ！」

さっきやってきた男を口実として俎上《そじょう》に載せる。

「追い返したが、もうはっきり疑われてる。お前らが関係ないって言い張っても誰も信じやしねえ、通報されたらアウトだ。まず俺とレイからパクられる」

そんな、と糸山が電話の向こうで泣き声になった。

「赤木さんに迷惑かけるつもりじゃ……」

「もうかかってんだ、ばか！　こうなったら誘拐を成功させるしかない。金を取ったら事務所を畳んで逃げるぞ。レイの借金さえ返せば、下請けがひとつ潰れるくらいは大ごとじゃない。組織に泣きつけば高飛びの手配くらいは頼める」

「でも、そんなことになったら赤木さんの立場が」

「お前ら引き取ってレイ引き取ったんだ、出世なんかとっくに縁がねえよ」

だから、と懐柔するように慎重に声を紡ぐ。

「戻ってこい。悪いようにはしない。俺が何とかしてやる。みんなで逃げるんだ——お前たちは、俺の家族だ」

最後の一言はなだめすかそうとして滑り出たが、口に出してみると案外的外れではなかった。

「……はい！」

「戻る前に、必要な連絡先を控えてから女と子供の携帯を捨ててこい。できれば水没だ。それと脅迫に使った電話も捨てろ。こっちで飛ばし携帯をいくつか調達しとく」

電話を切ると、レイが珍しく不安そうな表情でこちらを見ていた。とたとたやってきて赤木の向かいに座る。

「……ごめんなさい。わたしのせいで」

「あいつらが先走っただけだ。心配するな、何とかするから」

レイの髪をぐしゃっと掻き回し、赤木は腰を上げた。

二人が人質を連れて戻る前に、準備しなければならないことが山ほどあった。

大和が祐二を連れて『エンジェル・メーカー』に戻ると、圭子は先に着いていた。

「あなた！」

圭子がすがりつくように祐二に駆け寄る。祐二は戸惑ったように圭子を受け止めた。

「もう警察には言ったのか？」

「そんなこと！」

圭子が悲鳴を上げる。

「できるわけないわ、警察になんか絶対言えない！　だって航平が……」

泣き崩れてしまった圭子を祐二はおろおろして支えている。

「何かあったんですか」

大和が周囲に尋ねると、英代と社員二人が互いを窺い、結局ベンさんが口を開いた。

「田所さんの携帯にこんなものが届いてさ」

ベンさんは自分のパソコンに向かって、デスクトップのアイコンをクリックした。

転送で移したらしい。

立ち上がったのは動画である。中央にいきなり映っていたのは、手足を縛られ床に転がされている航平と柊子だ。二人とも口にはガムテープを貼られている。

背景は殺風景なプレハブ風の屋内だった。携帯撮りなのか、音も画像も粗い。

カメラが二人から引いて遠景になる。画面の手前に手が入り込んだ。右手だ。――握っているものを見て大和の息は止まった。

拳銃だ。

銃口が二人に向けられる。二人が怯えたように身を寄せ合った。

「やめっ……！」

無意味だと分かっているのに声が上がり、手が泳いだ。――銃声が響く。

瞬間、二人が縮み上がった。口を塞《ふさ》がれているので悲鳴は上がらない。着弾は背後の壁のようだった。

銃声の後に二人の身動きがあったことにほぅっと息をつく。動画はそこでぷつりと途切れた。

「動画の後にもう一通メールが来て、警察には通報するなって書いてあったそうだ。そんで次の指示を待てってって……」

英代たちは通報するように圭子を説得していたが、この動画を見て圭子は絶対通報はしないと態度を頑《かたく》なにしたという。

　口先ではなく、映像を突きつけられる威力は段違いだった。動画を見たばかりで、大和の心臓も早鐘のように鳴っていた。息が苦しい。――警察に通報してくれ、とは言えなくなっていた。

　最初の脅迫電話がイタズラのように間抜けだったのでどこかで高を括っていたが、動画の送付で脅迫の性質ががらりと変わった。付け入る隙も容赦もまったく感じられない。

　もし、この脅迫者の逆鱗《げきりん》に触れたら――と考えるだけでも恐ろしかった。脅す動画を撮るためだけに二人に銃を撃てる酷薄さが逆上したら、きっと生きて帰ってこない。

「身代金は足りるのか？　二千万って……」

　おろおろと尋ねた祐二に圭子が答えた。

「あなた名義の預金も使えば何とか……いいでしょう？」

「も、もちろんだ」

　別居前まで共稼ぎだった田所家にとっては、まったく不可能な金額ではないらしい。金を出すのと通報と選択肢が二つあるなら、大和もきっと圭子と同じ判断に流れる。金を出して済むことなら、こんな犯人は極力刺激したくない。

次の指示はいつ入るのか。

圭子の携帯を応接のテーブルに置き、全員がそれを見守る。

「お茶でも淹《い》れますね……」

場の緊張に耐え切れなくなったのか、朝倉がそう言って席を外そうとした。

そのとき、目覚まし時計のベルのような着信音が高らかに鳴った。朝倉がリアルに何十センチか飛び上がる。

圭子が液晶を見て一瞬怪訝な顔をしたが、すぐ飛びつくように電話を取った。

「もしもし」

スピーカーにしろよと祐二が小声でせっつくが、ベンさんが代わりに手でバッテンを作った。圭子の電話には機能がないらしい。

「はい、警察には通報してません。航平は無事なんですか？」

柊子のことも訊いてほしかったが、頼んでいいかどうか分からない。すると英代が

「できればうちの社員のことも……」と口を挟んでくれた。

「それから一緒にいた女性も」

圭子も重ねて尋ねてくれる。

ややあって「航平⁉」と圭子の声のトーンが跳ね上がった。

「大丈夫⁉　どこも怪我《けが》してない⁉」

祐二もそばから「航平！　航平！」とうるさく呼びかけ、「黙ってて！」と圭子に叱られた。

「そう……ごはんは？　ちゃんと食べさせてもらえた？　そう、よかった……」

あっ、と圭子が小さく悲鳴を上げたのは、電話の相手がまた代わったらしい。聞き入っていた圭子が「そんな」と咎《とが》めるような声を出す。

「最初と話が違うじゃないですか。……いえ！　用意しますけど、でも」

何やら話がこじれていたが、やがて圭子が「分かりました」と諦めたように答えて電話が終わった。

「航平は無事です、折原さんも。ごはんはさっきおにぎりとお水をもらったって」

「何か揉めてらっしゃったのは……」

尋ねた英代に圭子が目を伏せた。

「身代金を三千万にすると言われました」

そんな、と祐二が声を上げる。

「最初は二千万って言ってたじゃないか」

「事情が変わったって言ってたわ。最初の脅迫電話とは声も違うみたい……」

何よりもまずやり口が変わった。「複数犯なんでしょうね」と言ったのはベンさんだ。

「最初は連携が取れなくてバタバタしてたのかも」

「電話番号も今までとは変わってました。最初の二回は同じ番号だったんですけど」

電話を取るとき怪訝な表情になっていたのはそのためらしい。

「いちいち電話を替えてるってこと？」

誰にともなく尋ねた朝倉にベンさんが答える。

「メールを送ってきた電話も別の電話かもしれないな。こまめに使い捨ててるとしたら抜け目がなくてヤな感じだなぁ」

脅迫口上の前後を取り違えて逆ギレしてきた最初の電話とは雲泥の差だ。使い捨ての携帯電話をいくつも調達できる辺りも、こうした物事を運び慣れている感じがする。

「明日の正午に身代金の受け渡しを指示するから、それまでにお金を用意しておけって……」

「何とかなるのか？」

心配そうに尋ねた祐二は、家の資産状況をまったく把握していないらしい。

「足りない分は実家の両親に頼んでみるわ」

「何ならうちの両親にも頼もうか」

祐二としては気を遣ったつもりだろうが、圭子の表情は途端に頑なになった。

「けっこうよ。うちの実家で何とかするわ」

別居時の経緯から夫の実家には頼りたくないのだろう。『エンジェル・メーカー』の社員たちは圭子が取り乱してこぼしたことを聞いただけではあるが、かなり遺恨が残る物言いを受けたことは想像に難くない。

「すみません。社員が関わってるので、うちからもお手伝いできたらいいんですけど……」

英代が申し訳なさそうに俯く。

「廃業を控えてるので自由になる資産がほとんどなくて……」

会社を畳むに当たって、英代は税理士の指示で家まで処分することになっている。個人資産も当座の生活費が残る程度のはずだ。

「うちがお預かりしていてこんなことになったのに、本当に申し訳ありません」

「いえ、そんなこと。こちらこそ、折原さんと一緒で航平がどんなに心強いことか。柊子が一緒だから大丈夫って言ったんですよ、あの子。声は強ばってたけど落ち着いてて……」

そして圭子が少し口元をほころばせた。

「おにぎりは鮭とおかかだったそうです。折原さんは、航平の苦手な昆布と梅干しを取ってくれたって……」

ふっとその場の空気が緩んだ。ありふれたおにぎりを食べたという話が、これほど人を安堵《あんど》させるシチュエーションもそうはないだろう。

あの、と圭子が英代をひたと見つめた。

「もしよろしかったら……ここで明日まで一緒に過ごしていただけませんか？　夜中に急な連絡があったりしたら相談したいので」

「それなら俺が一緒にいるよ。航平のことなんだから家に行ったっていいだろう？」

祐二が口を挟んだが、圭子が「あなたじゃ……」と険のある溜息をついた。

祐二が鼻白んで口をつぐむ。当てにならないと言い放たれたも同然である。周囲がいたたまれなくなって目を逸らした。大和も同じくだ。

面識がある大和には、祐二の小心さや頼りなさも分かっているし、義父母の話題を出された直後で、圭子が狷介《けんかい》になっていることも理解できる。だが、他人の前でこのあしらいは祐二にとってはつらいだろう。小心だからこそ周囲の目は人一倍気になるはずだ。

「いざというとき大勢いたほうが心強いですしね」

英代の朗らかな口調にベンさんがまず乗った。

「じゃあ俺、晩飯買ってきますよ。焼肉弁当が旨い弁当屋が近所にあるんです」

「バカね！」

朝倉が続けて飛び乗る。

「こんなとき女性がそんながっつりしたもん食べられるわけないでしょ！　あっさりしたものも用意しなくちゃ」

「腹が減っては戦はできぬって言うだろ！　大和は食べるよな、焼肉」

「いや、俺もちょっと……もうちょい軽めで」

「ほらぁ！　だからデブにこんなときの買い物は任せてられないのよ。あたしも行くわ」

「デブ差別反対！」

ベンさんと朝倉がぎゃあぎゃあ騒ぎながら外に出て行く。

「大和くん、おうちは近所だったわよね。毛布やタオルケットがあったら持ってきてくれる？　わたしも倉庫で代わりになるものを探してみるわ」

言いつつ英代が倉庫に引っ込む。

大和も事務所を出ようとしたが、途中で踵を返して田所夫妻のいる応接コーナーに戻った。

「あの……もしよかったら」

圭子と祐二がきょとんとして大和を見上げる。

「俺にも出させてもらえませんか、お金。四、五百万しかありませんけど……」

「いいのか」

祐二はすぐに腰を浮かせたが、圭子は祐二を手振りで制した。

「……あなたの年齢だとほとんど全財産でしょう、それ」

「また働けば済むことです」

「だって会社が倒産するのに」

「生きてくだけなら何したって生きていけます。バイトでも何でも」

そんなことは大した問題ではない。

「社長も本当ならお助けしたいはずです。でも、取引先や社員に迷惑をかけないために個人資産をほとんど処分したので……だから俺が」

「あなたがそこまでする必要はないわ、一社員でしょう」

「社長は俺の親代わりみたいな人です。それに折原のことなので」

圭子がようやく合点の行ったような顔をした。

「あなたの恋人なの？」

「違います」

自分で壊してすべて駄目になりました、と懺悔《ざんげ》したくなる。

「でも、付き合ってた頃に結婚しようと思って貯めてたお金なんです。だから」

宙に浮いた結婚資金だ。柊子が無事に戻ってくるために使うのが一番正しい。

「分かりました。どうにもならなくなったら当てにさせてもらうわね」

「はい！」

それから自宅へ戻って、会社に持って行ける寝具をまとめるついでに通帳と印鑑を持った。もし当てにしてもらえたときに、取りに戻る手間が惜しい。

雨が降り止まないのでゴミ袋に毛布類を詰めると、ゴミ袋三つ分にもなった。薄いようで意外とかさばり、ゴミ袋一枚に毛布が一枚しか入らない。いつ買ったやら思い出せない寝袋が出てきたので、それも薄手のタオルケットを入れたゴミ袋にむりやり突っ込む。

会社に引き返すと、ベンさんと朝倉も食事の調達を終えて戻っていた。

「何だ、戻ってたんなら手伝ってもらったのに」

両手に合計三つのゴミ袋をぶら提げ、二つ提げた右手は指が攣《つ》りそうになっている。

「車戻してきます！」

入り口に寝具を投げ出し、前の道に駐めてきた車に駆け戻る。今月は既に一度切符を切られているので、二度目は大打撃だ。

駐車場から再び事務所に戻ると、ベンさんが「お疲れ」と弁当を寄越した。

「……軽めでって言ったじゃないですか」

渡されたのはがっつり肉の盛られた焼肉弁当だ。

「軽いよ！　だって塩だもん」

あっけらかんとデブの論理を言い放ったベンさんはタレだった。

「豚しゃぶ弁当も買ったんだけど、豚しゃぶはお父さんが取ったから」

食欲のないところに焼肉と豚しゃぶの二択では選択肢はないに等しい。

「あたしはやめろって言ったのよ」

朝倉が自分の無実を訴える。

朝倉は女性の食事を受け持ち、コンビニでパスタやサンドイッチなど軽めのものを調達していた。意外なヒットはゼリー飲料で、サンドイッチも喉を通らなかった状態の主子が、それにはどうにか手をつけた。

「朝倉さん、ナイスだったなぁ」

男の感覚では、食事の調達でこんな食うやら飲むやら分からないようなものは選ばない。

「焼肉を塩だから軽いって言い張るようなメタボのおっさんと一緒にしないでちょうだい」

「いや、ホント、こんな気の利く朝倉さん初めて見た」

大和としては誉め言葉を奮発しただけのつもりだったが、朝倉は「どういう意味よ！」と目を剝いた。

怒らせてから失言に気づく。

「すまん、悪気はなかった」

「なお悪いわ！」

朝倉がぶんむくれて明太パスタをすする。

「ホント一言多いわあんた、カノジョできても口で失敗するタイプよね！」

朝倉は何の気なしだろう。ざっくり刺さったのは大和の側の問題だ。柊子がここにいれば多少痛くても笑って済んだのに、とますます痛い。

焼肉弁当は半分食べたところで脂に負けて箸《はし》を置いた。

雨は夜明け前に一際ひどく降りしきってから上がった。

「ひどかったわねぇ、雨」

顔を洗って戻った英代の言葉に全員がてんでばらばらに相槌を打ち、誰も寝付けていなかったことが知れた。それぞれに顔を見合わせて苦笑する。

犯人からの連絡は結局なかった。

正午までに金を用意しなければならないので、時間の余裕はあまりない。田所家の預金は家族分をいくつかの銀行に数百万ずつ分けてあったので、手分けして引き出してくることになった。

「うわぁ、あたし自分の貯金でもこんなまとめて下ろしたことない」

朝倉とベンさんが受け持ったのは郵便局だ。航平の名義で学費を積み立てていたという口座で、二百万ほどが記帳されている。

「帰りに引ったくられたらどうしよう」

「大丈夫、俺がついてる！」

ベンさんがおどけてカンフーみたいなデタラメの型を踊った。これほど当てにならなさそうなボディーガードもこの世に二人といないだろう。

圭子には英代が付き添って、祐二には大和が付き添うことになった。九時の開店に間に合うように一斉に事務所を出る。

結果的に圭子が預金を数百万ずつ分けていたことが功を奏した。それなりに大きな額だが、窓口でいちいち見咎められるほどでもない。各行で引き出しがもたつくこともなかった。

大和と祐二が一時間ほどで銀行を二つ回って会社に戻ると、朝倉とベンさんももう戻っていた。圭子と英代はまだだったが、用意した鞄《かばん》に下ろしてきた金を詰める。

「ちょっと……あたし、これ、吐きそう」

朝倉が途中で青くなって離脱した。引き出してきた金は全部で一千万ほどで、見たことのない札束の量に気分が悪くなったらしい。

「俺は意外と拍子抜けって感じだけどな」

そう言ったのはベンさんだ。

「一千万って、一万円札だと一キロくらいなんだって。一千万って言われたらすごい金額のような気がするけど、こんなもんかぁって」

ベンさんの言わんとすることも大和には分かるような気がした。柊子と結婚資金を貯めていた頃、二人で五百万を目標にしていた。二人にとってはもちろん大金だったが、紙束がたった五把だと思うとがっかりだ。

ベンさんが鞄を持ち上げて揺する。半分ほどまで詰まった札束が、がさがさと音を立てた。

「社長と圭子さんが帰ってきて残りの金詰めて、そんでやっといっぱいくらいだぜ。こんなもんに航平くんと折原の命がかかってると思うと、何だかなぁ」

だが、圭子と英代が帰ってきても鞄はいっぱいにならなかった。正午まで後わずかという頃に、二人が持ち帰った現金は八百万ほどだった。

「どうしたんだよ、足りるんじゃなかったのか」

祐二はうろたえたように尋ねたが、圭子も蒼白で答えるどころではないらしい。

「社内預金が下ろせなかったんですって」

一番残高の多かった社内預金が会社規定で一部しか下ろせなかったという。

「手続きが複雑らしくて……今日中は無理だそうよ」

圭子がほとんどすがるように大和に駆け寄った。

「ごめんなさい、当てにさせて。両親にも頼んだんだけど、父が病気がちだからこれ以上無理を言えなくて」

「もう下ろしてきてあります。使ってください」

祐二に付き添って銀行を回っているとき、自分の預金も一緒に下ろしてあった。

だが、それを足しても三千万にはあと七百万ほど足りない。

正午まで数分を残したところで圭子の携帯が鳴った。

圭子がびくりと竦んで取り出す。

「メールです」

知らないアドレスからだった。開くと紋切りの文面で指示があった。

JR品川駅、高輪《たかなわ》口。十三時。父親が一人でタクシーで金を持ってこい。携帯電話は持つな。目印として喪服を着て明るい色の花束を持たせろ。

指名を受けた祐二の顔色が褪《あ》せる。だが、泣き言をこらえるように唇を引き結んでいた。

携帯を持つなという指示は、落ち合ってから移動したときに隙を見て居場所を報告されることを警戒したのだろう。だが、

「どうしてここに来てお父さんなのかしら。女の人のほうが安全そうなのに」

首を傾げた朝倉に、やっぱり首を傾げてベンさんが答える。

「騙し討ちを心配して、お母さんは交渉相手として残したんじゃないのか？　電話がかかってくるのもお母さんの携帯だけだし」

「騙し討ちって……」

「例えば金がニセモノだったとか、足りないとか」

言ってからベンさんがあっと口元を押さえた。騙し討ちのつもりはないが、相手が要求した額には届いていない。

「……昨日の番号に電話して、残りは待ってほしいと頼んでみます。事前に知らせたほうが騙したわけじゃないって信じてもらえるかも」

圭子が電話をかけはじめると、朝倉が「あたし花束買ってきます！」と駆け出した。

大和も続いた。

「喪服は礼服でいいんですよね」

祐二なら体格的に貸せるはずだ。

「ネクタイは黒よ。それと靴も」

英代の声が追いすがる。

大和が礼服一式を持って戻ると、犯人への連絡は不発に終わっていた。

今までの電話番号には繋がらず、指示の来たメールに送った返信にも応答はないという。やはりベンさんの推測どおり、携帯は使った端《はし》から捨てているらしい。

「どうしよう……！」

顔を覆った圭子を「大丈夫だよ」と祐二が励ました。

「二千三百万まで用意したんだ、残りも払うつもりはあるって信じてもらえるさ」

祐二の身支度は、靴が少しきついようだったが紐を緩めると何とか足に合った。

「お花！　買ってきました！」

朝倉が買ってきたのはピンクの薔薇《ばら》をメインに使ったブーケ風アレンジメントだ。黒ネクタイの喪服で持つと、そのそぐわなさが際立つ。喪服の男がカラフルな花束を持つという状況はあまり考えられない、確かに目印になる異彩を放つ組み合わせだ。

「来ましたよー！」

窓から表の道を見張っていたベンさんが叫ぶ。呼んでおいたタクシーだ。品川まで車で三十分弱、間に合うかどうかギリギリの時間である。

「あなた、航平のことをお願いね」

圭子がまるで拝むように祐二を送る。大和が下まで付き添った。

タクシーに乗り込む祐二に、どう声をかけていいか分からない。子供の命を抱えた祐二に柊子のことを頼んでいいのかどうか。

「……気をつけて」

結局それしか口に出せない。タクシーのドアが閉まってから祐二が窓を開けた。

「俺に任せるんじゃ心配だろうけど……帰ってくるときは必ず君の彼女も一緒だ」

彼女じゃない、と細かい訂正を挟む気力はもうなかった。

「うちはファミリークリスマス、そっちはクリスマス忘年会だろ。両方、無事に迎えられるように祈っててくれ」

「お願いします」

自然と頭が下がっていた。窓が上がり、大和が一歩下がると車が出た。

角を曲がって見えなくなるまで見送った。


「……そろそろですね」

朝倉が事務所の掛け時計を見上げた。

「無事に着いたかしら」

英代の呟きにベンさんがパソコンを操作しながら答える。

「別に渋滞情報も出てないし、大丈夫だと思いますよ」

　時計の針が一時を過ぎた。誰もが息を潜めるように押し黙る。順調ならタクシーは品川に到着したはずだ。犯人はもう祐二に接触したのかどうか。

　息苦しいまま時計の長針がじりじり移動し、文字盤の折り返しを過ぎた。

　圭子の携帯が鳴った。全員が一斉に振り向く。

「また知らない番号です」

　圭子がそれだけ周りに告げて電話を取る。

　もしもし、と出てすぐにすみませんと続いた。それだけで雲行きは分かった。

「朝から精一杯かき集めたんです、だけど手続きの時間が足りなくて。残りもきっとお支払いしますから、先に三人を返していただけませんか。絶対警察には言いませんから」

　圭子がびくっと電話を持ったほうの肩を竦めた。――ふざけるなとかそんなところだろう。

「――は？」

　圭子の声が怪訝な響きを帯びた。

「いえ、主人の友人でそんな人は心当たりが……」

思わぬ展開を見せているらしい話に、英代が「どうしたんですか」と小声で尋ね、メモとペンを差し出す。

圭子の走り書いた内容に、大和は目を瞠った。

『夫の金もちの友だちにかしてもらえ』

「代わってください」

周りがシッと諌《いさ》めたが、大和は繰り返した。

「その友達なら俺が知ってます。代わってください」

「あ、あの……」

圭子が戸惑った声を電話に返す。

「いえ、警察は呼んでません、誓って！　ただ、付き添ってくれている人がその友達を知っていると……」

そして圭子が「分かりました」と電話に返事を残して、困惑したまま大和に携帯を差し出した。

「代われと」

一つ息を入れ、大和は電話を受け取った。耳に当てる。

「もしもし、代わりました」

「――やっぱりお前か」

電話の声は、やはり――『赤木ファイナンス』で会ったあの小柄な男だった。

第5唱

ホワイト・クリスマス

夢見るのはホワイト・クリスマス
懐かしいあの景色のように
梢の星は輝き、子供達が耳をすませる
雪を走るソリの鈴音に

夢見るのはホワイト・クリスマス
すべてのクリスマス・カードに書くよ
あなたが幸せで明るい毎日を送れますように
そして白銀のクリスマスが訪れますように

事務所も顔も割れてるのにそんなバカなことするわけないだろ。頭わいてんのか。

そうあしらわれて追い返されたのはつい昨日のことだ。

「……寝言は寝て言えって言ったよな」

自然と声は咎《とが》める調子を帯びた。

「母親には事情が変わったと言ったはずだ」

開き直られたところで何ができるわけでもない力関係である。相手は航平と柊子、そして祐二を手の中に握っている。

金の受け渡しに祐二を指名したのも道理である。祐二が弱腰で与《くみ》しやすいことは、坂本整骨院に取り立てに来ていた部下からも聞いているだろう。

「大嶽に連絡を取って足りない分を借りてこい」

男は大和の恨み言に付き合うつもりはないらしく、さっさと用件に入った。

「不足は七百万だが、ペナルティとして一千万円だ。三時までに用意しろ、また連絡する」

「待て」

とっさに呼び止めてしまったが、電話の向こうで男の声はいきなり気圧が下がった。

「指図できる立場だと思ってるのか」

「……すまない、待ってくれ」

理不尽に怒りや悔しさを感じる余裕もなく必死で取りすがる。

「柊子は、……三人は無事か」

柊子の名前を言ってしまったことに歯噛《はが》みする。名乗らされているかもしれないがこちらから教えてやることはなかった。

「お前の恋人か」

圭子にも昨日同じことを訊《き》かれた。「違う」と即答する。

「じゃあ、何だ」

男は追及の手を緩めるつもりはないらしい。どうしてそんなところに引っかかる。

「……勝手に大事に思ってるだけだ」

言わせるだけ言わせておいて男は何も答えない。電話の向こうで探られているような気がして、大和は居心地悪く身じろぎした。

「俺があの女に何かしたらどうする？」

「……正直に答えても彼女に危害を加えないなら答える」

じゃあ、と男がこちらを翻弄《ほんろう》するように声を躍らせた。

「正直に答えないと危害を加えるってことにしよう」

「殺してやる」

相手が言い終わる前に遮った。剣呑《けんのん》な言葉を返したことに圭子が青くなって手振りで咎めたが、男の言葉は奇妙に信用できた。

正直に答えたらこの男は柊子に何もしない。

「どんなことをしてでも絶対に殺してやる」

「……いいだろう」

男の声が低くなった。

「今から交渉相手はお前に交替だ。携帯の番号を教えろ」

言われるままに自分の携帯番号を伝える。すると電話がぷつりと切れた。

ややあって、今度は大和の携帯が鳴る。登録のない電話番号だ。

「もしもし」

「お前の行動と女の扱いが引き替えだ」

さっきの男の声だった。

「一人で来たら無事に返してやる。だが、少しでもおかしな真似《まね》をしたら女にツケを払わせる」

「分かった」

「せいぜい励め。三時にまた連絡する」

電話はそこでぷつりと切れた。

「……どうなったんですか」

圭子の問いかけに一つ息を入れて顔を上げる。

「俺を交渉相手にするそうです」

大和とのやり取りのどこが響いたのか分からない。だが、たぶん——向こうからもおかしな具合に信用された。

柊子を盾に取っていれば大和が裏切ることはない。——きっとそう思われている。

そしてそれは事実だ。

「犯人をご存じなんですか？」

「会ったことはあります。お父さんと航平くんもです」

「どこでそんな人と知り合ったんですか」

圭子の疑問はもっともだが、説明している時間が惜しい。

「すみません、次の連絡が三時なので急がないと」

横浜へ向かうことを考えれば時間の余裕はない。圭子も自分の疑問は押しとどめてくれたので、大和は大嶽の携帯に電話をかけた。せっかちな大嶽は、いつもコールの鳴りはじめでさっさと出るが、今日もそうだった。

「何の用だ？　冬美先生のところには顔を出せないって言っただろ」

冬美のことを取り持とうとしていると話す前から早合点している辺りは相変わらずだった。

「そのことじゃない」

取り敢えずそこは否定したが、どう切り出したものか迷う。迷った結果、単刀直入になった。

「金、貸してくれ」

「は？」

「航平が誘拐された。『赤木ファイナンス』だ。身代金が足りない」

事実の列挙の三連発に、大嶽は電話の向こうで無言になった。やがて、

「いつまでにいくらだ」

「今日の三時までに一千万」

「心得た！」

　決断の早さは驚くほどだった。――だから冬美のときも航平に煽《あお》られただけですぐに動けたのかもしれない。

「マンションの下まで来てくれ、着いたら電話しろ」

「分かった、ありがとう」

　大和が喋《しゃべ》っている途中で大嶽から電話は切れた。せっかちな大嶽らしいことだった。

「お金、引き受けてくれたので行ってきます」

　どこへ、と尋ねた英代に「横浜です」と答える。圭子が怪訝《けげん》そうに眉根を寄せた。

「横浜にそんな友達がいるなんて聞いたことないわ」

「ご主人が今の勤め先で知り合った人です。かなりの資産家らしくて……。航平くんとも面識があります」

「信用できる人なの？　もし口先だけだったら」

　圭子の懸念はもっともだ、だが英代が横からなだめてくれた。

「大和くんが信用してる人なら、大丈夫ですよ。説明は全員が無事に戻ってから聞きましょう」

「すみません、行ってきます！」

　不安そうな圭子を振り切るように大和は事務所を飛び出した。

高速で一瞬渋滞して肝を冷やしたが、大嶽のマンションには三時まで二十分ほどの余裕を残して到着した。

携帯を鳴らすと、大嶽は出るなり「待ってろ」と言いっ放して電話を切った。降りてくるまで少し待ったので、かなり上の階に住んでいるらしい。

えっほえっほと駆けてきた大嶽は先日と同じアタッシュケースを持っていた。車の前で待っていた大和にアタッシュケースを抱かせ、わずかに開ける。

「きっかり一千万だ」

目分量は今朝覚えたばかりだが、確かにそれくらいだと目測できた。

「ありがとうございます、恩に着ます」

「よせやい、お前の敬語なんか気持ち悪いや」

茶化す大嶽にふっと奥歯が緩んだ。ずっと噛みしめていたらしく、顎《あご》が痛くなっていた。

「すぐには返せないけど……必ず」

「今そんなこと言ってる場合か」

大嶽が目を怒らせた。

「お前たちが連れ戻しに来なかったら赤木の奴に渡ってた金だ。被害が半分で済んだだけでもめっけもんだ」

はいそうですかと乗っかるわけにはいかないが、心意気がありがたかった。

「首謀者は赤木か？」

「名前は知らないけど、電話で指示を出してるのはあの小柄な男だ」

小柄な、と聞いて大嶽は「赤木だな」と頷《うなず》いた。

「こんな短絡的な悪さをする奴には見えなかったけどな」

「あんたを騙《だま》そうとしたじゃないか」

「だが、自分の手を汚さずに逃げ切る算段はつけてたろうよ。最悪でも民事で終わる範囲で話を調整したはずだ。刑事になったら警察が乗り出してくる、ああいう非合法スレスレの業者は警察沙汰《ざた》を一番嫌うはずなんだが……」

大嶽はそれなりにブラックビジネスの知識にも通じているらしい。

「気をつけろよ。頭が良くて抜け目のない男だ」

「分かってる」

「いや、分かってない」

大嶽は真顔で首を横に振った。

「抜け目のない男が誘拐なんてハイリスク・ローリターンな犯罪に好きこのんで手をつけるわけがないんだ」

好きこのんで手をつけるわけがない、ということは——

「手をつけざるを得なかった……?」

「事情は分からんが……相当追い詰められた決断だろうな。やぶれかぶれになってるかもしれん。抜け目のない奴が冷静に開き直ると恐《こわ》いぞ」

言われてみると、赤木の恐さの質が変わった。冷静に事を運んでいるように思えたが、冷静に自棄《やけ》になっているとしたら——人質に危害を加えるハードルも低くなっているかもしれない。

「田所はどうしてるんだ」

「先に身代金を持って行った。足りなかったから一緒に捕まってる。……折原も」

「何と！　あのねえちゃんもか！」

大嶽がどんぐり眼を剝《む》く。

「か弱きレディーを人質にするとは、思った以上にクズだったな！」

相変わらずの大嶽節に、そんな場合ではないのに思わず笑ってしまった。マドンナは冬美だが、レディーには柊子も含まれるらしい。

そういえば、と大嶽に報せておいたほうがいいことを思い出した。

「冬美先生、整骨院を来月で閉めるって」

大嶽はえっと声を上げたきり言葉が続かない。やがて恐る恐る尋ねる。

「どうして……」

「整骨院の規模が自分の手に余るってさ。従業員の給料をきちんとしてやれるうちに畳むって」

「そうか……」

大嶽は複雑そうな表情をしていたが、やがて何かを思い切るように顔を上げた。

「いや、さすが冬美先生だ。辛い決断をこれほどまでに潔く……さすが俺のマドンナだ！」

思わず吹き出した。柊子の物真似とほとんど同じことを言っている。

「何だ、失敬な奴だな！」

「ごめん、折原がさ……」

柊子の物真似のことを話すと、大嶽は「そうか」と笑って頭を掻いた。レディーのおふざけには寛容らしい。

無事に戻るといいな、と言われ、頷いた。

携帯が着信音を鳴らした。三時だ。大嶽が無言で大和の肩を叩く。一息入れて電話を取った。

「金は用意できたか」

開口一番の問いに「できた」と答える。

「高速を使って、本牧《ほんもく》埠頭へ向かえ。本牧埠頭の出口を下りたら、周辺で次の指示を待て」

大和の返事を待たずに電話は切れた。

「赤木か」

尋ねた大嶽に頷き、大和は一礼すると運転席に乗り込んだ。

いつも整骨院に取り立てに来る二人に誘拐されるなんて思ってもみなかった。

祐二に渡す手紙を取りに戻り、最後にもう一度読み直しをした。するともっと伝えたいことが出てきて、車の中でランドセルを台にして書き足した。

柊子は隣でずっと待っていてくれた。

途中で雨が降ってきた。

「大和くんに迎えに来てもらおうか」

柊子が鞄《かばん》から携帯を取り出そうとしたとき、窓に影が差した。ふと顔を上げると、いつも取り立てに来る眼鏡の兄貴分が思い詰めた顔で覗《のぞ》き込んでいた。

何の用だろう——と思ったとき、兄貴分が車のドアを開けた。腕を摑《つか》んで引きずり出される。手紙がひらりと舞って、ランドセルが車の外へ転げ出た。

自分の身に何が起こっているのか分からず、一瞬引きずられるまま引きずられた。

「やめてッ……」

柊子の悲鳴がくぐもった。見ると柊子が四角い顔の手下に口を塞《ふさ》がれている。

柊子が乱暴されている、と認識した瞬間スイッチが入った。

「ちくしょう、離せ！　離せよ！」

柊子を助けなくては。めちゃくちゃに暴れた。

兄貴分の腕に嚙みつき、腕をめちゃくちゃに振り回す。兄貴分の顔面に拳《こぶし》がかすめたが、眼鏡をどこかに飛ばしただけだった。

「静かにしろ！」

強《したた》か頰を引っぱたかれた。圭子にも祐二にもこれほど引っぱたかれたことはない。呆然《ぼうぜん》として力が抜けた一瞬で、腕を後ろに回されて冷たい輪っかを両手首にかけられた。手錠だ。

蹴飛ばそうとしたが、それもあっさりすくわれて引っくり返る。兄貴分は、上着のポケットからガムテープを出し、航平の足をまとめてぐるぐると何周か巻いた。最後に口にも貼られる。

縛り上げられた状態で、パーキングの入り口に駐めてあったバンの荷室に放り込まれた。

兄貴分が柊子と手下のほうへまた戻り、ややあって柊子も同じように縛られて航平の隣に積み込まれた。手下が一緒に荷室に乗り込み、兄貴分が車を出す。航平と柊子が荷室の端まで転がるほどの急発進だった。

「きちんと縛り直しとけ、オモチャだからな！」

手錠の話らしい。それを聞いて、引きちぎろうと後ろ手をデタラメにこじったが、さすがにその程度で切れるほど脆《もろ》くなかった。四角い顔の手下がロープで手足を縛り上げ、柊子も同じように縛った。

次にズボンのポケットに入れていた携帯電話を取り上げられた。

「親の電話番号はどれだ。頷いて教えろ」

ぷいと目を逸《そ》らして反抗すると、手下は「ふざけるな」と航平の頭を殴りつけた。

「！」

声にならない声を上げて柊子が手下に体当たりする。すると、手下は柊子のことも引っぱたいた。平手を受けて柊子の頭が激しく振れた。

女の人を殴るなんて、と呆然とした。

「頷いて教えろ」

もう一度命令されて、今度は逆らえなかった。

手下がアドレスを順番に送っていく。圭子との連絡に限定して持たされているので、そもそもあまり登録が入っていない。

田所圭子のところでこくりと頷く。

路地で車を停め、兄貴分が脅迫電話をかけた。

「警察には言うな、二千万用意しろ！　……あっ！」

最後が悲鳴になったのは圭子に電話を切られたらしい。兄貴分が「信じらんねえ！」と怒ってかけ直す。

「お前の子供を誘拐したのにそれでも母親か！」

兄貴分は盛大にキレたが、さっきの二言では航平が誘拐されたと思うよりイタズラだと思うだろう。圭子を責めるのはお門違いだ。

「嘘だと思うなら確かめてみろ！　また電話する！」

そんな具合で、兄貴分の脅迫電話は甚だ間抜けだった。これほど間抜けな二人組の企てた誘拐なら、すぐにも解決するんじゃないかとさえ思った。

しかし、『赤木ファイナンス』の事務所に戻り、二人が赤木さんと呼ぶ小柄な男と合流してから、そんな楽観は消し飛んだ。大嶽を詐欺にかけようとしていたときは、手続きする社員のような風情だったが、実はこの男が一番偉かったのだと佇《たたず》まいだけで分かった。

兄貴分は糸山、手下は石田と呼ばれていた。その他にレイというショートカットの女性もいる。

赤木は大きな車に乗り換えて全員で移動した。航平と柊子は、事務所に出入りするとき縛った足をほどかれた。けれど、糸山と石田がそれぞれしっかり摑まえていて、逃げ出す隙《すき》などとてもない。

レイが事務所の戸締まりをしようとすると、赤木が「いい」と急《せ》かした。

「どうせもう戻ってこない」

事務所を捨てるつもりなのだ。ここなら大和や祐二が気づいて見つけてくれるかもしれない、と抱いた希望は打ち消された。

赤木が移動した先は、湾岸の工業地帯だった。工場や倉庫が建ち並ぶ無機的な区画には、人の営みの気配がまったくしない。

赤錆《あかさび》にまみれて朽ちたようになっている廃工場の前に、車は停まった。コンクリを打ちっぱなしにした駐車場は、鎖をかけて封鎖してあったが、赤木は何の躊躇《ちゅうちょ》もなくワイヤーカッターでその鎖を切った。

車を敷地の隅に駐めて、雨足が激しくなってきた中を歩かされる。向かった先は大きな鉄扉を備えた倉庫だ。錠が下ろされていたが、それもやっぱり躊躇なくカッターで切る。

ゴゥン、と音を立てて重たい鉄扉が開いた。夜の中に響く重い音で誰かが気づいてくれないかと思ったが、区画自体が寂れているらしく通りかかる車さえ見かけない。

小学校の体育館ほどもあるだろうか、空っぽらしい大きなコンテナがいくつか放置されているだけの倉庫はただただ殺風景だった。

明かりが点《つ》いた。電気はまだ生きているらしい。

「壁際に連れていけ」

赤木の指示で、石田が航平と柊子を壁際に追い立てた。最後は突き飛ばされて二人もろともに倒れ込む。

「動画撮ってろ」

その指示で携帯を出したのは糸山だ。そして赤木が取り出したのは拳銃だった。口を塞がれて悲鳴は上げられないが、笛のように息が鳴った。柊子に身を寄せると柊子も身を寄せた。

「当てねえから静かにしてろ」

そんなことを言われても、という話だ。赤木が糸山の携帯カメラに写り込むように拳銃を構え、銃口がこちらを向く。何の気負いもなく引き金は引かれた。思ったよりくぐもった音がして、瞬時に首が亀の子のように竦《すく》む。石田に立たされたときは足が萎《な》えたように力が入らなかった。

連れていかれたのは倉庫に隣接する工場だ。

埃の積もった六畳程の部屋に入れられる。窓はない。

そこで初めて口のガムテープを剝《は》がされた。そのことが声を上げて助けを呼んでも無駄だということを逆に教えた。

「便所のときは呼べ」

石田が言い置いて外へ出る。

「柊子、大丈夫？」

「航平くん、大丈夫？」

ほとんど同時に尋ね合った。――でも、航平が案じたほうが一呼吸だけ早かった。

「怪我《けが》はない？　何度か殴られてたでしょ」

心配そうに尋ねる柊子は、自分の頰も殴られて赤く腫《は》れている。

「口の周りがひりひりする」

石田はガムテープの剝がし方が遠慮会釈なかった。

「……それはわたしも」

二人で顔を見合わせて、そんな場合でもないのにくすりと笑いがこみ上げた。

するとと、笑いでゆるんだ隙間を衝《つ》いて、急におなかの中からしょっぱいかたまりが迫《せ》り上がってきた。

「大丈夫だよ」

柊子が航平の頭に頬ずりした。手は後ろ手なので使えない。

「きっと助けが来るからね。今頃もう警察に通報してるよ」

ぴったりくっついているので気がついた。――柊子の体は細かく震えていた。

迫り上がっていたしょっぱいかたまりがヒュッと引っ込んだ。

「うん、大丈夫」

はっきり声に出して答えると、気持ちが少し補強されたような気がした。

「静かにしろ！」

外で見張っているらしい石田がドアから顔を覗かせて怒鳴った。二人でまた亀の子の首になり、囁《ささや》き声でひそひそ喋った。

さっきの動画、お母さんに送るのかな。

そうじゃないかな。

お母さんきっと気絶しちゃうよ。心配性なんだ。

きっとお父さんがついてるよ。

お父さんとお母さん、一緒にいるかな。

こんなことになったんだもの、別居中でも一時休戦だよ。

大和もきっと心配してるね。

うん……。

ひそひそ喋って喉《のど》が渇いた頃、石田とレイが部屋に入ってきた。レイがコンビニの袋を提げている。

「暴れたらためにならねえぞ」

石田が脅して航平の縄をほどいた。そして両腕を前に回して手錠をかける。今度はオモチャの手錠ではないらしい、捕まったときに使われたものとは重量感が違った。

柊子にも同じように手錠をかける。

そしてレイがコンビニ袋を柊子に突き出した。

「ごはん」

鮭におかかに昆布に梅、ベーシック極まりないおにぎりが四個と、水が二本入っている。昆布と梅が嫌いだというと、柊子がその二つを取ってくれた。

食べ終わるまで見張られ、食後にトイレに連れて行かれた。トイレのときだけ手錠を外してもらえたが、手を洗うのも待たずに再び嵌《は》められる。

また同じ部屋に閉じ込められ、石田とレイが去る。

しばらくして、赤木が携帯で話しながら部屋にやってきた。部下も全員一緒だ。

赤木が航平の耳元に携帯を押しつける。

「喋れ」

電話の相手は圭子だった。

「大丈夫⁉　どこも怪我してない⁉」

電話の向こうに、「航平！　航平！」と祐二の声も。やっぱり一時休戦だった、と少しだけほっとする。

ごはんのことを訊かれて答えた。

「さっき、おにぎりとお水もらった。鮭とおかかだったよ。昆布と梅もあったけど、それは柊子が取ってくれた。――柊子が一緒だから大丈夫だよ」

赤木が携帯を引き揚げて、また喋りながら部屋を出て行った。石田が「おとなしくしてろよ」と睨《にら》んで立ち去る。

寝るときにもらえたのは二人で毛布を一枚だけだ。底冷えする室内で、できるだけくっついて毛布にくるまる。

女の人と一緒に寝るのは、圭子と一緒に寝なくなった小学校三年生のとき以来だ。

圭子と眠ったときのようにいい匂いがした。

夕べと同じ手順で朝ごはんを食べた。

四方の壁と天井しかない部屋で、柊子とたくさん話をした。お話を書くのが趣味だと教えると、どんなお話を書いているのかと訊かれたので、今まで書いたお話を説明してあげた。

絵本教室で初めて書いた、森の中の凍りついた湖のお話を聞かせると、柊子は目を丸くして「湖が喋るの？」と言った。

「おかしい？」

「ううん、わたしだったら絶対思いつかないなって。やっぱり物語とか書ける人ってアイデアが豊かなんだねぇ」

大和と同じことを言っている。

大和とはもう元に戻れないの。——訊こうとしたとき、石田とレイが入ってきた。

「ごはん」

レイがコンビニ袋を突き出す。来るのは三度目だが、これしか言わない。コンビニ袋の中身は通算三食目のベーシックなおにぎり四個と水だ。

シーチキンとか炊き込みご飯とか混ぜてくれたらいいのに、と思ったがもちろん口には出せない。

トイレを済ませてまた部屋に戻され、それほど経《た》たない頃だった。

石田とレイがまたやってきた。レイが柊子の腕を摑んで立たせ、初めて「ごはん」以外の言葉を喋った。

「あなたは別扱い。さっき決まった」

「駄目だ！」

とっさに叫んで立ち上がると、石田にきれいなカウンターで蹴飛ばされた。激しく尻餅《しりもち》をつく。

「柊子をどうする気だよ！」

起き上がろうとするとまたカウンターで蹴られる。

「何もしない。別扱いにするだけ」

「許さないぞ、そんなの！　柊子もぼくと一緒にいるんだ！」

「逆らっちゃ駄目！」

柊子が叫ぶと同時に三回目の蹴りが来た。レイが柊子を部屋から連れ出す。

「ちくしょう、返せ！」

ここで柊子と別れ別れになったら大和に申し訳が立たない。

「帰るときは柊子も一緒なんだ！」

「しつこいぞ！」

石田に平手で張り飛ばされた。力任せに壁際まで吹っ飛ばされる。

「お前の付き添いはこいつだ」

そう言いつつ入ってきたのは糸山だった。肩を担いで引きずるように連れてきた男をこちらに突き飛ばす。踏みとどまる気配も見せずにぐしゃりと潰《つぶ》れたのは、

「お父さん！」

声はほとんど悲鳴になった。膝でにじり寄ってすがりつくが、祐二は閉じた瞼さえぴくりとも動かなかった。着込んだ黒い背広はあちこち破れ、顔は腫れ上がっている。

「お父さんに何したんだ！」

糸山に食ってかかると、眼鏡の奥からぞっとするほど酷薄な目が睨んだ。

「身代金が足りなかったからだ。死んでないから安心しろ」

そして糸山が石田を顎で指図する。すると、石田が俯《うつぶ》せに倒れた祐二を乱暴に引き起こして表に返し、腕をまとめて手錠をかけた。そして二人とも部屋を出る。

「お父さん」

そっと揺するが、祐二は全く動かない。一体どれほど酷《ひど》く痛めつけられたのだろう。

糸山は死んでいないと言ったが、もし頭を強く打っていたりしたら――

せっかく航平を助けに来てくれたのに、そのせいでもしものことがあったら。

おなかの中を、しょっぱいかたまりが迫り上がってきた。

柊子が連れていかれてしまったので、もうこれ以上は頑張れなかった。

しょっぱいかたまりはそのままこぼれて喉で破れて、涙も嗚咽《おえつ》も止まらなかった。

⚜

航平を置いていくのは気がかりだったが、レイに「あなたが行かないともっと痛い目に遭う」と脅かされ、渋々従った。

廊下で誰かの肩を担いだ糸山とすれ違った。担がれているほうは、靴の爪先を両方ともずるずる引きずり、まったく自分で歩いていない。

薄暗い中では一瞬気づかなかったが、通り過ぎかけたときに祐二だと気づいた。

「田所さん……！」

思わず振り返って追いすがると、脇腹にごりっと何かが押し当てられた。痛いな、と払いのけようとすると、「恐いことしないで」とレイが平坦な声で咎めた。

「弾が出ちゃったらどうするの」

見ると、レイが横から拳銃を押し当てている。体が凍りついた。

「行って。撃つよ」

ぎくしゃくと再び歩き出す。歩きながら恐る恐るレイに尋ねる。

「田所さん、どうして……」

「お金持ってきたけど足りなかったから赤木さんが怒った」

航平はあんな状態になった祐二を見てどんなに驚くだろう、どんなに恐いだろう。一人にしてしまったことに胸が痛む。

外へ連れ出され、敷地内に駐めてあったバンに向かう。アイドリング中で、運転席には赤木が乗っていた。

レイに促されて一緒に後部座席に乗り込むと、赤木が車を出した。

「……あの」

思い切って声を出してみると、黙れとは言われなかった。そのことに一縷《いちる》の望みを繋《つな》ぐ。

「航平くんと一緒にいさせてほしいんですけど」

「駄目だ」

赤木が答えたのはそれだけだ。レイが補足のように口を添える。

「別扱いって言ったでしょ」

車は工業地帯の区画をいくつか移動し、工事中らしい敷地の前に停まった。一画にプレハブの詰め所が建っている。

「レイ」

呼んだ赤木が渡したのは、助手席に置いてあった鞄と鍵束だ。

「工事が中断してる建前になってる、明かりはあまり外に漏らすな。車は裏だ」

鞄と鍵を受け取ったレイが、柊子を促して車を降りる。赤木は車を切り返して走り去った。

入るように指示されたのは、道路に面していない奥の部屋だ。レイが分厚い遮光のカーテンを引き、「座って」と顎で指示する。

応接のソファは、スプリングがだいぶへたっているようで、座ると嫌な音を立てて軋《きし》んだ。レイも向かいに座って銃口をこちらに向ける。

「……わたしたちをどうするつもりなの」

「向こうの出方次第」

レイはそれだけ答えたが、やがて説明があまりに不足だと思ったのか付け足した。

「足りないお金、持ってきたら帰す。また足りなかったり警察に言ったりしたら殺すって」

伝聞調なのは、赤木がそう言っているということだろう。

意外と答えてくれるのでもう一つ質問を重ねてみる。

「わたしが別扱いっていうのは……？」

「あなたの命とお金持ってくる人の行動が引き替え。警察がついてきてたりおかしなことしたらすぐ殺す」

奇妙な理屈だった。脅迫している相手は田所夫妻なのに、まるで柊子が人質として最も意味があるかのようだ。

「次はお母さんが来るの？」

「違う」

じゃあ誰が、と思ったタイミングに答えるようにレイが言った。

「あなたの彼氏」

とっくにそんな関係ではなくなっているのに、大和のことだと思った。図々しいと自分を諌《いさ》めながら、でも大和しかいないと思ってしまう。

「あなたに何かしたら殺すって。だから赤木さん信用した」
どうしてもう関係ないという立場を守ってくれなかったと焦《じ》れる。だが、関係なくなっているのに責任感を捨てられないのも大和らしかった。
レイはしばらく律儀に柊子のほうへ銃口を向けていたが、途中で不意に席を立った。
そのまま部屋を出て行ってしまう。
外から鍵をかけた様子もなく、柊子は呆気《あっけ》に取られてドアを見つめた。
手錠はかけられているが、足を縛られているわけではない。この隙に逃げ出したら
どうする気なのか。
しばらくして戻ってきたレイは、右手に拳銃を提げて左腕に雑誌を抱えていた。
テーブルに投げ出した雑誌は、女性誌や週刊誌だったが、見出しを見ると数年前の
事件ばかりだ。
「他の部屋に残ってたから。読んでていいよ」
暇を持て余したのは自分のほうだったらしい。レイは右手は拳銃にかけたまま膝に
ファッション雑誌を載せてめくりはじめた。数年遅れの最新ファッション情報がどれ
ほど役に立つかは不明だ。

読んでいいと言われたので家庭情報誌の『シトラスページ』を一冊もらう。こちらは情報に流行《はや》り廃《すた》りがない。

【百円でできるお総菜特集】をめくりながら、「ねえ」と声をかけてみる。

「わたしが逃げるって思わなかったの？」

レイは雑誌から目も上げないまま答えた。

「あの子のことがあるからあなた一人で逃げない」

「そんなこと分からないでしょ」

「逃げるの？」

真顔で訊かれてたじろぐ。

「……逃げないけど」

レイは再び雑誌に目を落とした。

黙々と二人で古い雑誌を読み続け、やがて日頃は読まない女性週刊誌の広告が謳う健康サプリの効能まで覚えてしまった。

腕時計を見ると、もう日はとっぷり暮れている時間になっていた。

レイは拳銃からすっかり手を離して自分の携帯を忙《せわ》しなくいじくっている。能天気な電子音が鳴っているのはゲームをやっているらしい。

もしかしたらこの隙に拳銃を奪えるんじゃないか、と思ったが、自分の運動神経を鑑《かんが》みて諦めた。

「来るのはいつなの？」

話しかけると何やらゲームオーバーっぽい音が鳴り、レイが咎めるようにこちらを見た。その恨みがましい眼差しに押され、つい「ごめん」と謝ってしまう。

「時間、気になって」

「もっと遅くなってから。今、いろんな場所に移動させて、本当に警察がついてきてないかどうか確かめてる」

「時間がかかるなら、航平くんと一緒にいさせてほしいんだけど……」

「駄目」

「どうして」

見張るだけならどこで見張っても関係ないはずだ。

「もし警察に裏をかかれて赤木さんが捕まったら、あなたを人質にして逃げろって」

身一つで行き当たりばったりに逃げても捕まるのを引き延ばすだけではないのかと思ったが、ふとレイの足元の鞄に気がついた。別れ際に赤木が渡していたものだ。

「……その鞄、もしかして身代金？」

レイはこくりと頷いた。

「このお金持っていけば助けてくれるって」

行き先も指示されているらしい。

レイが再び携帯ゲームをやりはじめる。柊子はその様子をじっと見つめた。

金が欲しくての誘拐だと思っていた。だが——どうして金が欲しかったのか。

赤木はもしものことがあっても、レイだけは逃げ延びさせようとしている。

「……もしかして、あなたのためのお金なの？」

またゲームオーバーの音が鳴った。無言でまたゲームを再開する。答えないことが答えている。

「あなたは平気なの」

またゲームオーバー。——また再開。

「好きな人が自分のために手を汚すことが平気なの」

ゲームオーバー。再開。

ゲームオーバー。再開。

ゲームオーバー。

——もう再開はしなかった。

「あなたはどうなの」

レイが携帯から目を上げた。今までいつも無表情だったが、初めて苛立《いらだ》ちが滲《にじ》んでいた。

「あなたの彼氏もあなたのために危険な目に遭おうとしてる」

「わたしは平気じゃないよ」

柊子はまっすぐレイを見返した。

「ずっと前に別れたの。でも好きな人なの」

隣にいられるのが自分じゃないとしても、

「彼には幸せでいてほしい。無事でいてほしい」

何の義務があるわけでもないのに責任感を捨てられないのは大和らしい。それでも、

「来てほしくない。――航平くんには申し訳ないけど……航平くんのお母さんが来てほしかった」

「でも、結局は助けを待つしかないんでしょ」

――そこを挑むのなら、受けて立とう。

柊子はソファから立ち上がった。

「座って」

レイの声が尖《とが》る。柊子は答えずドアへ向かった。ドアのノブに手をかける。

「戻って！」

レイが立ち上がる気配がした。――振り返ったら、こちらに銃口が向けられている のを見たら、きっと動けなくなる。

柊子は目を閉じ、大きくドアを開け放った。

ドアを開ける音と銃声が重なった。

＊

「おい、飯だ」

石田が部屋に入ってきて、コンビニのレジ袋を床に放った。その物音で気がついた のか、祐二がかすかに呻《うめ》いて身動きした。

「お父さん！」

航平がすがりつくと、大きく呻いた。触れると怪我に障《さわ》るのだ。慌てて手を離す。

「プリンは親父のだ」

石田が素っ気なく言い捨てて部屋を出る。

レジ袋の中には、お茶が二本とまだほんのりと温もりが残っている肉まん、そしてサンドイッチとプリンが入っていた。ベーシックなおにぎりにはもう飽き飽きだったのでありがたい。

「お父さん、大丈夫？　起きられる？」

無理、と祐二は力なく頭を振った。弱々だが、ともかく起きてくれたことにほっとした。

「水……」

「お茶でいい？」

ペットボトルを開け、横になったままの祐二の口元にあてがう。祐二は一口飲んだが「痛っ」と顔をしかめた。――なるほど、確かにプリンくらいしか無理そうだ。

「プリンあるよ、食べる？」

「今はいい……先に食べてろよ」

航平もそれほどおなかは空いていなかったが、せっかく温かいものをもらえたので、肉まんだけかじる。

「お父さん、頼りにならなくてごめんな……」

「そんなことないよ！」

またすがりついてしまい、祐二が悲鳴を上げる。ごめんと慌てて離れた。

「来てくれてすごく嬉《うれ》しいよ」

大嶽を『赤木ファイナンス』に連れ戻しに行ったあのときは、入るのが恐いからとエレベーターホールでうずくまって待っていた。そんな祐二が、こんなところに来てくれるなんて、一体どれほど勇気を振り絞ってくれたのか。

もし圭子が来ていたら、祐二にどれだけがっかりしていただろう。

「お金、持って来られなかったの？」

そのせいで殴られたのだと思っていたが、祐二は弱々しく頭を振った。

「持ってきたけど、ちょっと足りなかったんだ」

足りなかったのならこれからどうなってしまうのか。そう思ったとき「でも大丈夫だからな」と祐二が航平の膝に手を置いた。

「下ろすのが間に合わなかっただけで、お金はあるんだ。お母さんが、ちゃんと用意してくれる」

腫れ上がった顔で祐二が笑う。

「家に帰ったら、一緒にクリスマスだぞ」

手紙を読んだのだ。大和が渡してくれたに違いない。

そして、改めて涙がこみ上げた。

大和は祐二に手紙を渡してくれたのに、大和が一番守りたい人を守れなかった。

「どうした、どっか痛いのか」

泡を食って尋ねる祐二にかぶりを振る。

「柊子が……どっかに連れていかれちゃった」

そうか、と祐二が沈痛な顔になる。そして、よいしょと苦労しながら体を起こす。

頭にぽんと手が乗った。手錠で繋がった両手でそのままよしよしと何度もなでる。

「きっと大丈夫だ。残りのお金が来たら、きっと返してもらえる」

何の根拠もないのに不思議と安心した。お父さんが言うんだからきっと大丈夫だ。

何故かそう思った。

こんなにお父さんらしい祐二には久しぶりに会ったような気がした。

本牧埠頭から何度か場所を変えさせられて、すっかり夜になった。

いいかげん焦れた頃、大和の車の前に、すうっとバンが一台入った。同時に電話が鳴る。運転中だがやむなく取ると、赤木だった。

「前のバンについて走れ」

その一言で切れた。

いよいよか、と胃の腑が引き締まった。

バンは大和の車を先導しながら走り、やがて本牧の工業地帯に入った。結局、元の地域だ。

そして、ある工場の前庭に入ってバンが停まった。大和も続けて空いたスペースに入る。

バンから人が降りた。こちらへ歩いてきたのは、眼鏡の兄貴分だった。

手振りで指示され、窓を下ろす。すると「降りろ」と命令された。助手席に置いてあった大嶽のアタッシュケースを提げて降りる。

「おかしな真似をしたら女の命はないぞ」

「分かってる」

「ついてこい」

兄貴分の後ろについて歩くと、向かった先は倉庫だ。

兄貴分が鉄扉を開けると明かりが漏れた。入れと顎で促され、先に入る。

倉庫の中ほどで、放置された大きなコンテナにもたれて立っていたのは赤木だ。歩を進め、腕を伸ばしたよりやや遠い距離に来たとき、止まれと手振りで指示された。

「金は持ってきたか」

アタッシュケースを掲げて答える。すると、兄貴分が横からケースを引ったくった。とっさに取り戻そうとすると、「動くな」と赤木が低い声を出した。振り切って動くことはできず、歯噛みするしかない。

兄貴分は赤木のところへアタッシュケースを持っていき、ケースを開いた。赤木が札束を一つずつ触れて確認する。

「確かに一千万だな」

「人質は」

金を先に取られてしまった焦りが被《かぶ》せ気味に尋ねさせる。

　すると、赤木がコンテナの陰から誰かを引っ張り出した。航平だ。後ろ手に手錠をかけられた航平が大和を見て目をまん丸にする。

「大和、どうして⁉」

「せっかく来てやったのに呼び捨てか、お前」

　軽く睨むと航平が首をすくめた。

「……お母さんが来るかと思った」

「俺でよかったろ」

　航平が泣き笑いの顔になって「ありがとう」と頷く。大和は赤木に目を戻した。

「後の二人は」

　コンテナの陰から、今度は祐二が現れた。四角い顔の手下に腕を摑まれ、その腕はやはり航平と同じように手錠をかけられている。

「女は別の場所だ。仲間の女に見張らせてる」

「約束が違う！」

　一人で来たら返す。そう言っていた。

「一人で来るかどうか分からなかったから、保険をかけただけだ。すぐ連絡して解放させる。この親父もこの場で返す」

嫌な言い方だった。大和が眉をひそめたのと同時に、航平も不安げな表情になる。

「ガキは連れていく。逃げる時間の担保だ」

「駄目だ、そんなの！」

祐二が真っ先に嚙みついた。と、すぐさまその体がくの字に折れ曲がった。祐二を捕まえていた四角い顔の手下が腹に膝をぶち込んだのだ。

息のかたまりを吐いて祐二が床に潰れた。

「お父さん！」

飛びつこうとした航平を赤木が容赦なく引き戻し、眼鏡の兄貴分へと突き飛ばす。飛んできた航平を兄貴分が捕まえた。

「ふざけるな！」

大和は我を忘れて怒鳴った。

「そもそも身代金は航平に対して要求してたはずだろう！　航平は置いていけ！」

「お前は女が戻ってくれば文句ないだろう。黙ってろ」

「そんなわけにいくか！　人質が要るなら俺を、」

「ピーピー喚《わめ》くな」

赤木が一瞬背中に手を回したかと思うと、次の一瞬で拳銃をこちらに向けていた。

「子供のほうが隠して連れ歩くのにかさばらない。分かるよな？」

　こちらを向いた銃口にはまるで現実感がなかった。

「そうじゃなくてもこっちは大所帯なんだ、理解してくれよ」

　言い聞かせるような優しげな口調と裏腹に、赤木の目は恐いくらい荒《すさ》んでいる。銃を構えた腕はまっすぐ伸びてまったくぶれない。

　自分の人生に銃を向けられるようなことが発生するわけがない、これまで積み重ねてきた常識がその状況を夢の中の景色のように補整した。赤木が銃を持っていることは脅迫動画で分かっていたのに、自分がその銃を向けられることは不思議と想像していなかった。

　思わず手を動かし銃を脇へ押しのけようとした。よせよと悪い冗談でもたしなめるように、手は無造作に、無意識に動こうとした。

　赤木の荒んだ目が針のように細くなった。

　言葉はなかった。

　赤木は一度狙《ねら》いをよそに外し、黙って引き金を引いた。消音器がついているのか音は籠《こ》もった。だが、説得力のある破裂音が現実感を一気に追い着かせた。

「不用意なことをするなよ」

赤木は平坦な声で咎めた。引き金を引いたことによる何の動揺も興奮もなかった。そのことが、赤木にとってそれが日常ありふれた動作の一つに過ぎないことを語っている。

「おじさん!」

兄貴分に捕まったまま航平が叫ぶ。——さっき呼び捨てを咎めたからか。こんなときまでいつものお約束どおりの流れを踏んでいることがおかしかった。

「……うっせぇ、おじさん言うな」

まるでお約束に誘われるように、日頃のやり取りが口を衝いて出た。声は情けなく掠れていたが、ともかくいつもの言葉が出た。

「なあ」

赤木が頑是ない子供に言い聞かせるように呼びかける。

「別にこの親子に何の義理もないんだろ? だったら邪魔をしないでくれよ」

「……義理ならある」

一言放つごとに口の中がからからに渇く。自分を向いている銃口は、いつ火を噴くのか。引き金はそれを引くことが何ら非日常でない者の指にかかっている。

それでも、赤木の恫喝《どうかつ》にハイ分かりましたと従いたくなかった。もしかすると自分は引っ込みがつかなくなって死ぬタイプかもしれない。

理不尽に虐げられるのは二度とごめんだ——もしかすると、遥か昔に刷り込まれたそんな意地もかすかに。

「その子はうちで預かった子だ。俺はその子を守る義務がある」

は！　と赤木が声を上げて笑った。

高く弾《はじ》けた笑い声には、響きと裏腹な感情が獰猛《どうもう》に渦巻いている。

「キレイな御託をありがとう——よ！」

暴力は突然爆発した。

赤木はこちらに向かって一歩踏み込み、銃把《じゅうは》で大和の横っ面を強かに殴りつけた。よろめいたところに真上からまた殴打が重ねられる。たまらず地べたに潰れた。

「さぞやいいお育ちなんだろうな！　たとえ銃を突きつけられても、曲がったことはできませんってか⁉　脅しに屈するくらいなら死を選びますってか⁉」

言葉に一つ息を入れるごとに赤木が靴先を蹴り込む。蹴り込まれるたび息が止まる。

「やめてよ死んじゃうよ！」

航平が叫ぶ。きっとこんな暴力を間近で見たことがないのだ。

大和は違う。

この程度なら大丈夫だ。この程度の暴力なら俺は知ってるから。言って安心させてやりたいが、さすがに言葉を挟めるほどの余裕はない。

「逆らわないでよ大和！　謝って！」

……うっせぇ、と口の中で吐き捨てる。ガキのくせに大人を、

「呼び捨てすんなって言っただろ！　しばくぞ！」

「しばかれてンのはお前だよッ……！」

靴先が鳩尾《みぞおち》に入った。体が勝手にくの字に折れ曲がる。

頭の真横に赤木が膝を突いた、と思うや髪を摑まれ上体を引き起こされる。

「こんな状況でキレイな意地を張れるくらい恵まれた育ち方してきたんだろ？　そこのガキも」

赤木がぐるりと頭を巡らせて航平を見る。航平が眼差しに射られたように竦んだ。

「ヘタレな親父と仲良しこよしで幸せそうじゃねぇか。なら、ちょっとくらい譲ってくれてもいいだろ？　恵まれない人々に愛の手をってやつだ。俺たちは恵まれてないんだから恵まれてる奴からちょっとくらい横取りしてもいいはずだ、そうだろ？」

赤木の荒んだ目は言葉を重ねながらますます荒んだ。

「ぬくぬく幸せに生きてんだから、不幸な俺たちに、ちょっとくらい施したっていい

だろう」

この目には覚えがある。――遠い昔、鏡を見ると毎日この目が見返してきた。自分の境遇を僻《ひが》んで、振り切りようのない自分の遺伝子を呪って。

ああ、そうか。――この男は俺だ。

あの目のままで大きくなった俺だ。

かわいそうにな、と口からこぼれ落ちていた。聞き咎めた赤木の顔色が変わる。

「今、何て言った」

しまった、と思うが遅い。きっといいだけ逆撫《さかな》でする。だが、ごまかすこともも不可能だ。

赤木は聞き取れなかったのではなく、聞き取れたからこれほど顔色を変えた。

「かわいそうにな、と言った」

どうやら引っ込みがつかなくなったうえにうっかり口を滑らせて死ぬルートだ。

「お前には不幸の比べっこしても仕方ないでしょって言ってくれる人がいなかったんだな」

うちの親のほうが、おばさんたちより不幸になるべきだ。世の中の理不尽さを糾弾したつもりの大和を英代の涙が諭《さと》した。

赤木と大和の差は、英代がいたかいなかったかだけだ。

「……分かった」

赤木の表情が削《そ》げ落ちた。

「お前は今死ね」

赤木が膝を突いた大和に向かって銃を構える。後は引き金を引くだけだ。

やめて、と叫んだ航平の声はまるで超音波のように甲高く割れた。

英代が悲しむなと思った。——柊子も悲しむだろうなと思った。

柊子の声がしたのは、未練が聞かせたのかと思った。

「大和くん！」

はっきりと二度目が聞こえた。幻聴ではなかった。

「何で連れてきた、レイ！」

赤木が怒鳴ったとき、遠くからパトカーのサイレンが何重にも重なって響いた。

赤木が顔色を変えて柊子を睨む。

「お前が呼んだのか！」

拳銃を握った腕が柊子に向かって振られる。

「やめろ！」

大和はとっさに赤木の足元に飛びかかった。もろともに後ろへ倒れ込む。

そのまま取っ組み合いにはならなかった。

「警察、わたしが呼んだ」

そう言ったのはレイと呼ばれたショートカットの女だ。

まるで鎮静剤でも打たれたように赤木の体から力が抜けた。

「一緒に警察行こう」

歩いてきたレイが赤木のそばにひざまずく。

「糸山さんも、石田も。みんな家族だから、みんなで行こう」

赤木が何か呟いた。かすかな息のような声が、次の瞬間、大音量で弾けた。

「何でだよッ！」

地団駄を踏むような声だった。

「何でお前が……！」

「赤木さんがわたしのために手を汚したら苦しい」

「いいんだよ！　俺の手なんかとうに汚れてんだ！」

「赤木さんがよくても、わたしがよくない」

レイが静かに赤木の手を取った。取った手を押し戴《いただ》くように額に当てる。

「ごめんなさい。わたしがいやなの」

赤木の声が嗚咽になった。

「スズキノリコ」

唐突な人名に、赤木が怪訝な顔をする。

「わたしのほんとの名前。ノリコは典雅《てんが》の典」

赤木が宙に指で字を書く。複雑に運ぶ指は鈴木典子と書いたらしい。

「……よく典雅なんて言葉知ってたな、お前」

「意味は分かんないけど、おばあちゃんが典雅の典だって言ってたから」

そんなとこだろうな、と赤木が納得した様子で頷く。

「わたしが先に刑務所出たら迎えに行く。赤木さんが先に出たら迎えに来て。だから、ちゃんとわたしの名前、覚えててね」

うおお、とまるで牛が鳴いているような泣き声が炸裂した。

大和にはどっちがどっちだか分からない糸山と石田だ。

「お——俺も！　俺も、迎えに行きますから、迎えに来てくださいねえ！」

「俺もですよぅ！」

空気読め、と呟いた赤木が溜息が漏れるように笑った。

まるで憑《つ》き物が落ちたようだった。

警察が踏み込んできたとき、赤木たちは一切抵抗しなかった。次々と全員が手錠をかけられて連れて行かれた。

航平を捕まえていた糸山が、警官に取り押さえられる前に航平の手に何か握らせた。銀色の鍵が二つだ。

見上げたが、糸山は航平に目を向けず、何も言わないまま連れ去られた。渡されたのは手錠の鍵だと後で分かった。航平の分と祐二の分だ。柊子は倉庫に来たとき既に手錠を外されていた。

全員が何かしら怪我をしていたので、まず病院に連れて行かれた。

航平と柊子は消毒や湿布で済んだが、祐二と大和は酷く暴力を振るわれていたので、念のために精密検査を受けることになった。

二人がCTスキャンやら何やらで引き回されている間に圭子とスクールの人たちがやってきた。

「航平！」

圭子は一言叫んだだけで何も言えなくなってしまい、後はただ航平を抱き締めた。航平もただただすがりついた。

スクールのほうも英代が「折原さん」と呼びかけたところでフリーズしてしまったらしい。

「ご心配おかけしました」

「よく無事で……」

そこまで絞り出した英代が決壊してしまい、航平たちとは逆に、柊子が英代を抱き締めていた。

やがて祐二と大和の検査が終わり、みんなで病室へ向かった。

二人とも横になってはいなかった。思ったより元気そうでほっとする。祐二は左腕を三角巾で吊っていたが、大きな怪我はそれだけだった。どちらかというと、外傷のほうが痛々しい。大和のほうは派手にやられているように見えたが、祐二よりずっと軽傷だという。

祐二は航平と圭子を見て、へへっと情けなさそうに笑った。

「こんなんなっちゃった」

ベッドに腰掛けたまま吊った左腕を軽く揺する。

「ごめんな」

見上げた相手は圭子だ。

「俺、全然役立たずで……」

そんなこと、と圭子が首を横に振る。そのまま言葉もなく俯《うつむ》く。

「ごめんな」

また圭子が首を振る。

と、カーテンレールをカーテンが走る音がした。柊子がベッドの周りのカーテンを引いてくれたのだ。空間を仕切る音が止まると、圭子が耐えかねたように両手で顔を覆った。すすり泣きの声が漏れる。

あなたがいてくれてよかった、と泣き声の合間に呟きが挟まる。

「やっぱり、父親なんだなって……」

航平は思わず圭子を見上げた。——祐二を父親として認めてくれた。

仲直りしてくれるのだろうかと期待が疼《うず》いたが、迂闊《うかつ》に何か言ったら希望の兆しを摘んでしまいそうで口を開けなかった。

カーテンで仕切られた空間の中には、まるで夫婦の仲が良かった頃のような空気が漂っていたが、それはとても微妙な均衡を孕《はら》んでいるような気がした。

「クリスマス……」

呟いたのは祐二だった。意を決したように圭子を見つめる。

「一緒に過ごさせてくれないか。航平の父親として」

圭子は。何と答える——

航平が固唾《かたず》を飲んで見守ると、圭子はにっこり笑って頷いた。

「ええ、もちろんよ」

ばんざいと飛び上がりたい気分だったが、こらえた。能天気にはしゃぐとせっかくの柔らかな空気が消し飛んでしまいそうで恐かった。

祐二は念のために一晩病院に泊まることになったが、大和は泊まらず帰るという。

「ベンさん、警察行くの付き合って。検査終わったら寄れって言われてるんだ」

おう、とベンさんが気軽に立ち上がる。

「時間かかんの？」

「そんなにはかかんないって言われたけど……」

「じゃあ社長と女の子にはここで待っててもらうか」

男二人で警察に寄り、帰りに女性陣を拾って帰る段取りがまとまったようだ。

「お先に失礼します」

挨拶した大和を圭子が慌てて追いかけようとしたが、当の大和が手振りで止めた。

「ごゆっくり」

そしてベンさんと病室を出て行く。

航平も見送ったが、やっぱり追いかけたくなった。

「行ってくるね」

言い置いて病室を出る。

廊下を歩いていく痩せた影と丸い影を追って走った。

「大和」

常夜灯の暗さが声を潜めさせたが、深夜で静まり返っていたので余裕で届いた。

「何だよ」と大和が振り返る。

「タクシー呼んどくぞ」

ベンさんが声だけかけて先に行った。待ってくれた大和に追い着き、航平は「あのね」と声を弾ませた。

「お父さんが、父親として一緒にクリスマスを過ごさせてくれって……お母さんも、もちろんって」

「……そうか」

「ありがとう、大和のおかげだよ」

するとと大和が航平の頭をぐしゃっとなでた。

「お前が一緒に過ごしたいって思ってたからだろ」

大和はそう言うと思っていた。だが、お礼を言えたので気が済んだ。

ほら、と大和が航平を病室のほうへ押し戻す。

「せっかく生還したんだ、思う存分甘えてこい」

「そんな甘えたりしないよ、ちょっとしか」

じゃあね、手を振って病室へと駆け戻る。病室に入る前に一度振り返ると、大和はまだこっちを見送っていた。

もう一回手を振ると、応えるように手を上げてから向こうへ行った。


翌日、田所家は家族全員が朝から警察の事情聴取だった。

大和と柊子も呼ばれていて、部屋を移動するときなどにすれ違ったものの、あまりゆっくり話す時間はなかった。

大和と柊子は昼過ぎに帰ったが田所家の聴取はなかなか終わらず、クリスマスイブまで引っ張ったらどうしようとやきもきしていたが、何とかその日のうちに終わってくれた。

イブの日の約束をして横浜駅前で別れた。祐二は昼過ぎに月島の家にやってきて、航平と一緒にクリスマスプレゼントを買いに行く。

圭子はその間にクリスマスのごちそうを用意してくれるという。

圭子が帰りの電車で尋ねた。

「クリスマス、何が食べたい？　お休みの日だし、何でも作ってあげるわよ」

「鶏の唐揚げとクリームシチュー」

素直にリクエストしたのに、圭子は不満そうにほっぺたを膨らませた。

「もうちょっと作り甲斐《がい》のあるものリクエストしてよ」

とはいえ、圭子の作れる範囲内のリクエストじゃないと痛い目に遭うことは今までにも経験済みである。以前、丸ごとの鶏を買ってきてローストチキンを作ろうとしたが、外は真っ黒こげで中は生焼けだった。

「じゃあフライドポテト。ぎざぎざになったやつ」

「冷凍食品じゃないの」

圭子がお気に召さないようなので他のメニューを考える。そして、ふと思いついた。

「豚のしょうが焼きは？」

「クリスマスっぽくないわねえ」

「でも、お父さんが好きだし」

祐二の好物だったことをさり気なく主張する。別居してから、ずっと航平の好物にされていた。

そうねえ、と圭子も自然に相槌《あいづち》を打った。

「じゃあ、茶碗蒸しも作ろうか。二人とも好きだったものね」

圭子の作る茶碗蒸しはいつも表面にすが入って固くなり、お店のようにぷるぷるにならない。それでも祐二と航平は家で作る茶碗蒸しが好きで、しょっちゅう晩ごはんにリクエストしていた。面倒だからとめったに作ってもらえないので余計においしく思えたのかもしれない。

「イブはごちそうにするから今日は簡単でいい？」

圭子が甘えるように航平を拝み、その日の晩ごはんはレトルトのカレーになった。

お風呂を済ませて布団に入っても、なかなか眠気がやってこなかった。クリスマスプレゼントに何を買ってもらうか考えていたせいかもしれない。

欲しいゲームソフトが三本出ていて、迷いに迷って二本まで絞ったところで眠りに落ちた。

当日は昼過ぎの約束だったが、祐二は正午前にフライングでやってきた。

左腕の三角巾はひびだけだからと言ってもう外してしまっている。圭子への手土産《てみやげ》に大きな白い花束を持ってきた。

「まあ、カサブランカ！　高かったでしょ、こんなに」

「でも、好きだっただろ。結婚式のブーケもそれだったよな」

「ありがとう、覚えててくれたのね」

航平には大きな百合にしか見えなかったが、特別な品種らしい。何より、イブの日に祐二から圭子に贈る花が結婚式の思い出の花というのはとても素敵だ。

「でも花瓶をどうしようかしら」

祐二は随分張り込んだのか花束は抱えるほど大きかった。家にある花瓶ではとても収まらず、圭子は結局バケツにカサブランカを生けた。

「ごめんなさいね、こんな器で」

「いいよ。それより、お昼はもう済んだのかな。よかったら航平と外食でもと思って早めに来たんだけど」

フライングでやってきた理由はそれだったらしい。

「ちょうどそろそろ食べさせなきゃと思ってたの。助かるわ」

圭子に見送られて、二人で出かける。マンションの階段を降りながら、祐二が心配そうに航平の顔を覗き込んだ。

「具合でも悪いのか？」

「え、何で？」

「いや、さっき随分おとなしかったからさ」

二人の会話を邪魔したくないと思って遠慮していたのに、子の心親知らずだ。

昼食は有楽町まで出てファミリーレストランに入った。

祐二が豚のしょうが焼き御膳を頼もうとしたので、さりげなさを装いながら必死で止めた。

「ぼく、ハンバーグとミックスグリルと両方食べたい！　二人で取って半分こしようよ」

「ええー、お父さんはどっちもあんまり惹《ひ》かれないなぁ」

メニューを見ながら祐二が結局しょうが焼き御膳に戻ってしまいそうになったので、「ここのしょうが焼きおいしくないよ」と口走ってウェイトレスに睨まれてしまった。

ごめんなさい、と内心首をすくめるが、その甲斐あって祐二をステーキ御膳に誘導することには成功した。食後にチョコパフェをつけてもらうことにも成功する。

クリスマスフェアのケーキもあったが、ケーキは晩ごはんまで取っておきたかった。

祐二はしかめっ面でステーキ御膳を食べた。殴られて怪我をした口の中がまだ痛いらしい。

「大丈夫？　ハンバーグと交換してあげようか？」

「いいよ、お店のハンバーグあんまり好きじゃないからさ。お母さんの作ったやつのほうがおいしくないか？」

願ってもない言葉に思わず飛びつく。

「お父さんが帰ってきたらいつでも作ってもらえるよ」

すると祐二は決まり悪そうに笑った。やはりまだ気まずいらしい。少し焦りすぎたかな、と反省する。

食事を終えてから、クリスマスプレゼントを買いに行った。百貨店の玩具売り場は大賑《にぎ》わいで、ゲームのコーナーにも人がごった返していた。

ゆうべ二本にまで絞ったゲームソフトをどっちにするか悩んでいると、祐二が両方買ってくれた。

「でも、お母さんに怒られるよ」

「お母さんゲームソフトの見分けなんてつかないだろ。片っぽ隠しとけば分からないって」

いたずらっ子のような顔でそう言って、祐二はゲームソフトの片方だけラッピングを頼んだ。RPGの新作とカートレースのゲームを買い、包んでもらったのはカートレースのほうだ。

夕方に家に帰って、さっそくカートレースは祐二と一緒に遊んだ。別居する前は、しょっちゅう二人でこうして遊んでいた。あまり負けが続くと、祐二が拗《す》ねてやめてしまうので、ときどき航平が負けてあげるのも以前と変わらない。今日は左腕を怪我しているので手加減の意味もある。

やがて食卓にクリスマスのごちそうが並んだ。唐揚げとシチューとサラダ、大皿のパエリアに茶碗蒸し。しかし、祐二が一番食いついたのはやはりしょうが焼きだった。

「おっ、しょうが焼きか！　昼に食い損ねたんだよなぁ」

お母さんが作ってるから止めたんだよ、とは言わないでおいてあげた。祐二の察しが悪いのはいつものことだ。

「白いごはんくれよ」

「ええー、せっかくパエリア作ったのに」

「だってしょうが焼きは白いごはんじゃないと」

圭子の機嫌が悪くなりそうだったので、航平も慌てて横から口を挟んだ。

「ぼくも白いごはんちょっとだけほしい！　お母さんのしょうが焼きおいしいから」

まったくもう、とぶつぶつ言いながら、圭子は冷凍のごはんを温めてくれた。祐二は昼間と同じようにしかめっ面をしながらしょうが焼きを食べた。しかめっ面のままたくさん食べた。

「痛いなら無理しなくていいわよ」

「でも旨いから」

圭子もまんざらではないようだ。

ごはんが終わってケーキが出た。テーブルで圭子が切り分け、航平の分にはチョコレートの家とサンタクロースを両方載せてくれた。

ケーキを食べ終えた頃、「じゃあ、そろそろ」と祐二が腰を上げた。掛けてあった上着を取って羽織る。ああ、やっぱりまだ別居中なんだと突きつけられる。

「これ」

祐二が上着の内ポケットから封筒を出した。

「俺の分のサインはしてあるから」

圭子が頷いて受け取る。

「……それ、何？」

尋ねた航平に、祐二と圭子はどちらが答えるか量るように顔を見合わせた。

そして、祐二が航平の頭をぽんと叩いた。

「離婚届だよ」

「どうして⁉」

離婚届という忌まわしい言葉をかき消すように被せて叫んだ。

「お母さんに謝ってやり直すために来たんでしょ⁉　謝ってよ、早く！」

「もう謝ってもらったわ」

圭子が庇《かば》うように口を挟む。

「でも、もう駄目なの。ごめんね」

「だって、今まで普通に仲良く喋ってたじゃないか！　やり直せるよ、絶対！」

「無理なの」

「何で！」

せがむように圭子にしがみついて揺する。

「命がけでぼくを助けに来てくれたんだよ！　お母さんだってお父さんがいてくれてよかったって言ったじゃないか！」

　圭子は航平の目の高さに屈《かが》んだ。

　まっすぐ見つめる瞳が涙を孕んでいる。

「航平を助けに行ってくれたから、航平のお父さんとしてはもう一度認められるようになったの。でも、自分の旦那さんとしてはもう無理なの」

　もう覆せないのだと悟るしかない宣言だった。

「航平のお話を読ませてもらったとき、ちゃんと航平の前でお別れしようって決めたの」

　もうやり直せない。最初からそれを航平に告げるためのクリスマスだったのだ。

　こんなにはっきり無理だと言われたら、もしかしたらなんて希望を抱くことはできない。

　こんなに一人前に扱われたら、子供みたいに駄々を捏《こ》ねることもできない。

「航平のせいじゃないのよ。お父さんとお母さんの責任なの」

　そんなことを言われても気持ちは全然軽くならない。二人が元に戻ってくれるなら航平のせいでよかった。

今からでも航平が悪い子だったせいにしてほしかった。

「ごめんな」

祐二が航平の前に膝を突いた。

「許せなくさせたお父さんが悪いんだ」

そんなふうに潔い祐二なんて見たくなかった。くどくど言い訳してだらしなく圭子にすがってほしかった。

「でもお父さん、お母さんがお父さんを航平のお父さんとして認めてくれて、すごく嬉しいんだ。航平たちが日本に帰ってくるときは必ず会いに来るからな」

駄々を捏ねないためには黙って頷くしかなかった。

祐二が航平の頭をなでて玄関に向かった。圭子が見送ったが、航平は動けなかった。

程なく圭子がリビングに戻ってきた。祐二はきっともう階段を下りている。

もう一階のホールまで着いた。

外に出た。

表の道を駅のほうへ――

「お見送りしなくてよかったの？」

圭子の声が張り詰めた気持ちの風船を割る針だった。

航平はベランダに飛び出した。

手すりから見下ろすと、背中を丸めて歩いていく祐二の後ろ姿が見えた。

「お父さん！」

叫ぶと丸まった背中が振り向いた。こちらを仰ぎ見る。

「大好き！　お父さんもお母さんもずっとずっと大好き！」

祐二の顔がくしゃっと歪《ゆが》んだ。両手を大きくこちらに振った。

夜遅くに騒いじゃいけません、といつも叱る圭子は、こんな大声を出したのに何も言わなかった。

一言も喋らず自分の部屋に戻って、お風呂はさぼってそのまま寝た。

目尻からとめどなく涙が溢《あふ》れた。

文字どおり泣き寝入りだった。

ベンさんは出社するなりホワイトボードを書き換えた。

【エンジェル・メーカー終焉の日、本日！　みんなお疲れさまでした！】

カラフルなマーカーを使って賑やかに書き込む。デザイナーなので絵も上手《うま》い。

「大和も何か書けよ」

マーカーを渡されて『ありがとうございました』と書くと「それだけか？」と不満そうな顔をされた。

「何か、もっと絵とかさ」

仕方なく猫の絵を描くと「何でワニなの？」と言われた。「猫です」と答えると、ベンさんはしげしげと大和の猫を見つめた。

「人間って帳尻が合うもんだなぁ」

「どういう意味ですか」

「絵が下手《へた》なぶん字が上手かったんだな、お前」

ほっといてください、とマーカーを突っ返した。

柊子と朝倉も書かされて、最後に英代も書いた。お世話になりました、お元気で、またいつか。定番の言葉ばかりだが、定番だからといって気持ちにも定番があるわけではない。定番の言葉を書くとき、気持ちはいつも新たに寂しい。

最後の朝礼が始まった。業務は、事務所の資材の引き揚げが主だ。売却するものや処分するものを、業者に順次引き渡すことになっている。

「立つ鳥跡を濁さず！　事務所をきちんと片付けて大家さんにお返ししましょうね」

英代の号令で始まった作業は、まるで引っ越しか大掃除だった。大和とベンさんが梱包作業を進める傍ら、女性陣が掃除に精を出す。

「わたし、これ記念にもらってもいいかしら」

英代がそう言ったのは寄せ書き状態になったホワイトボードだ。

「じゃあ包みますよ。大和、プチプチ取って」

ベンさんに言われてエアキャップのロールから二メートルほどを切り取る。

「俺、書き足してもいいですか」

「おう」

ベンさんは待ってくれたが、ホワイトボード用のマーカーが見当たらない。焦っているとベンさんが油性のマジックを渡した。

「これで書いちゃえよ、記念なら消えないほうがいいし」

受け取ってホワイトボードの隙間に文章をまぎれ込ませる。

『おばさんと一緒に十年も働けて、本当に幸せでした。——大和俊介』

ベンさんは大和の書き込みには一言も触れずにホワイトボードを包んでくれた。

「あたしまだ自分の部屋の大掃除もしてないのに〜」

朝倉が例によって愚痴をこぼしながら雑巾を絞る。

「わたしだってまだ引っ越しの梱包終わってないですよ」

「そっか、折原ちゃん田舎に帰るんだっけ。楽々パックにすれば？」

「そうしようかなぁ」

頷きながら手を動かす柊子と目が合った。どんな顔をすればいいのか迷ったとき、柊子のほうから笑った。

「まだ言ってなかったっけ。帰ることになったの」

「うん。新潟だよな」

「そう。大和くんが好きな日本酒もおいしいよ」

「そりゃいいな」

その先、どう続けていいか分からない。帰る事情を尋ねるのも立ち入りすぎているような気がして、結局「元気でな」とだけひねり出して作業に戻った。

昼前に航平がやってきた。終業式なので放課が早い。預かるのも今日が最後だ。

「わぁ、広くなったね！」

大きな調度はもう運び出していたが、キッズルームのカーペットとパーテーションは業者の回収を夕方にして航平を預かるスペースを残してある。

「柊子、お昼ちょうだい！」

せがんだ航平に柊子が「あれっ」と声を上げた。

「今日、お弁当持ってくるんじゃなかったっけ？」

「えっ、お母さんはスクールで出してくれるって言ってたよ」

どうやら昼食の用意で行き違いがあったらしい。

「ごめん、すぐに何か買ってくるね」

柊子が慌ててエプロンを外そうとしたが、航平が「いいよ」と止めた。

「大和、食べに連れてって」

「人に物を頼むのに呼び捨てすんな！」

叱り飛ばしてからすかさず「おじさん禁止」と突っ込む。

航平は出鼻を挫《くじ》かれたように黙り込んだが、すぐに顎を反らして言い返した。

「いいじゃん、呼び捨てで。友達だったらさん付けなんかしないよ」

思いがけない言い分に思わず目をしばたたいた。——まあ、それなら許容範囲か。

向かった先は近所の定食屋だ。大和がエビフライ定食を頼むと、航平が「ぼくも」と真似した。

「真似すんなよ、唐揚げとか他にもいろいろあるだろ」

「唐揚げ、昨日食べたもん」

そして航平がお冷やのコップに目を落とした。

「昨日、クリスマスだからお母さんが作ってくれたんだ。お父さんが好きなしょうが焼きも」

どうやらファミリークリスマスは無事に過ごせたらしい。

「よかったな。楽しかったか」

「楽しかったけど……」

逆接が続いたことで展開が読めた。

やっぱりそうなったか、と思った。

航平はしばらく黙っていたが、やがて空気が抜けたように笑った。

「お父さんとお母さん、もう駄目だった」

「……そうか」

「お父さんを、ぼくのお父さんとしては認めてくれるって。でもお母さんの旦那さんとしてはもう無理だって」

随分さらけ出したな、と圭子と祐二に感心した。

「子供だましにしなかったんだな」

うん、と航平も頷いた。その物分かりの良さが哀れになる。分かっていればこそ、両親を責めることも駄々を捏ねることもできない。

「子供の頃の大和とぼくとどっちがつらい？」

自分のほうがマシと思いたいのか、自分のほうがつらいと思いたいのか。どちらを聞きたくて尋ねているのか大和には分からない。

だが、比べるのなら答える言葉は一つだけだ。

「比べたって仕方ねえだろ、そんなもん」

英代に言い聞かされてから、ずっとそれが羅針盤だった。

「だけど、俺はもうずっと昔に終わったことだ。現在進行形でつらいほうが、つらいだろ」

だから弱音を吐いていい。自分をかわいそうがっていい。

人間はいつもいつもそんなに強くはいられない。

航平の顔が歪みながら俯く。テーブルにぽたぽた涙が落ちた。

大和はメニューを見る振りで目を逸らした。ぱらぱらめくるとデザートのページがあった。

「みつまめつけていいぞ」

「……クリームあんみつがいい」

「ちゃっかりしてんなぁ」

航平にクリームあんみつの大盛りをつけた昼飯を終えて、また会社に戻る。ほかのメンバーも順次食べに出た。

航平はオフィスの片付けを一緒に手伝った。動いているほうが気がまぎれるのかもしれない。

ちょこちょことコマネズミのように走り回り、なかなか気が利く。

「ねえ、ちょっとガラス拭《ふ》き買ってきてよ」

うっかり朝倉が使い走りに出してしまい、慌てて大和が追いかけたことは余談だ。

大和と朝倉がまた小競り合いになったことも余談である。

七時過ぎに圭子が航平を迎えに来た。オフィスを閉めるのでいつもより早く迎えに来てくれるように頼んであった。

圭子が英代と挨拶しているとき、航平が大和のところへやってきた。

「これ」

突き出したのは折り畳んだ用紙である。開こうとすると航平が泡を食って邪魔した。

「ぼくが帰ってから読んで」

そして真剣な眼差しで大和を見上げる。

「勇気出せよ」

唐突な激励に面食らっていると、航平はちらりと柊子のほうを見やった。

「ぼくのお父さんとお母さんは終わっちゃったけど、大和はまだ始まってないだろ」

生意気な、と一蹴できない力強い声だった。

まるで年の近い友達のようだった。

「航平、帰るわよ」

圭子に呼ばれて航平がそちらへ駆け寄った。そしてぺこりと頭を下げる。

「今までありがとうございました。どうぞお元気で」

最後はいい子の挨拶で去った。

「航平くんにお手紙もらったの？」

柊子が横から尋ねてきた。慌ててズボンのポケットに突っ込む。

「後で読めって」

「わたしもけっこう仲良くなったつもりだったけど、最後は男の子同士になっちゃうんだもん。ずるいなぁ」

「男の子ってまとめんな」

抗議すると、「だっておじさんはイヤなんでしょ」と柊子はからかうように笑った。

「よーし、忘年会行くかぁ！」

ベンさんが弾みをつけて、全員で帰り支度を始めた。


忘年会はベンさんが希望していたとおり、中華の店だった。

個室の円卓を囲んで料理をくるくる回す。ベンさんが一番たくさん回した。

話題はずっとたわいないことばかりだった。途中、朝倉が「実は」と手を挙げた。

「再就職が決まりましたぁ」

誘拐騒ぎがあった日に面接に行っていたが、面接が終わってその場で採用の結果が出たという。

「あんなことがあったんで言い出せなかったんですけど……」

おめでとう、と英代が声を弾ませる。

「どんな会社に決まったの？」

「塾の講師なんです」

お、と大和は思わずベンさんに目をやった。教師が向いていると朝倉に言ったのはベンさんだ。にこにこと朝倉を見るベンさんは、朝倉と同じくらい嬉しそうに見えた。

「ベンさんが教え方上手いって言ってくれて、そういう仕事ないかなって探してみたんです」

そして朝倉がベンさんのほうを向き、頭を下げるかと思いきや肩をそびやかした。

「けっこう……かなり、大部分、ベンさんのおかげって言える部分も、あるにはあるかもしれないわ。ありがとねっ」

「お礼の態度じゃねーだろ、それ」

大和が突っ込むと、「何よ！」と逆噴射だ。

「ちゃんとベンさんのおかげだって認めてるでしょ！　もちろん、あたしの頑張りがあってこその結果だけど！」

うん、とベンさんがにこにこしたまま頷いた。

「朝倉が頑張ったからだよ。俺、思いつき言っただけだもん」

まともに肯定されて朝倉の顔は見る見る紅潮した。

「で、でもあの頃ちょっと腐ってたから、すごく励みに……なったかもって言えなくもないかもしれないわっ」

まわりくどい言い分に大和は本気で首を傾《かし》げた。

「すごく励みになった、ありがとう、って何で言えないんだよ」

「言ってるでしょ、言ってるじゃないのちゃんと！」

「全然言えてねえだろ」

「はいはい、すごく励みになりましたありがとうございます！　こう言や満足⁉」

「かわいくないにも程がある！」

まあまあ、とベンさんが割って入った。

「俺にとってかわいきゃいいんだから」

「これにかわいい認定出すのはかわいいへの冒瀆《ぼうとく》だろ！」

大和が愕然《がくぜん》とする一方、朝倉は完全に茹《ゆ》で上がった。ベンさんが朝倉のほうへ身を乗り出す。

「お祝いに今度メシ奢《おご》らせてよ」

「だ、だって今日で会社おしまいなのに、いつよ？」

「いつでも！　同僚じゃなくなっても朝倉をごはんに誘える俺でありたい！」

おどけた口振りはどこまで本気か疑わしいほどだが、朝倉は動揺著しいようだ。

「考えとく」と答え、頬は依然として茹だっている。

柊子が小さな声で笑った。

「意外とお似合いかもね」

同意を求める口調に、言われてみればそうかもなと思った。

デザートを終えて英代が会計をしようとすると、店員は「もうお済みですから」と答えた。

ベンさんが先に済ませたらしい。

「悪いわ、ベンさん」

「まあまあ、ここは最古参に華を持たせてくださいよ」

こういうところがかっこいいんだよなぁベンさんは――と大和としては一歩出遅れの気分だ。大和も会計のタイミングは窺《うかが》っていたが、席を立って店員に声をかけると先を越されていた。

「社長、締めのご挨拶を！」

ベンさんに促され、英代は会計を引き下がった。

「皆さん、今日まで支えてくれて本当にありがとうございました。明日からはみんな別々の場所ですが、どこにいても腐らずいじけず頑張りましょう！」

朝礼を締めるいつもの言葉に、全員が力いっぱい拍手した。

店を出て最寄駅に向かってほろほろ歩く。

ベンさんが朝倉をからかい、朝倉はさっきのお誘いで調子が狂っているのか、動転しながら英代の陰に隠れ、大和は柊子と歩く並びになった。

「ねえ、大和くん」

柊子が自分の足元を見て歩きながら話しかけてきた。

「ハルジオンとヒメジョオンの見分け方って覚えてる？」

横浜に通っていたとき、航平にも訊かれたが思い出せなかった。

「何か、どっちかがピンクがかってて、つぼみが下向きについてて……ってとこしか覚えてない」

少しは覚えているということを言外に主張してみる。

「わたし、絶対忘れない覚え方考えた」

「どんな？」

すると柊子は歌うような口調で言った。

「春は桜色、姫は純白」

うろ覚えの情報に、一瞬で整理がついた。――花びらがピンクがかっているほうがハルジオン。真っ白いほうがヒメジョオン。

覚えた、と呟くと、覚えててね、と柊子が呟いた。

最寄駅に着いて、全員ホームが一気にばらけた。湿っぽさを嫌い、別れ際はあっさりになった。

月島に帰るのは大和だけである。大学を卒業するとき『エンジェル・メーカー』の近所に部屋を探した。それももう意味がなくなる。

引っ越しでもしようかな——などと思いながらコートのポケットに手を突っ込むと、腰の辺りにカサッと紙の感触がした。

そういえば後で読めと航平にメモをもらっていた。取り出して広げると、原稿用紙だった。

トーコは町を歩きながら、昔つきあっていた人の話をたくさんわたるに聞かせてくれました。

トーコという響きに惹かれるように目が文字を追った。

「野球が好きな人で、野球場にもよく野球の試合を見に行ったの。わたし、ルールがぜんぜん分からなくて、ファールでバンザイしちゃったの。そしたら、彼がすごくはずかしそうに周りの人に謝ってた。でも、怒らなかったのよ。それで、あの黄色い線の内側じゃないとホームランじゃないんだって教えてくれたの。」

トーコは話しながら迷わず道を歩いて行きます。

昔、この辺りも彼氏と歩いたのかな、とわたるは思いました。

「デートって、どんなデートだったの?」

「駅前から、海のあるほうへずーっと歩くの。とちゅうで雑貨屋さんを見たり、公園を歩いて、港の見える丘にのぼったり。十キロくらい歩いてたよ。」

「そんなに歩くばっかりでつまんなくないの?」

「わたしは、好きな人とおしゃべりしながら歩くのが、一番楽しかったよ。話したことが、全部宝物になるみたいだったの。」

宝物になるおしゃべりというのは、一体どんなおしゃべりなのでしょうか。

「宝物になるおしゃべりって、どんなおしゃべり?」

わたるがたずねると、トーコははずかしそうに笑いました。

「わたしにしか、宝物じゃないかもしれないけど……空き地に咲いてる花の名前とか、ハルジオンとヒメジョオンのちがいとか。」

「なんだ、つまんない。」

「でも、その人と歩いてて、初めて気がついたの。こんな都会の空き地にも、わたしのいなかとおんなじ花が咲いてるんだって。いなかから都会に出て来て、ずっとさびしかったけど、わたしのふるさととおなじ花が都会にも咲いてるんだって分かって、ほっとしたの。」

全部覚えていた。
柊子がファールで何度もばんざいをしたこと。
横浜スタジアムの黄色いラインを教えたこと。
雑貨屋を飽きずに何時間も冷やかしたこと。
港の見える丘公園までたわいない話をしながら延々歩いた。帰りも歩いた。
公園で盛りの薔薇《ばら》を見た。何てことない道端の花を見た。柊子が名前を教えた。
ハルジオンとヒメジョオンの違いを何度も聞いて、何度も忘れた。
何度忘れても、何度でも教えてくれた。
都会にもわたしのいなかと同じ花が咲いてるんだねと嬉しそうに笑った。
こんなにたくさん覚えているなんて、きっと、トーコはその人のことをまだ好きなんだなとわたるは思いました。

こんなものじゃない。もっともっと覚えている。――柊子もか。

君はどれだけ覚えてる。俺はこんなに覚えてる。一つずつ出し合ったら、どこまで続く。

ふるさとには都会で一緒に見たのと同じ花が咲いているという。だが、大和は柊子のふるさとを訪れたことがない。

同じ花が咲いているとしても、これから柊子が見る景色を思い浮かべることはできない。

手書きの原稿用紙にぱたぱたと水が落ちた。

勇気出せよ、と小さな友人の声が叱咤《しった》する。――大和はまだ始まってないだろ。

始まっていない。始まる前に壊して終わらせた。ろくに説明もしないまま。

もう一度手を伸ばしても許されるのか。

衝き動かされるように電車を降りた。ホームで電話をかける。

電話は繋がらなかったが、メールで折り返しがあった。

『電車です。すぐ降りる』

程なく携帯が震えた。

「もしもし、大和です」

電話の向こうで、泣き笑いのような声が「知ってる」と答えた。

「俺、新潟に会いに行ってもいいか」

「大和くんが好きな日本酒、おいしいよ」

「知ってる」

二人で同時に笑った。

「柊子のふるさとの景色が見たい」

「何にもないけど、いいところだよ。春になったら、俊介と横浜で見た花が咲くよ」

「知ってる」

一緒に見た花はいくつも。――春は桜色、姫は純白。

「新潟のハルジオンとヒメジョオンを見に行く」

「待ってる」

「会いに行ったら、あのとき話さなかったこと、ちゃんと話す」

割愛したかった両親のこと。

柊子とかけ離れた自分の辞書のこと。

隠して逃げようとしたから壊れた。

「聞かせて」

柊子の声が泣いた。

「話してくれるの、ずっと待ってた」

もう喋れなかった。嗚咽が喉で潰れた。

ねえ、と柊子がかすれた声で呟く。

「雪が降ったら、完璧《かんぺき》なのにね」

冷え切った夜空は冴《さ》え渡り、小雪のちらつく気配もない。

波打つ嗚咽をなだめて、かすれた声を返す。

「雪なんか降らなくても完璧だろ」

雪なんか降らなくても完璧な、三十二年間で最高のクリスマスだった。

fin.

〈参考文献〉

『大辞林』
『ヘンデル《メサイア》必携―用語の解説と演奏・発音のポイント』
熊木晟二編著(教育出版　2009年12月)

JASRAC　出　1712043-701

この作品は二〇一四年十月小社より刊行されたものです。

キャロリング

有川浩《ありかわひろ》

平成29年12月10日　初版発行

発行人――石原正康
編集人――袖山満一子
発行所――株式会社幻冬舎
〒151-0051東京都渋谷区千駄ヶ谷4-9-7
電話　03(5411)6222(営業)
　　　03(5411)6211(編集)
　　　振替00120-8-767643
印刷・製本―中央精版印刷株式会社
装丁者――高橋雅之

検印廃止
万一、落丁乱丁のある場合は送料小社負担でお取替致します。小社宛にお送り下さい。

幻冬舎文庫

ISBN978-4-344-42671-9　C0193　あ-34-6

幻冬舎ホームページアドレス　http://www.gentosha.co.jp/
この本に関するご意見・ご感想をメールでお寄せいただく場合は、
comment@gentosha.co.jpまで。